新世界出版社
NEW WORLD PRESS

图书在版编目(CIP)数据

走失在时空里的恋人 / 三元著. —北京:新世界出版社,2012.1
ISBN 978-7-5104-2433-5

Ⅰ.①走… Ⅱ.①三… Ⅲ.①长篇小说-中国-当代
Ⅳ.①I247.5

中国版本图书馆 CIP 数据核字(2011)第259897 号

走失在时空里的恋人

作　　者:三　元
责任编辑:董晓琼
责任印制:李一鸣　黄厚清
出版发行:新世界出版社
社　　址:北京市西城区百万庄大街 24 号(100037)
发行部:(010)6899 5968　(010)6899 8733(传真)
总编室:(010)6899 5424　(010)6832 6679(传真)
http://www.nwp.cn
http://www.newworld-press.com
版权部:+8610 6899 6306
版权部电子信箱:frank@nwp.com.cn
印　　刷:三河市金元印装有限公司
经　　销:新华书店
开　　本:660×960　1/16
字　　数:213 千字　印张:15
版　　次:2012 年 1 月第 1 版　2012 年 1 月第 1 次印刷
书　　号:ISBN 978-7-5104-2433-5
定　　价:25.00 元

版权所有，侵权必究
凡购本社图书，如有缺页、倒页、脱页等印装错误，可随时退换。
客服电话:(010) 6899 8638

目录
CONTENTS

楔子

楔　子

天空昏暗，满天的乌云黑沉沉的，像要从天上压下来。

风猛烈地摇晃着树的枝条，树欢快地挥舞起双臂和风一起舞蹈。红色的紫薇花瓣稀稀拉拉地飘落下来，一片片花瓣漫天飞舞，随着越来越大的风，形成了一片美丽的花海，把整个废弃的古老庭院笼罩住。

一名少年赤着脚屹立在具有浓郁唐风的废弃庭院中，他穿着一身黑色的长袍，宽大的披风遮住了他修长挺拔的身材，黑色长发被风吹起，狂野地在风中乱舞。

他脸上没有任何表情，整个人透着孤傲逼人的气息。此刻，他正目光炯炯地注视着半空，那里，一团流血般的火焰熊熊地燃烧着，瑰丽而妖艳的光将四周照亮了。

少年嘴里念念有词，火焰慢慢燃烧得更加旺盛了，他的脸上，露出了如释重负的笑容。

少年似乎受了重伤，他缓缓地费力地挥舞双手，做了几个诡异的动作，在空中用火焰写下一行扭曲的字——

紫薇盛开之秋，以吾之命，封印皇甫家族所有的能力！

当少年无声无息倒下的一刹那，火焰瞬间化作几束白光向四周扩散，其中一束强烈的白光穿过灌木丛，朝蜷缩在那里大约 5 岁的一男一女两个小孩飞来。

一道闪电划过，照亮了两个孩子呆滞惊恐的脸。“轰隆隆——”一个大炸雷！好像炸裂了天河，豆大的雨点像断了线的珍珠，“哗哗”地落下来。

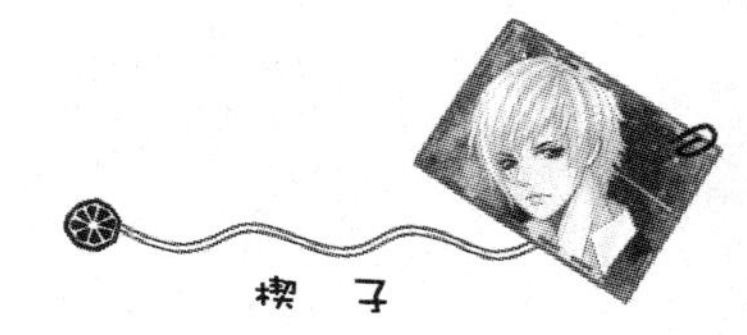

树枝在风雨中疯狂地摇摆，雨水在地面上溅起一朵朵涟漪，灌木丛中腾起一团团白雾，不一会儿，整个废弃的宅子就被雨密密实实地包围起来，四处灰蒙蒙的一片。

小女孩被眼前的一切惊住了，就这样呆呆地蹲在地上，看着那束白光蹿进小男孩身体后消失不见。

他们已经完全被雨淋湿，头发湿淋淋地黏在额头、脸上，冰冷的雨水顺着发丝滴下来……

又一道闪电划过，将天空分成了两半。

震惊中的小女孩终于扶着灌木颤颤巍巍地站起来，她的脸冻得发青，表情茫然地看着被白光击昏过去的小男孩。

一片花瓣落在她的脸上，不过很快就被不停落下的雨点冲掉了……

不知什么时候，雨悄悄地停了，乌云也渐渐散去。太阳钻出了云层，向人间洒下万丈光芒，远处碧蓝的天空中出现了一道彩虹，像是一座巨型的拱桥挂在一望无边的天际。空气清新极了，几只小鸟唱着歌儿，在彩虹下，自由飞翔……

小女孩始终保持着站立的姿势，一动不动地看着被刚才那束白光震晕过去的小男孩。

CHAPTER 01

飞来“男祸”

01

日不落学园张灯结彩，处处洋溢着喜庆的气息。

蔚蓝色的天空中飘舞着五颜六色的热气球，雄伟壮观的校门上缠绕着彩带，红的、黄的、绿的……好不美丽。

一座缤纷华丽的舞台，在离校门不远的地方拔地而起，舞台四周悬挂着巨大的横幅，管弦乐团在搭建好的舞台上，投入地演奏着欢快的乐曲……

哦呵呵呵……今年新入学的学生，不会多得把整个报名会场给挤爆吧？

我满意地看着忙活了两天的成果，小心翼翼地把巨大的招生宣传海报挂起来，脸上挂着灿烂的笑容转过身去，准备迎接排成长龙的队伍。然而精心准备过的新生入学会场上，只有三三两两的学生站在铺着雪白桌布的长桌前，毫无兴致地垂着头，有一下没一下地翻看着印刷精美的日不落学园介绍……

人怎么这么少？今天的确是新生入学的日子，没错啊？我正准备翻日历时，便被一阵“叽叽嘎嘎”的喧哗声吸引了过去——

“哎哟，该死的，哪个把我挤出来的！你……你……是不是你？该死！你竟敢坏本小姐的事！”

“神经病！想插队？走开！走开！不要打扰我排队报名！”

“你这白痴，明明就是你把我挤出队伍然后自己插队的！快点儿让开！”

“……”

日不落学园对面的废弃建筑门口，人山人海，闹哄哄的，比赶集时的

菜市场还要嘈杂。

我还没明白过来这是怎么回事，就眼睁睁地看着原本正翻着学园介绍的学生，突然像发现新大陆似的，生龙活虎地冲到对面，加入到了不知什么时候多出来的长龙队伍中去……

随着"门开了——"一声呼叫，原本还挺守秩序排队的学生们突然一窝蜂地朝一个方向拥去，他们一边尖叫着一边以"踹、踢、推、打"的方式弄开身边的障碍拼命往里挤，后面的人死命往前挤，前面的人用力地把挤上来的人再拱回去，甚至有人为了抢在前头，当场扭打了起来……

这群新生们，居然连日不落学园的报到会场在哪里都不知道，真是拿他们没办法！

我深深地叹了一口气，一边翻白眼，一边拿起桌上的扩音喇叭，冲着黑压压的人群一阵狂吼："注意！注意！请同学们注意！这里才是日不落学园的新生报到处！"

原本前仆后继的学生们瞬间停止了动作，齐刷刷地转过头来，目光全集中在我身上。

哦呵呵呵……迷途知返的新生们，在我美妙声音的带领下，走上正确的轨道吧！

整个现场仅仅静止了3秒钟！众新生投给我一个"你好无聊"的眼神，然后继续刚才的动作，奋斗了起来……

被蔑视了！我——16岁的平果果，日不落学园最伟大的学生会会长兼招生部长，居然被这群不识好歹的新生们蔑视了！

我气得浑身发抖，一下蹿上桌子，拼命地挥舞着拳头，冲着黑压压的人群怒吼："安静！都给我安静！没听到本会长的话吗？这里才是日不落学园新生报到处！我慎重地警告你们，再不过来报名，每人扣五个学分！"

说完，我双手叉腰，下巴翘得高高的，骄傲得像只孔雀一样！

这群新生，真是一点儿纪律都没有！

半天没人回应，也没有听到大队伍移动的脚步声……

我终于忍不住斜睨了人群一眼，不看还好，一看差点儿没吐血身

亡——那群没有纪律的新生，居然又一次把我蔑视了！

可恶，冲过去把他们全赶回来！

我身轻如燕地从桌子上“咻”的一声跳下来，利索地卷起袖子，头顶三团火焰，鼻孔“呼呼”地往外喷着烟，跺了跺脚，怒气冲冲地朝对面的人山人海冲去……

“咚——”

因为跑得太急，我没注意到前面的井盖没盖好，脚下一崴，一头栽进了黑糊糊的下水道中……

疼！疼！疼！手臂……手臂被擦破了，疼死我了！

我甩掉眼前翩翩起舞的星星，撑着井壁往上爬，咬牙攀登了好久，上半身总算是露了出来，趴在井边直喘粗气……

该死！哪个没良心的家伙，居然把井盖给拿走了！呼呼……幸好我及时扶住了井沿，不然就掉下去被污水给冲走了……

哼哧……哼哧……我咬牙继续爬啊爬……

咦，面前怎么横了一双穿着奇怪鞋子的脚？

我疑惑地抬起头——完全呆住了！这……这少年，太……太……太……美了……

一头乌亮浓密的美发，像黑色的瀑布从头倾泄而下，在阳光下闪着晶莹的光泽。他的眼睛黑黑的，看起来水汪汪的，像水晶般炫目；那长而卷翘的睫毛，像长在两池清水岸上的青草，笔直的鼻梁，泛着熟透小樱桃色泽的红唇……他手里捏着描绘着奇怪图案的古老画卷，穿着交领右衽、宽衣大袖的纯白色汉服，给人一种超凡脱俗的感觉。他恍若是从古代穿越而来的美男子，如此飘逸，如此动人心弦！

我盯着古代美男子，眼睛里全是惊诧，甚至忘记了从地上爬起来：“你……你……你在模仿动漫人物吗？”

不过，动漫里好像没有穿着汉服拿着画卷的人物吧？

美男子呆愣了两秒钟，像是想要掩藏什么似的，迅速地将手中的画卷收起来塞到轮椅和背之间的缝里：“我没有在模仿谁。”

如果没有，干吗穿成这个样子招摇过市啊？那个好像写了“神兽”字样、画着奇怪动物图案的画卷，是很重要的东西吗？

强烈的好奇心，让我忍不住仔细打量了美男子几眼，这才发现他竟然坐在轮椅上。这么美的男子居然不能走路，好可惜哦！

我爬出来，眼睛盯着美男子问道：“请问，画上写的是神兽吗？”

中国古老传说中的四大神兽——青龙、白虎、朱雀、玄武，应该没有一只长着红色的纹和白喙的怪鸟吧？呃……长着一条腿的怪鸟在《山海经》里叫什么来着？啊！想起来了，是毕方，吞吃火焰的毕方！可是，刚刚的画卷上的确写了“神兽”两个字啊。

我天花乱坠地说了起来：“这位同学，你都不看书吗？四大神兽指的是青龙、白虎、朱雀、玄武，毕方是传说中的火神兼木神，根本不是神兽……”

“呼——呼——”总算是把一切都说完了，真是累死人了！

美男子没有说话，只是若有所思地打量着我，如宝石般的黑色瞳眸中光影流动，晃动着诡异的邪气！

“这位同学，下次不要再到小地摊买东西啦，那里都是骗……”后面的话哽在了喉咙里，因为美男子早已转动轮椅，走得只剩下一个背影了……

哇！怎么会有这么没礼貌的人？

我马力全开，“呼哧呼哧”地奔上去扯住他的轮椅：“喂！我在和你说话耶！”

美男子脸色一变，好像一场暴雨马上就要劈头盖下来：“放手！否则——”

好可怕，那气势，好像要把人生吞活剥了一样……

我吓了一跳，心里“咯噔”一下，搭在轮椅上的手倏地松开了。

美男子就这样驾着轮椅慢慢地离开，朝写着“帝国学园”四个大字的建筑物而去……

这该死的美男子，居然跟那群臭新生一样，蔑视日不落学园最伟大的学生会会长兼招生部长……可恶！我平果果发誓，要让他跪在日不落学园面前求我收下他！

半晌后，我顺着美男子离去的方向一看，眼前空荡荡一片，刚才挤在门口的新生们已经消失得无影无踪，正因如此，我才看清了原本是废墟的残垣断壁——

妈妈咪呀，这是什么样宏伟的建筑群啊！画满巧夺天工的壁画的城墙、大气恢弘的方形拱门、坡势平缓的屋顶、造型简洁的斗拱、深远的出檐、洒脱舒展的翼角，构成了一片延绵起伏、庄重大方、整齐而不呆板、简洁瑰丽、古香古色的独立楼阁亭台……

这……这……这——好美的建筑，简直和唐代的皇宫有得一拼啊！奇怪，城墙上的大壁画怎么越看越眼熟，啊，对了，是美少年刚刚收起来的画卷！

美男子和这所学园，有什么关系吗？

02

糟糕！光顾着研究拔地而起的新学园，差点儿忘记美少年！

等我回过神来，发现他已经推着轮椅进了壁画城墙下一个看起来很像超市的店铺。

呃……跟上去看看这座奇怪的学园有什么独特之处好了！

我在原地贼头贼脑地探视了一番，发现没人注意到这边，脚尖一点，“嗖嗖”几步就来到了城墙下。

结果却被眼前的景象惊到头发直竖！

这……这就是学校的超市？摇摇欲坠的朱红色小破门仿佛一个指头就能把它戳个洞，风一吹，门便“咿咿呀呀”地一边唱歌，一边“跳芭蕾舞”。

我感觉有一只乌鸦带着一条长长的黑线，从头顶沉默地飞过。

随着门的摇晃，我清楚地看见，门的上方，挂着一块木制牌子，上面用隶体字清清楚楚地写着“愿望小店”四个大字，从上面斑驳脱漆的情况看来，这块牌子年代相当久远，已是“风烛残年”……

那么豪华的学园，居然有这么破败不堪的超市……真是太无语了。

我轻手轻脚地走上前去，把头探了进去：“请问……有人在吗？”

没有人回答。

四周黑糊糊、静悄悄的，只有微风轻轻拂过耳边，带来隐约的细碎声响。

呃……进去应该没关系吧？

我深吸了口气，“嘎吱”一声推开木门：“那个……我进来了哦！”

没有灯，屋子里显得有些阴森森的，我就着门外透进来的光线，战战兢兢地摸索着往前走，一边走一边喊：“有人吗？请问……有人吗？”

我这摸摸、那找找，折腾了半天，却没有发现半个人影。

奇怪……我明明看见那个美男子进了这间屋子啊，难道是刚才摔进下水道，脑子摔坏了，所以出现了幻觉？

就在我一脸疑惑地就着门口透进来的昏暗灯光，一步一步摸索着准备离开的时候，身后远远地传来了轻声细语的交谈声——

“千影，是这个位置吗？”

“嗯，根据画卷来看，当年的确是在这里封印的，没错。”

“可是……秦品熙和拥有封印朱雀项链的女生要一起站在这里时，我们才有可能将封印破解……”

“……”

画卷？美男子果然在这里！原来他叫千影，这名字听起来真不错耶！

我惊喜地转身，这才发现黑漆漆的屋子里很大、很幽深，远处已经点起了灯，蓝幽幽的朦胧火光在黑暗中发颤闪烁，好像随时都会被吹灭的样子……

正想大喊，脑子里突然白光一闪，涌到喉咙口的话咕噜一声滑了下去。

大白天躲在昏暗的屋子里窃窃私语，肯定是在做坏事！看我突然出现，吓死你们！嘿嘿……嘿嘿嘿……

我屏住气息，猫着身体，蹑手蹑脚地朝那蓝色的火光靠近……再靠近……

经过“长途跋涉”，我终于靠近了光源，藏在一个桌子后面，借着微弱的光看清了周围。被喊做千影的美男子正侧着脸打量着挂在墙壁上一幅画着四只奇怪生物的画卷，他只眉毛皱成了一条直线，他对面的紫檀木香几上，坐着一只托腮思考的穿蓝裙子的黑色兔子，两头长着翅膀的白色小猪，忙里忙外地端茶倒水……

这……这……这……托腮思考的兔子……长着翅膀忙碌的小猪……

摔坏脑子了！对！平果果绝对是摔坏脑子了才会出现这种幻觉！

我惊得头皮发麻，当下脚一软，跌坐在地上，脸色灰白地盯着不远处晃动的人和动物。

“虽然查出了封印的地点，但是秦品熙11年前就失踪了，另外一个女生也不知了去向……不找到他们，根本无法解开封印，更没有办法穿越时空……”

苍天啊！兔子……兔子竟然开口说话了！

“已经查到女生的下落了，待会儿你通知他们着手办理交换学生的手续，至于秦品熙……”千影顿住，清澈的目光环视了四周一圈，“也许……要找到他并不难……”

“千影，你真的准备带那个女生一起去找那四只神兽吗?”

“嗯。”千影点头，长发随着动作摆动，在幽蓝的灯光下散发出耀眼的光芒，“虽然摔下水道这种事看起来有点儿呆，不过，应该是她没错……”

……

摔下水道？他们讨论的女生该不会是……

我咽了咽口水，脖子不由自主地伸长……再伸长……一个没留神，碰倒了用来掩护的桌子，连人带桌摔成一团，发出“哐当”一声巨响。同时响起的，还有类似盒子掉地、碎裂的声音……

啊？暴露了！

“谁?”随着警惕的愤怒声音的落下，原本阴暗的四周霍然亮了起来。

我忍住背上传来的隐隐疼痛，扶着腰准备站起来。突然，我觉得脖子一紧，身子往上一提，整个人悬在了半空中……

怎么回事？

我飞快地转头，发现自己正像破布一样在空中飘扬，叉住我领子的是一根透明的鱼叉。我又转了转头，看清了四周的环境。这是一间到处摆满

了奇奇怪怪东西的屋子，清明上河图彩绘屏风、造型简练的翘头案上放着文房四宝、紫檀木香几上摆着各种小盒子装的奇珍异宝……一只年代十分古老的香几横躺在地上，离香几不到 30 公分的地方，一个精致的木盒被摔得四分五裂，满地的木块，一颗巴掌大的白色水晶球正“哧溜哧溜”地朝角落滚去，晶莹透明得让人一眼就能看到球心有好几条裂痕……

完了！一不小心把人家的水晶球摔出裂痕了……

球体静止不动了，我的心脏也跟着停止了跳动！

灯火通明的屋子静止了 5 秒钟……

千影慢慢地将轮椅滑向水晶球，弯下腰，一语不发地捡起水晶球。

虽然他什么都没说，我却能感觉得到他握着水晶球的五个手指几乎要捏进球里，全身散发着一股浓黑的阴暗气体，慢慢地把整个屋子吞没……

好可怕！我吊在半空中，两腿抖得厉害。

千影突然转头，对我阴恻恻地笑了笑，黑曜石似的眼珠闪着锐利的光：“阿暴、32，把她给我绑起来！”

还没等我明白过来怎么回事，“咚！”我就像沙袋一样被丢在了地板上，接着，两道黑影在眼前乱飞起来，看得我一阵眼花缭乱。

十秒钟后，飞蹿的黑影停了下来，长着翅膀的猪站在我面前一边拍手，一边满意地点头，好像完成一项大工程一样。

我总算回过神来，发现自己已被结结实实地绑在了一张红木椅子上，动弹不得！

怎……怎么回事？为什么把我绑起来？难道他们要杀人灭口，为碎裂的水晶球报仇吗？

就在我全身打战时，千影手中的水晶球发出了一道奇异炫目的白色光芒，将整个屋子照得雪亮！

这……这……这怎么回事？

千影愣住！

我看得目瞪口呆！

黑兔子看得目瞪口呆！

所有人和动物都看得目瞪口呆！

黑兔子率先反应过来，它颤抖的声音一字一句清晰地传进我的耳朵里：“千……千影……这里居然真的有结……结界……”

结界？虽然不知道那是什么东西，但从那只兔子苍白的脸色看来，我一定是撞坏了什么了不得的东西了！

呜呜……我怀疑自己是否还能活着走出这个小店……

“哗啦——”白色的光芒在空中化作一朵巨大的紫薇花，花心当中，一个修长的身影若隐若现。

几秒钟后，白光完全散去，一个如梦似幻、明眸皓齿的黑发美少年进入了我们的视线。一头黑得并不纯粹、接近墨蓝色的柔亮短碎发，在阳光下，闪着五颜六色的光圈。两侧和后部的头发凌乱而又自然地形成自然波层次，额际几缕刘海，向前披垂，形成稀疏自然的笔尖形。刘海末端的两道修长的剑眉下，闪动着一对棕色的、晶莹剔透的眼睛。略显生硬的脸部线条，尖尖的下巴，吹弹可破的蜜色肌肤，如柳叶般的灵巧薄唇紧紧地抿着，透着不解，似乎对眼前的一切还不能适应……

好帅！

一瞬间，我的胸口仿佛被什么东西重重一击，心脏失去节奏般“咚咚咚”地乱跳了起来。

就在我陶醉于美少年精致面容的时候，黑兔子突然“噗”地爆笑出声，它一手捂着肚子，一手指着美少年：“……哈……哈哈……哈哈哈……哈……”

我疑惑地看着它笑得直不起腰，好像要笑得断气的样子，再顺着它手指的方向看去——苍天啊，大地啊，我总算是明白黑兔子为什么会笑成这样了。

这美少年是穿着怎样一套惊天地泣鬼神且让人喷饭的衣服啊！白色的衣服碎裂成一条条，咸菜般地搭在身上，根本看不出原来的样子；裤子更是搞笑，连抹布条都没有了，只剩下一圈怪异的像松紧带又像皮带的东西挂在腰间，皮带的下方，是一条黑色的、画满骷髅头的平角裤衩……

Oh！My God！

眼前的一切是在拍搞笑电影吗？所以才会发生这么神奇的事和出现这么神奇的美少年？

03

我完全忘记了恐惧，吃力地扭着屁股，连人带椅地朝千影挪了几步。

“呼呼——”真是太佩服自己的功力了！居然可以在被人捆绑住的情况下挪动！

眼珠子骨碌碌地转了几圈，没有发现导演等可疑人物，我三八兮兮地将头靠向千影：“喂！你们……这是在拍戏吗？”

千影转过脸来，邪恶地一笑，碎玉似的洁白牙齿闪过一道阴森光芒：“难怪我怎么也找不到你，原来是被封印了……难怪人们常说，最危险的地方，就是最安全的。”

好……好可怕的笑容，好像策划了多年的阴谋得逞了一样！

我吓了一跳，整个人往后仰，椅子“咯咯”地晃了好几下，在我脚尖快点到抽筋的时候，总算稳住了。“呼呼——”好险……好险，差点儿跌得头破血流！

最危险的地方就是最安全的……他说的是什么意思啊？

就在我充满疑惑的时候，千影轻轻一扬手，小猪们立刻动了起来，眼花缭乱地在空中“刷刷”飞舞，不到一分钟的时间，从水晶球里跳出来的美少年遭受了和我一样的命运，像个粽子似的被绑在椅子上。

我被眼前匪夷所思的一幕惊得瞠目结舌！

千影转动轮椅，来到我面前，冷不防伸出修长白皙的手，托起我的下巴，声音冰冷刺骨：“你显然没有把我刚才的警告放在心上——”

哇！好可怕的表情！

我吓得魂飞魄散，全身汗毛都竖了起来：“那个……那个，我是来领外面那些新生去报名的，对，就是这样没错……”

“是吗？”千影顾盼撩人的大眼睛闭了起来，下一秒，突然睁开，锐利的目光犹如千年寒冰，“这里有你要领走的新生?”

“我以为这里是学园超市，所以就……嘿嘿……”哪里知道这里居然是叫“愿望小店”的奇怪地方!

正准备问这里奇怪的一切，冷若冰霜的千影突然收起冰冷的表情，露出诡异的一笑：“所以你就擅自闯进来了? 阿 P，告诉她，擅自闯进‘愿望小店’的下场!”

阿 P? 居然有人叫阿 P，好好笑的名字哦!

就在我强忍住笑，憋得肚子快抽筋的时候，黑兔子双掌一撑，从椅子上跳了下来，背着手，一步一步地踱到我面前：“丐帮长老，擅闯‘愿望小店’，杀无赦!”

“杀……杀……杀无赦?!”我吓得脸色发白，连声音都变了调。

只是不小心闯进来打破了一颗小小的水晶球，就要被杀掉——这个下场是不是太严重了点儿啊?

黑兔子轻蔑地睨我一眼，拿过小猪手里的透明鱼叉，像只斗胜的公鸡一般昂起头，嫌恶地在我的下巴上有一下没一下地戳着：“姓名、年龄、家庭住址、电话、家庭成员，统统报上来!”

难道说……这只该遭天打雷劈的死兔子，想杀掉我后再去杀我的爸爸妈妈吗?

我一害怕，连祖宗姓什么都忘记了，反射性地脱口回答：“我……我叫平……平果果，今年 16 岁，家住花开路日不落小区玫瑰 CD309 室，电话是 0XXXXXXX，家庭成员，我……爸爸和妈妈……”

黑兔子满意地点头，将爪子伸进宽大的袖子里掏出一张看起来像简历之类东西的 A4 纸，一边研究一边啧啧有声：“千影，从资料上来看的确是这丫头没错!”

千影轻轻地笑了，挑了挑如新月般的眉毛，阿 P 立刻会意地收起纸张，手握透明鱼叉，冷笑着一步一步地向我走过来……

它……它……它想干什么?

我吓得头皮发麻，浑身直冒冷汗，心里“咚咚咚”地乱跳，像被烫到的毛毛虫一样激动地扭动起来……可不管我怎么扭，椅子就像钉在地上一样，纹丝不动！

哦，这该死的绳子！

仿佛预知了我会这样，阿P手一挥，透明鱼叉死死地朝我这边飞来。

死定了！死定了！这下要被杀掉了！

就在我以为会被透明鱼叉叉死，认命地昂头，一脸视死如归的时候，阿P突然手一挥，透明鱼叉又直接飞向与我排排坐，同被绑的美少年：“这位同学，可以介绍一下自己吗？”

“我？”美少年困难地挣扎了几分钟，终于将手指从粗大的绳子里解救出来，他指了指自己，晶亮的眸子里浮现出迷惑：“在下秦品熙。”

在……在下？这……这……这到底是在演哪出戏啊？

我惊呆了：“秦敖晋是你爸爸？”

美少年一脸的惊讶：“你怎么知道？”

阿P点点头转过来，朝我哼笑一声，洁白的牙齿几乎炫花我的眼睛：“想要我松绑吗？”

当然！谁喜欢被当成粽子一样绑在椅子上啊，脑袋又没有坏掉！

我毫不犹豫地点头。

阿P食指戳向此刻被墙上的画轴吸引、正聚精会神研究、嘴里还不停喃喃自语些“好眼熟”之类话语的秦品熙，对我神秘一笑：“如果你想从这里活着走出去的话，把他带走。”

“把、把他带走？”

“意思就是，我把他送给你了。”

“送……送给我？”我呆滞了一秒，怪声怪调地叫了起来：“为什么？”

Oh，My God！现在是奴隶社会吗？完全不顾别人的意愿，说送人就送，而且我还不知道这个少年的来历耶……

一边悠闲喝茶的千影挥挥手，阿P立刻将收起的纸张双手奉上，毕恭毕敬地站在他身边不说话了。

千影若有所思地打量着我，食指悠悠地弹着手里的纸张，轻描淡写地说道："我的腿并不是天生不能动。"

这个叫千影的家伙脑子没坏吧？怎么突然说起他的腿来了，刚才不是还在说要把秦品熙送给我的事情吗？

我满脸错愕："啊？"

千影将纸张放在腿上，推动轮椅来到我面前，斜睨了秦品熙一眼："你和他，是治好我这双腿最好的良药！"

"你……你……你不能把我们放到炼丹炉里炼成丹药，杀人是犯法的！"我吓得魂不附体，连声音都变了样，整个人因害怕而剧烈地颤抖起来。

早知道这个"愿望小店"是这么可怕的地方，打死我也不会进来的！呜呜……

04

也许是没有料到我会这么说，千影定定地看了我好一会儿，遏制不住的笑声从他嘴里迸发出来："呵呵呵……放心，我让阿P把井盖挖掉，再费尽心思地将你引到愿望小店，并不是为了杀你。"

我长长地松了一口气，惊魂未定地拍打着胸口……

原来千影让阿P……啊，等等！千影刚才说什么来着？让阿P把井盖挖掉……这么说……害我跌进下水道的家伙不就是……

"呼哧呼哧……呼哧呼哧……"我全身上下的怒火都被挑了起来，眼睛向外冒火，要不是被绑在椅子上，我绝对会冲上去揍他一顿，啊啊啊！

"你、你、你为什么要把井盖挖掉？"

千影怔了一下，仿佛听到什么好笑的话一样，白皙的脸上露出笑意，黑色的眼瞳罩上了一层晶莹的玻璃似的东西："呵呵……我刚才不是说过了嘛，你和秦品熙是治好我双腿最好的良药。"

该死的秦品熙，都到了要被人炼成丹药的生死关头了，他还有心情研究画轴！不要命了吗？

"你说过不会杀我的！"我急得眼睛都红了，奋力地挣扎，像被蜘蛛网黏住的飞虫一样东摇西摆，差点儿没连人带椅跌个四脚朝天，幸好用脚尖

及时踮住，才避免了鼻子被摔扁的命运。

“我说过吗?”千影把玩着手里的纸张，懒洋洋地说。

竟然敢不承认?!他刚刚明明说费尽心思地把我引来不是用来杀的!

我怒火冲天：“千……影!”

千影盯着我看了半天，突然坏坏一笑，轻柔悠扬的声音里带着一抹玩味，又带着一抹算计：“我可以不杀你，不过——”

“不过怎样?”我气鼓鼓地瞪他。

千影一挑眉，阿P从绿云龙纹画筒里抽出一张画轴，摊开，竟然和墙上的画轴一模一样，写了神兽字样、画着奇怪动物图案的画卷，不同的是，卷轴右下方多了一团看起来像路标的图案。

我愣住：“这是?”

千影修长的食指点在画卷上，视线越过我，看向秦品默：“烛龙、陆吾、开明兽、毕方四大神兽。”

虽然很想大笑着鄙视他，但考虑到人在屋檐下不得不低头，我只能轻声地提醒：“那个，古代神话里的四大神兽是青龙、白虎、朱雀、玄武……”

被打断的千影霍然抬头，一脸阴晦地瞪我，充满寒意的目光简直想要将人冻成冰棒：“你在怀疑我的话吗?”

“没……没有，是我记错了，烛龙、陆吾、开明兽、毕方的确是四大神兽没错……”

“很好。”千影阴恻一笑，“如果你能帮我找到它们的话……”

“找到它们?怎么可能?”我哇哇大叫，“它们根本不存在，它们只是传说而已!”

“它们真的存在。只不过，找到它们需要一个条件罢了。”千影打断我的话，非常认真地看着画轴上的图案。

“什么条件?”

“穿越时空必需的帝困之符。”千影一手敲着轮椅，上下打量了我一下，神秘一笑：“如果你们愿意帮我找到的话……”

我疑惑地看向他：“帝困之符?”

千影眨了眨眼，阿P摇头晃脑、滔滔不绝地说开了："穿越时空最重要的凭证是帝团之符，它是一种缥缈虚幻的不明物体，比任何奇珍异宝都要珍贵，是穿越古今的钥匙。获得帝团之符，表示契约缔结，允许穿越时空……"

经过阿P唾沫横飞的说明，我总算是明白了事情的来龙去脉：原来，千影全名叫皇甫千影，和秦品熙一样来自异次元，他5岁时在外玩耍的时候，因为一道奇异的光芒昏了过去，醒来的时候发现自己被送到了这个世界，双腿也失去了行走能力。皇甫千影用尽了所有的办法也不能让他的腿康复，尽管如此，这些年来，他依然坚持不懈地努力着，希望能寻找到破解封印回到异次元世界和医治双腿的方法。皇天不负有心人，经过11年的努力寻觅，总算是找到了，那就是，找到当年目睹封印且拥有朱雀项链的女孩与秦氏唯一的后人秦品熙，解开结界，再与帝团之符签下契约，穿越时空找到烛龙、陆吾、开明兽、毕方四大神兽，从它们手里得到一样宝物，治好皇甫千影的双腿，再次穿越回到属于他们的异次元……

可是，既然帝团之符是这么缥缈虚幻的东西，怎么可能找得到它呢？

我正疑惑着，皇甫千影悠悠然地开口了："你不是想进帝团学园吗？秦品熙是最好的通行证……"

啊？不是在说帝团之符和结界吗，怎么扯到进帝团学园了？皇甫千影这小子的脑袋没有坏掉吧？而且他怎么知道我想冲进帝团学园把那群臭新生抓出来暴打一顿的？

我还没回过神来，两头长着翅膀的猪"咻"的一声就飞了过来，三下五除二地解开绳子，"嘿咻嘿咻"地扛着我朝门外飞去……

"咚！"我被丢了出来，四脚朝天地跌坐在地上，跌得头晕目眩、满眼都是金星！

下一秒，一团看似衣服和另一团不知道是什么的东西飞了出来，笔直地朝我砸了过来，什么也来不及想，我眼前一黑，头一歪，就昏死过去了！

闭眼前，脑子里全是皇甫千影抿嘴冷笑的诡异模样。

CHAPTER 02

被迫签下“不平等条约”

01

天空那么湛蓝，好像用清水洗过的蓝宝石一样，飘扬的云朵悠闲地在透亮的天空散步，调皮的风儿牵着紫薇花瓣的手，快乐地飘啊飘，轻巧地落向大地。

漫天飞舞的花瓣雨，让世界看起来是如此美好……

可是，我一点儿也不好！

头痛！背痛！腰痛！全身都痛极了！我一定是散架了！

该死的两头蠢猪，把我丢出来就算了，居然还敢拿东西砸我！它们最好现在就开始祈祷，要不然哪天栽在我的手上，哼哼，绝对把它们串起来烤成乳猪！

“嘶——”真是痛死了！我该不会摔成脑震荡，从此神志不清吧？呜……人家还没有享受到世界的美好，不想就这样死去。

我揉着屁股坐起来，拍掉身上的灰尘……

蹲在身边的不明物体，一看我醒了，立刻凑了过来，棕色的眼珠子一闪一闪的，仿若一对明亮而美丽的珍珠在黑夜里闪耀：“你醒了？”

秦品熙？他怎么会在这里？

飞快地瞄了愿望小店一眼，发现门早已关上，门板上挂着的“打烊”的木制牌子清清楚楚地提醒我，刚才发生的一切都是真实的，皇甫千影真的把一个来历待查清的美少年送给我了……

我错愕地看着身上套着歪歪扭扭白色直裾的秦品熙，脑子里的神经当场乱成一团糨糊。

一朵花瓣飘飘扬扬地落在我的鼻尖上，嘲笑我阿呆似的，顽皮地跳来跳去，就是不肯落到地面。

秦品熙神色冷淡地瞄了我一眼，伸手拿掉我鼻尖上的花瓣，轻轻一吹，花瓣如仙子般飞舞起来——

他的手指抚过我的鼻头，指尖带了电流一样，引起我身体一阵本能的战栗。

我呆呆地看着秦品熙，说话都结巴起来："你——"

秦品熙仍面无表情地看着手中的花瓣，失神地喃喃自语："这么漂亮的花瓣，居然落在那么丑的脸上，好可惜……"

这该死的怪异男，居然拐着弯说我丑！真是气死人了！

我顾不得屁股传来的阵阵疼痛，一个翻滚，从地上跳起来，不由分说，朝他的脑袋"哐当"就是一拳！

秦品熙连眉头都没皱，微微上翘的长睫毛便扑朔迷离地上下跳动了几下，剑眉下那双清澈明亮的眼睛，闪着迷惑："为什么打我？是不是打一下就有东西吃？"

我忍不住翻了个白眼送给上天！

吃吃吃！就知道吃！这家伙除了吃就不能想点儿别的吗？他知不知道自己已经被皇甫千影当成"猪肉"送人了啊！

无语啊，今天真是我 16 年来过得最奇怪的一天了，净遇到奇怪的事、奇怪的人，什么帝国之符，我看是诅咒之符才对！

不管三七二十一，我揪住他的衣领，咬牙往帝国学园的方向拖去，一口气把他拖到大门前，累得上气不接下气，扶着城墙"呼哧"呼啦地大口喘着粗气。

我的妈呀！这家伙真够沉的！

我提腿踹了踹揉肩膀的秦品熙，食指指着站得比松树还挺拔的保安："喂！快点儿叫保安开门！"

秦品熙抓着脑袋站起来，拍掉身上的灰尘，声音里全是迷惑："开门？开什么门？"

皇甫千影都已经说了他是最好的通行证了！这臭小子，竟敢给我装傻！

我牙齿磨得咯咯作响，两根手指耀武扬威地在他眼前晃了晃："秦——品——熙！你再给我装傻看看！"

哼！再敢装糊涂，我就把他的双眼给戳爆！

秦品熙面无表情地瞄我一眼，说出的话差点儿把我气得脑溢血："你到底在说什么?"

啊啊啊……崩溃了！我的小宇宙瞬间爆发了！三步并作两步，我冲上去对着秦品熙就是一阵拳打脚踢："开门！你快点儿叫他们开门！"

秦品熙完全不理会我的无理取闹，抬头看了看灰暗的天空，卷翘的睫毛根根分明："天已经黑了。"

啊，天黑了?

我怔了下，抬头，发现蔚蓝的天空不知什么时候被滚滚的乌云遮住了，暗沉沉的，好像随时会掉下来一样。

看看手腕上的电子表：14 点 30 分。

怎么回事？天怎么突然黑了?

"要下雨了。"

秦品熙的话音刚落，一颗豆大的水珠"啪嗒"一声掉在我的眼睑上，沾湿了睫毛，模糊了视线……紧接着，水珠像断了线的珍珠一般，噼里啪啦地掉下来，在我和秦品熙的头上、脸上、身上砸开一朵朵水花……

这鬼天气，居然像小孩一样，说变就变！刚才明明还晴空万里，一转眼就"哗啦哗啦"地下起大雨来了！

看来，今天是没法去帝国学园调查了……先回家吧，唉……

我抹了抹脸上的雨水，朝密密麻麻的雨帘冲去。

跑了两步，没有听到身后有脚步声，又倒了回去。

秦品熙神色慌乱地站在那里，雨水已经把他完全打湿了，雨滴不断地落下来，打在他的头发上、肩膀上，溅起丝丝水雾，开成一朵朵妖娆的水花。

这个迟钝的家伙，就不知道跟上来吗?

“你还愣着干什么？还不快点儿跟上来！”

秦品熙迷惑地指着自己：“在说我吗？”

真是气死人了，现场除了我和他，难道还有第三个人吗？要不是这家伙知道进入帝国学园的方法，我真想丢下他不管了！

我冲上前去，不由分说地拉住秦品熙的手，冲进雨帘……

虽然我们已经发挥出最高的长跑水平，但还是赶不上磅礴大雨的速度，回到家的时候，我和秦品熙都被淋成了落汤鸡！

为了防止被爸爸妈妈发现，我先把秦品熙带回自己房间，安排他去洗澡，自己则拿着衣服到楼下浴室，开始冲洗被雨淋得瑟瑟发抖的身子。

唉……秦品熙那个乡巴佬，竟然连热水器都不会用，等把自己弄干净后，绝对要好好地嘲笑他一顿！

哼，谁叫他刚才说我丑的？我平果果可是有仇必报的人！

我正幻想着要摆什么姿势笑比较打击他，楼上秦品熙却发出了高分贝的尖叫声把我拉回了残酷的现实！

“啊啊啊——妖怪！果果，有妖怪！”

该死的怪异男，叫这么大声，要是害我被爸爸妈妈吊起来抽，看我怎么收拾他！

我抓来莲蓬头，冲掉满身的泡泡，快速地穿上内衣裤，包了块大浴巾，以百米赛跑的速度冲到楼上！

一进门，发现套着歪七扭八浴袍、墨蓝色头发的秦品熙正惊慌失措地缩在床边，手指颤巍巍地指着浴室。

吓成这样，难不成这幢房子里真的有妖怪？

我望着那闪着黄色灯光的门，不由得感到一阵阵恐惧，随手抓了支扫把挡在面前，战战兢兢地一步一步靠近浴室，壮着胆子大喊：“谁？是谁在里面？我……我……我警告你哦，我有阿P给的符咒，不想死的话……”

话还没说完，缩在床边的秦品熙突然一个箭步奔过来，将我抱进了怀里！由于太过突然，我被吓了一大跳，手一软，“咣当”一声，扫把掉在了地上，心里像是揣了一只小兔子似的一阵猛跳，仿佛快要从喉咙里跳出来了。

“秦品熙?”

秦品熙紧紧地抱着我，头颅埋在我的肩窝处，我可以清楚地感觉到他因害怕而不断颤抖的身体“果果!”

第一次被男生抱且抱得这么紧，我的脸瞬间暴红成番茄酱，想说些什么，嘴张了好几次，竟发不出任何声音。

被……被非礼了……

我面红耳赤地深吸一口气，结巴道：“那个……秦……秦品熙，你先放开我。”

“不要!”秦品熙想也不想地“拒绝”，温热的气息呼在我的耳边。我的心紧缩着，大气不敢出，只觉得手软、脚软，耳朵像烙饼的锅一样，火辣辣地热着……

这么下去我会成为第一个因脸红而死的女生啊!

我把脚一跺，使出全身的力气，奋力一推，秦品熙一个重心不稳，整个人跌到床上。

由于动作过大，秦品熙的手臂狠狠地敲在了床头柜上，上面的黑色小猪存钱罐猛地跳下来，重重地砸在他如花似玉的脸上……

存钱罐虽然是空的，但被砸到……哇……

我心急火燎地奔过去，七手八脚地跳上床，轻拍着他脸颊：“喂，秦品熙，你没事吧?”

秦品熙撑着床坐起来，可怜兮兮地眨巴着水汪汪的眸子说：“果果，我的头好痛……”

啊?不是撞到了鼻子吗?怎么会头痛?

“我看看!”我爬到秦品熙身后，拨开他的头发——Oh my god!好大一颗香菇包!这家伙刚才撞到床头板了吗?

我朝秦品熙刚才躺的地方瞄去，果然看到床头板凹进去一小块!

见他神色痛苦的样子，我伸出手正准备帮他揉揉，这时，爸爸担忧的尖叫伴着一阵乒乒乓乓上楼梯的声音从门口传来。

"果果！怎么了？果果！有妖怪吗？不要怕，爸爸马上来救你！"

我的心一惊！

糟了！要是被爸爸发现我房间里藏了个男生，皮一定会被剥掉的！怎么办怎么办？

突然，我看到了被踢到床角的被子，灵机一动，抓过来将秦品熙整个人蒙住，再将他推倒，跟着自己也钻进了被子里。

千钧一发的时刻，爸爸面无血色地冲了进来，他的手里还拿着一把沾着肉沫的菜刀……

不等我反应过来，爸爸已经抡着菜刀在房间里里外外地搜寻着，全身上下散发着一般骇人的气势，"果果，妖怪呢？妖怪在哪？看我一刀砍死它！"

吵成这样，就算有妖怪也早跑掉了吧！

我将被子里秦品熙的嘴捂得紧紧的，两条腿死死地缠住他，确定他不会制造麻烦后，这才抬头："那个……爸爸，没有妖怪啦！"

"没有妖怪？"爸爸猜疑地看着我，眉毛不相信地一挑，"我刚刚明明听到你的房间里有叫声，好像是男生的声音……"

"爸爸你在胡说些什么呢？我的房间里怎么可能有男生啊……"我飞快地说完，末了还抽疯似的大笑几声掩饰自己的心虚，"啊哈……啊哈哈……啊哈哈哈……"

"不对，我刚才明明听到有男生的声音！"爸爸握着菜刀，目光凶猛，一步一步地逼近我。

该死的秦品熙，他不好好在被子里待着，动什么动！要是大浴巾一不小心散开，然后再被爸爸抓个正着……Oh，My God！

我花了两秒的时间不留痕迹地、飞快地把脑袋伸进被子里小声说了句"别动别出声"，秦品熙总算是老实了。

不过，因为刚才的蠕动，秦品熙的双手，竟然毫不犹豫地搭在了我没有被浴巾盖住的大腿上！

呜呜……现在的情况……绝对……绝对不能让爸爸看到！否则真的会死无葬身之地的！

我害怕极了，脸火热火热地发烫，整个身体也在不停地颤抖，可是为了不被打死，只能用尽全身的力气佯装出生气的样子："哎哟，臭爸爸！刚刚那个……是我在看恐怖片啦！"

"恐怖片?"爸爸走到书桌旁，移动了下鼠标，一个画面恐怖的视窗出现在电脑屏幕上。

呼呼……幸好之前看影片的时候没有关掉，不然……

我长长地松了一口气。

"原来真是在看恐怖片啊。"爸爸点点头，走过来拍拍我的脑袋，"既然害怕就不要看了，快点儿关掉电脑下来吃饭，爸爸今天准备了你最爱吃的菜哦。"

说完，爸爸拿着菜刀，哼着不成调的歌曲下楼了。

一等爸爸离开，我立马拍掉秦品熙搭在我大腿上火烫的手，掀开被子，扑过去把房门关上反锁，再冲回来一拳重重地砸在秦品熙的脑袋上，噼里啪啦一阵狂骂："该死的！我不是交代过你绝对不能出声的吗？你到底有没有把我的话放在心上啊！"

"对不起……我……我不是故意大叫的……刚才浴室的墙壁上突然出现一个人，我做什么他也做什么……"秦品熙缩着脖子，表情充满了愧疚。

"镜子……镜子，那是镜子！对不起有什么用。你到底知不知道刚才我们随时都有可能被抓去浸猪笼啊?!"我抡起拳头，准备再给他那颗笨得跟猪一样的脑袋来个重重一击，谁知才刚举高手，浴巾竟然哧溜一下，滑落到地上了！

哇啊啊啊啊！被看到了！被看到了！被秦品熙看到我穿内衣裤的样子了！呜呜……平果果，你的命怎么就这么苦呢！这是个什么事啊！

下一秒，我像被开水烫过的虾子一样，抓起浴巾，一路乒乒乓乓地飞奔进浴室。

折腾了近半个小时，我们总算是把自己给弄干净了。秦品熙那家伙居然连热水器都不会用，他到底是从哪个山洞来的啊！

幸好我的房间内不仅有独立的洗手间，还有个可以让秦品熙当床睡的

大壁橱，否则突然带这么个大活人，还是男生回来，非得被爸爸妈妈绑起来"严刑拷打"不可！

一直到晚上 11 点多，我总算把一切都安顿好，上床休息了。

02

凌晨 6 点，天才蒙蒙亮，星星正在回家休息的路上，月亮在天空打着哈欠，爸爸妈妈还在睡梦中和古人下棋，我就领着睡眼惺忪的秦品熙蹑手蹑脚地出了门！

经历过昨天的突发事件后，我连正眼都不敢瞧秦品熙一下。因为，只要一对上他的视线，我的脸就滚烫。早上叫他起床，也花了好大的劲儿，偷了妈妈的小花布蒙住头，戴上大热天才用得到的墨镜，这才勉强能够与他对视几秒！

秦品熙那家伙，应该没看清楚我昨天穿内衣裤的样子吧……

我从墨镜后用眼角余光偷偷地瞄了秦品熙一眼，不经意地对上他如泉水般清澈的瞳眸，脸又一红，心脏也"扑通扑通"地加速跳了起来，快得让我差点儿喘不过气来。

他应该也待不了多长时间吧？等查到帝国学园是什么来历后，他就会被我抛弃了……虽然把这么帅的美少年丢掉有点儿可惜……可是没办法啊，我才 16 岁，怎么可能养得起一个大活人嘛！

我们已经到了帝国学园的大门口。早上 7 点，太阳仿佛是一块光焰夺目的玛瑙盘，缓缓地向上移动。红日周围，那轻舒漫卷的云朵，好似身着红装的少女，正在翩翩起舞。

帝国学园门口的几名保安，手里拿着电棍，像雕像一样，在门口站得笔直笔直的，眼睛炯炯发亮，个个精神抖擞。

妈妈咪呀！从昨天一直站到现在，这些人都不用睡觉吗？还以为这么早能神不知鬼不觉地溜进去呢！真是气死人了！

我咬着唇，红着脸踌躇了一会儿，走到秦品熙身边拉拉他的袖子，凑到他身边，刻意把声音压低："喂，你确定他们会让我们过去？"

秦品熙摇摇头，完全处在状况之外：“他们为什么要放我们过去？”

这臭小子，他难道忘记我们这么早溜出门的目的了吗？!

我怒发冲冠，什么害羞啊尴尬啊全都忘记了，狠狠地瞪着秦品熙，胸脯一起一伏，就是憋不出一句话来——

皇甫千影啊皇甫千影，看你给我送了个什么人嘛！一问三不知，简直能把人气死！

我在秦品熙面前又跳又叫，张牙舞爪：“你不是通行证吗？为什么他们会不放？总之我就是要进去！”

秦品熙总算感受到了我进学园的强烈愿念，不好意思地抓了抓脑袋：“可是……我不知道怎么进去……以前……”

我像只见到花朵的小蜜蜂，扯掉包头的花布，“嗖”的一声飞到秦品熙身边，摘掉墨镜双眼眨巴眨巴地闪着希冀的光：“以前什么？是不是想起怎么开门了？”

“我以前好像开过跟这扇差不多的门。”

“早说嘛！”我一欢喜，兴高采烈地指着板着僵尸脸的保安，手舞足蹈，“快点儿，快点儿，叫他们开门！”

哦呵呵呵呵……一想到立刻可以进入帝困学园调查清楚那群臭新生为什么突然叛变，我就热血沸腾地激动啊！

这时，一个保安吊着眼角睨了我们一眼，声音跟从冰窖传出来的似的：“两位同学，请不要打扰我们的工作！”

“你开门我们就不打扰你了！”我丢给保安一个白眼，转过头去，准备叫秦品熙，却发现他已经踱到了铁门的另一边，对着庄重大方的门，右瞅瞅右瞄瞄，不知道在研究什么东西。

哎！对这个跟猴子一样闲不住的小子，真是一刻也不能放松！

我“噔噔噔”地冲过去，对着他的脑袋“哐当哐当”就是两拳，牙齿咬得“咯咯”作响：“秦！品！熙！”

正事不做，却跑到这里来玩，再这样下去，我迟早会被气疯的，啊啊啊啊……

秦品熙并没有生气，他抚着被我打痛的头，沉吟了一下，说道："我想起来打开这扇门的通关密语了。"

我呆滞了两秒，十分怀疑地看了他一眼："你确定?"

"嗯。"秦品熙点头，飘逸的头发随着动作闪动着流水般的光泽。

好吧，姑且就相信他一次。

我退开一步，眼睛一眨不眨地看着秦品熙。

秦品熙轻咳了一声润了下嗓子，对着紧闭的大门轻轻说了四个字："芝麻开门……"

芝、芝麻开门?

我伸手用力地掏了掏耳朵，简直不敢相信自己听到了什么!

这该死的臭小子，我这么认真，他居然跟我乱开玩笑!

我深吸了好几口气，才克制住把他暴打成馒头的冲动，抓着他的手臂使劲摇晃："该死的……你知不知……道……"

最后一个字模糊地消失在喉咙里，因为那扇庄重的大门，竟然"啪嗒"一声，缓缓地打开了!

这……这……

我彻底傻了，只能睁大眼睛，观赏这"百年难得的奇观"。

芝麻开门!只要说该死的"芝麻开门"四个字，门就开了!那我之前那么辛苦，拼死拼活地从门缝里挤，趁着保安不注意时偷溜进去那些行为到底算什么啊!

虽然郁闷得想刨坑把秦品熙埋掉，想拔光皇甫千影的头发，但我还是拉着秦品熙大摇大摆地走进了帝国学园!

我们两个一边走一边看，在学园里畅通无阻地游玩。

几分钟后，我们来到了一座颇有唐风建筑风格的看似主楼的建筑物前，正想沿着乳白色的螺旋形楼梯上去，"呜呜呜"的警报声却突然撕心裂肺般地响了起来!

啊啊啊!这怎么回事?

我惊慌失措地看着不断闪烁的红光，阵脚全乱了。

不到一分钟的时间，我和秦品熙就被四面八方涌来的保安给围了个严严实实！

这下完蛋了……

我看着密密麻麻的人群，感到头皮阵阵发麻。

就在我心急如焚时，秦品熙那小子竟然面带微笑向凶神恶煞般的保安挥手致意起来了！

吐血！这小子以为他在开演唱会吗？

说时迟，那时快，保安们挥舞着电棍，“哗啦”一下朝我们涌来，我和秦品熙彻底被淹没在浩瀚的人群当中……

“快点儿！抓住他们！别让他们跑了！”

“这边这边！”

“啊，跑哪去了？”

“人呢人呢？”

“……”

现场乱成了一团，N 多只手、N 多个电棍凌空挥舞着……

尽管被挤得头晕眼花，我还是咬牙牵着秦品熙的手，躲开众多耳目，伏在地上，艰难地一小步一小步朝大门的方向匍匐前进！

当我们终于摆脱比蚂蚁还多的保安，一身狼狈地从帝国学园里爬出来时，已经接近中午了，用来包头的花布和墨镜也在逃亡途中被踩得七零八落，壮烈地牺牲了！

“呼呼——”幸好他们人太多，跌成了一团，否则被抓住的后果可真是不堪设想啊……

太阳公公精神抖擞地挂在一碧如洗的天空中，绽放出万丈光芒，给大地罩上了一层金灿灿的霞辉，仿佛在嘲笑我们的狼狈……

看着秦品熙嘻嘻哈哈一副完全在状况外的样子，我抑制许久的团团怒火终于在瞬间爆发了！冲着秦品熙一阵震天狂吼：“该死，你到底知不知道刚才很危险啊——”

哇呜哇呜……我到底做错了什么事，上天要派个这样的人来折磨我！

没想到，我发泄的怒吼声没有把秦品熙吓到，却把后面那群保安给吸引了过来！

他们挥舞着手中的电棍，像台风一样，滚滚地朝我席卷而来，眼看就要追到校门口了……

前面一片宽敞，根本没地方躲，后面追兵一大群。

怎么办？怎么办？

突然，城墙门边的紧闭小木门吸引了我的目光！

愿望小店！不管了，先找一个地方藏身再说！

我顿时像装了马达一样，扯着秦品熙的手，飞快地朝愿望小店飙去。

呼哧呼哧……明明不到10米的距离，为什么跑起来会这么长啊？好像一直在延伸似的……

7秒钟后，我们总算是跑到了愿望小店的门口。

我想也不想，"哐当"一声，踢开门，先一脚把秦品熙踹进去，自己也跟着闪了进去，然后"砰"的一声甩上门，惊魂未定地靠着门板，大口大口地喘着粗气。

大概是我踢的时候太过用力，秦品熙整个人滚皮球似的在地上滚了好几圈，停在了皇甫千影的脚边，头重重地磕到轮椅，昏了过去。

03

轰轰轰——

随着地面的剧烈震动，脚步声由远及近，缓缓地朝愿望小店靠近……再靠近……

我紧张得手心全是汗，心脏跳得极快，都快从胸膛里蹦出来了！

捧着一杯香喷喷热茶正喝得津津有味的皇甫千影对坐在对面的阿P使了个眼色，阿P一个翻身从椅子上轻巧地跳了下来，走到门边，做了几个奇怪的手势，门外的脚步声停了一阵后，就渐渐远去了。

隐约间，还能听见保安们的疑惑——

"奇怪，刚才明明是朝这个方向跑的啊，怎么突然间就不见了？"

“对啊对啊！我也看见了！”

“真是怪事，两个大活人居然一下子就不见了！”

“……”

耶？耶？怎么回事？这些保安也太不敬业了吧？他们至少应该敲个门问问有没有人跑进愿望小店啊。

我看着纹丝不动的木门，陷入了迷茫当中。

阿P点点头，背着手大摇大摆地走到位置边，一个弹跳，坐回椅子上，继续喝茶，完全把我当成空气一样！

这只该死的兔子，居然敢这么蔑视我！我气得头顶直冒蓝色火焰。这时，皇甫千影推动轮椅，绕过倒在地上的秦品熙，来到我面前。

屋子里的橘黄色灯光有些昏暗，柔柔地洒在他身上，仿佛有一缕轻烟在缭绕，美极了！

虽然之前已经惊艳过一次了，可是这么近距离地看着皇甫千影，我的心还是像被巨大的电流击了一下。

就在我发愣的时候，皇甫千影不知从哪变出一个金算盘，“噼里啪啦”地拨了起来。

这……这小子，该不会是有躁郁症、强迫症之类的吧，没事就拿个东西胡乱摆弄的？

“噼里啪啦”的声音停住了，皇甫千影把金算盘递到我面前：“总共是15688元，麻烦请付下，谢谢。”

15688元？什……什么意思？

我疑惑地看着皇甫千影，头顶冒满了问号。

皇甫千影挑了挑眉，但笑不语。

阿P立刻摇头晃脑，唾沫横飞地说开了：“踹门，6000元；帮助逃过保安的追踪，9688元。共计15688元！”

说完，阿P喝了一口茶，拍着圆滚滚的肚子，满足地吐出一口热气。

虾、虾米？15688元？卖了我都值不了这个钱啊！这一人一兔，简直就是趁火打劫的土匪！

我崩溃的声音像雷声一样，几乎要将整个屋子掀翻：“那群保安明明是自己走掉的！”

皇甫千影收起金算盘，专心致志地看了我一会儿，右边眉毛轻轻挑了挑，突然微微一笑，转过去，随性地朝阿P摆手。

收到信号的阿P屁颠屁颠地跑到木门前面，一边做着奇怪的手势，一边“叽叽咕咕”不知道在念些什么。

惊人的是，随着阿P的动作，小木门外传来了一阵阵嘈杂的声音——

“再仔细找找，他们应该就在这附近。”

“绝对不能放过一个角落！”

“挖地三尺也要把他们给找出来！”

“……”

这……这……这……那些保安不是都走了吗？怎么又……

我惊呼一声，差点儿没跳起来。下一刻，我只差没跪下来求皇甫千影：“投降！我投降……只要你把他们弄走，我什么都答应你！”

呜呜……我的命怎么这么苦啊！

皇甫千影满意地点点头，他的眼睛，黑黑的，湿漉漉的，那长长的睫毛，像是长在两池清水岸上的青草……

“很好，那就请付钱吧！”

“可……可是……我没钱！”真的，我穷得身上连两块硬币都找不到。

“阿P，笔墨纸砚。”

话音刚落，毛笔和装着墨水的砚台立刻呈上，并附上一张雪白的A4纸。

皇甫千影接过纸笔，龙飞凤舞地一阵挥毫后，把纸笔递给我：“签名吧！”

我接过来一看，差点儿一口喷血出来，倒地而亡。

欠条

本人平果果，损坏愿望小店设备，自愿赔偿店主皇甫千影15688元整。因无力偿还此巨额款项，本人甘愿为皇甫千影做牛做马，直到还清赔偿金为止！

欠款人：

XX 年 XX 月 XX 日

做牛做马？太过分了！这个看似飘逸俊美的皇甫千影，简直就是披着天使外衣的恶魔啊！

我气嘟嘟地将纸笔一丢！

这种不平等条约，叫我怎么签得下去嘛！

皇甫千影捡起落在地上的白纸："平果果同学，你想被帝国学园的保安抓走吗？"

"不想！"

但我也不想签这个极度不平等的条约！

虽然我大可以跑掉不承认，但一想到皇甫千影养了一只会说话的阿 P 和两头长着翅膀、行动比火箭还快的小猪，赖账的想法就化作泡沫消失得无影无踪了！

皇甫千影抚着下巴沉吟了一会儿，突然笑了，亮晶晶的眼睛仿佛夜晚的北极星，光芒照人："如果……你能帮我找几样东西，这笔钱我可以抹掉，另外还附送一枚可以在帝国学园畅通无阻的校徽……"

我一听，立刻来了精神，"哧溜"一声，就跑到了皇甫千影面前，眨巴着双眼，恨不得把所有的诚意都展现出来："只要帮你找到这些东西，我就可以不赔这些钱吗？"

如果是这样的话，那简直太好啦，哦呵呵呵……

皇甫千影耸耸肩，十分怀疑的样子："你确定要帮我找这些东西吗？"

当然！当然！

我点头如捣蒜！

不仅可以不赔一万多大洋，还可以拿礼物！我决定了，不管多苦多难，都要帮皇甫千影把他要的东西给找回来！

皇甫千影又问了一次：“确定?”

我无比用力地点头，眼睛里闪着坚定的光芒！

“既然这样，那我就只好顺着平果果同学了。”皇甫千影从阿 P 手中又抽了一张纸，“哗啦啦”埋头一阵苦写，再递给我。

欠条，还是欠条，不过已经改成了——

欠条

本人平果果，损坏愿望小店设备，自愿赔偿店主皇甫千影 15688 元整。因无力偿还此巨额款项，本人甘愿为皇甫千影找回必需的“物品”，抵扣赔偿金！

欠款人：

XX 年 XX 月 XX 日

我扫了下纸上的内容，拿起笔“哗哗哗”豪迈地在欠款人后方，签上了自己的名字。

签完名后，阿 P 立刻拿来一个红色锦盒，把纸张收了起来，上了两道锁后，才小心翼翼地把锦盒放到古老的木制柜子上。

趁阿 P 收东西的当儿，皇甫千影将一本又厚又重的封面素雅的小册子丢到我手里，这是一本像精品服装宣传册一样的杂志形书，不同的是，服装宣传册上的衣服都超级漂亮，而这个小册子里的衣服却都是超级丑的紧身衣，颜色全部是单一的大红色、土黄色、土壤色……最恐怖的是，竟然还有像老黄瓜一样的绿色……

苍天啊，这是哪个设计师的作品啊？简直跟油菜花一样！谁要是穿上这些衣服，一定会倒霉一辈子的！

正鄙视着小册子里的衣服时，皇甫千影冷冷的声音在耳边响起：“挑一个颜色吧。”

啥？挑……挑一个？难道说，千影要穿这些衣服，现在询问下我的意见？

我吓懵了，用力地咽咽口水，结巴道："那个……我觉得，你还是穿身上的汉服比较好看……"

"无法决定?"皇甫千影懒懒地看了我一眼，挑高一边眉毛，"那绿色吧。"

绿、绿色？那是最丑的颜色啊！没想到这家伙长得倾国倾城，审美观居然这么差。

"千……千影，你要不要再考虑下?"想到皇甫千影穿上那身老黄瓜色紧身衣时的可怕模样，我忍不住重重打了个寒战，"穿上这个……会倒霉100年的……"

后面的话还没来得及说完，皇甫千影就让阿P扛着我，穿过一条走廊，把我丢进了一间很像服装制作室的小房间。

房间的架子上，满满地挂着颜色丑到半死的面料……

"阿P。"皇甫千影转转黑曜石般的眼珠子，阿P立刻屁颠屁颠地拿着一个软尺靠过来，在我的身上一阵比画。

不是要给皇甫千影做衣服吗？干吗量我的尺寸？难道说……这么丑的衣服是给我穿的?

我的脑袋就像被雷狠劈过般"轰隆隆"作响："这……这是……给我做衣服?!"

皇甫千影和阿P同时瞥了我一眼，一副"不然呢"的表情。

一想到自己要穿上那件奇丑无比的衣服，我脑袋里的神经线便"嘣"的一声断裂了，像只猩猩一样大吼："我不要！我不要穿这种衣服！"

抗议无效，因为皇甫千影根本不理会我的尖叫，他吩咐完阿P出去量秦品熙的尺寸后，径直推着轮椅到工作台边拿起剪刀开始裁剪布料了！

哇，这个人怎么这样？一点儿也不在意当事人的想法和抗议！

我的眼里燃起熊熊怒火，边咆哮边三步并作两步冲过去抢皇甫千影手里的剪刀。

"刷——"

剪刀从皇甫千影手中震落，掉在工作台上。我伸手去抢，脚下却一个重心不稳，整个人向前倾倒了。我条件反射地伸手去扶工作台，发出巨大

响声的同时，原本安安静静躺着的剪刀腾空飞起，笔直地朝我贴在工作台上的脸戳下来……

说时迟那时快，就在剪刀距离我的脸蛋只有差不多5公分的时候，皇甫千影一挥手，将它打落了！

好危险！本来就不算漂亮的脸蛋差点儿被戳出一个洞来啊！

我惊魂未定地站直身体，一转身对上皇甫千影蓄满骇人寒光的眼神……

"该死的，你在做什么！"

"我……"

"你找死吗？"皇甫千影的手紧紧地握成拳，慢慢地扬高……他冷酷的话穿透空气直刺我的心脏，可是我没有余力去注意这些，因为他的手指正在流血，肯定是刚才替我挡剪刀的时候受了伤！

"哇啊——"我飞扑过去，抓起他受伤的手塞进嘴里，边吮吸还边歇斯底里地乱叫，"流血了，你流血了！怎么办？怎么办？千影，你会不会死？呜呜……"

"……"

皇甫千影的双颊忽然泛出红晕来，像纸上沁的油渍，顷刻布满脸，腼腆得迷人："咳——平果果，你在做什么？快放、放手！"

可是，他的手指还在流血啊！

我犹豫了下，不解地看着他飞满红霞的俊脸："千影……"

皇甫千影的表情突然变得有些僵硬，黑色的瞳眸里闪过一丝难以分辨的思绪，他甩掉我的手，低哑急促的声音里含着一丝无法掩饰的无措。

空气中弥漫着一股让我猜不透的气息。

我看着突然变得像出嫁的媳妇一样害羞的皇甫千影，一头雾水。

他怎么了？

正在我想要开口询问时，阿P拿着量好的尺寸进来了。他满脑袋问号地瞄了瞄皇甫千影，再瞅瞅我："千影？丐帮长老？你们怎么了，愣在这里？"

我看看皇甫千影，耸肩，回给阿P一个"我也不知道怎么回事"的表情。

阿P怀疑地瞄我，再仔细地打量了一下皇甫千影，下一秒，服装制作室里传出一声惊天动地的狮子吼："丐帮长老，你竟然让千影受伤！我要杀了你——"

我被它吼得差点儿连心脏都跳出来："对不起……我不是故意的……"

"对不起?"阿P先冲出去拿了药箱进来帮皇甫千影处理完伤口，这才一个漂亮的跟头跳到我的头顶上，两只前爪死死地拧住我的耳朵，用力往两边拉扯："你这个该死的丐帮长老，没看过偶像剧吗？对不起有用还要警察干什么！"

兔子也看偶像剧?

"对不起……"自知理亏的我只能不停地道歉。呜呜……头上的臭兔子猛揪我的耳朵，疼得我连泪花都挤出来了！

"呜呜……"好痛！

"阿P，算了。"皇甫千影垂着眼睑，呆呆地看着手上的OK绷半晌，嘴角勾起一抹淡淡的笑容，"出去吧，还有事要说明。"

"哼！"阿P总算放过我的耳朵了，但阿P根本不打算放过我，它拿来了阿暴的鱼叉，戳着我的衣领，一路把我挑出服装室。

因为做了亏心事，悲惨可怜的我一声也不敢吭，只能望着皇甫千影始终挂在唇角的微笑，百思不得其解。

回到大厅后，皇甫千影推着轮椅到一边专心致志地喝茶去了。

阿P将一块密密麻麻写满字的小黑板挂起来后，把我拖了过去，按坐在一个矮矮的小凳子上。

两头长着翅膀的小猪"嘿咻嘿咻"地把倒在地上的秦品熙抬到贵妃椅上后，立刻摆了小桌子，并捧来了香喷喷的热茶和色、香、味俱全的小点心。

"哇——"待遇立刻不一样了耶！

双眼瞬间一亮，我毫不客气地拿着点心吃了起来……

"嗯嗯……"入口即化，真是太美味了！

阿P拿着一根像指挥棒一样的细棍子，在小黑板上比画了起来。

"首先，我们这次要寻找的是上古神话中的四大神兽，也就是烛龙、陆吾、开明兽、毕方……"

又是四大神兽?

太过震惊，咽到一半的糕点猛地卡在了喉咙!

我捏着喉咙，猛灌了几大杯茶，死命地拍打着胸口，好一阵子才缓过气来。

"咳……咳……等等!"我抹了抹嘴，挥手打断阿P滔滔不绝的话，以极度质疑的口气问道:"你刚刚说什么?四大神兽?"

阿P一副"真受不了你这样"地赏我一个白眼，提高了音量:"对，我们要寻找的就是传说中的四大神兽……"

"停!停!停!"我一个箭步地冲到阿P面前，"啪嗒"一掌贴上它的额头，"你脑子热坏了吗?传说……传说是什么你知道吗?传说是由幻想或梦见各种生物形状和内容编造出来的，根本就不存在!"

"你才发热呢!"阿P手中的指挥棒挥了过来，打在我的手臂上，疼得我在原地又蹦又跳。

这只死兔子，总有一天，我要把它做成三杯兔!

我气红了双眼，朝阿P扬着拳头咆哮:"你本来就发热!这世上怎么可能有神兽?"

神经病!都说了神兽是上古神话里的生物了!神话是什么?神话就是人们想象出来、不存在的东西嘛!

"啪——"指挥棒再一次挥了过来，一条红色的淤血立刻在我的手臂上浮现出来，令人触目惊心。

"平果果，你找死吗?敢质疑我的话?"阿P的眼睛半眯着，朝我射来的眼神如刀光。

"这世上本来就没有四大神兽!"

"我说有神兽!"

"没有!"

"有!"

“……”

04

就在我们吵得不可开交的时候，一直处于昏迷状态的秦品熙悠悠地醒了过来。他摸索着下了贵妃椅，参与到我和阿P的争吵当中来。

“你们要找四大神兽吗?”

我和阿P包括悠闲喝茶的皇甫千影同时一愣，目光齐刷刷地看向他。

“我在结界里听过，知道它们在哪里。”

这小子在说些什么啊? 什么结界? 什么知道神兽在哪? 他摔坏脑袋了不成?

“你知道它们在哪里?”皇甫千影眼睛一亮，璀璨的双眼里蕴藏着欣喜。他用力地推动轮椅，想要到秦品熙面前，结果却因为太过于焦急，整个人向前仰去——

“小心!”我大叫着冲过去。

只听“扑通”一声，皇甫千影最终倒在我伸出去的双臂上，轮椅则因为冲击力向后飞出了好几米远，翻倒在地，而我不仅手被皇甫千影死死压住，脸也重重地磕到坚硬的水泥地板上，鼻梁处传来一阵剧烈的疼痛，一股温热的液体缓缓地从鼻孔流出，染红了地板。

鼻子好痛! 胸口被压得好闷，快要喘不过气来了!

“救……救命!”我捂着鼻子在皇甫千影身下发出微弱的求救声。

大概是被我的行为吓到了，阿P和秦品熙愣了半晌才慌慌张张地跑过来把压在我身上的皇甫千影扶起来。

本以为他们接下来会把我也扶起来，没想到阿P安顿好皇甫千影后，竟然一个蹦跳踩在我的头上，不仅如此，它还抬起它的小短腿，毫不留情地往我左右脸上各踹了几脚!

没料到阿P会有这个动作的秦品熙呆住了，而我——真的生气了! 并且是非常生气!

就在我准备跳起来把这只死兔子海扁一顿的时候，皇甫千影开口说话了，他充满磁性的嗓音进我的耳朵：“阿 P！下来！你想被关进小黑屋吗?”

奇怪？被踩的人是我耶，为什么皇甫千影听起来这么生气?

我吃力地转过头想问原因，但一看到皇甫的脸色，所有的话全在一瞬间咽回到肚子里去了。

哇，好可怕！他干吗一副仿佛要将人生吞活剥的表情啊

“千影……”踩在我头上的阿 P 刚想说点儿什么，却被皇甫千影凌厉地打断了。

“阿暴！32！”

话音刚落，耳边传来一阵急促的脚步声，下一秒，眼前出现了四个猪蹄。哇呀呀，皇甫千影该不会真的要把阿 P 关进小黑屋吧?

“下来就下来。”阿 P 不甘心地“哼唧”了一声，狠狠地在我脸上补了好几个“兔爪印”，才从我的头上跳下来。

死兔子，它以为我是沙包吗？用这么大力！

我头晕眼花地扶着鼻子坐起来，发现阿 P 像囚犯似的被两只小猪架住，愤慨的眼睛正用每秒十万伏的电流直瞪着我，我赶紧开口：“千影，我没事……那个……关于小黑屋的事，就算了吧……”

皇甫千影拧着一对漂亮的眉毛，盯着我看了好一会儿，伸手轻轻一挥，阿暴和 32 立刻把阿 P 松开了。接着，他满意地点点头，朝我勾了勾手指。

干吗?

我防备地看他一眼，捂着鼻子躲到还在震惊状态的秦品熙身后，探出半个头。“那……那个，有什么事这样说就可以了……”

皇甫千影眼神霍然一厉，吓得我全身一抖，立马屁颠屁颠地奔到他面前。

秦品熙想过来救我，脚刚一抬高，整个人就被阿暴和 32 的鱼叉给叉到半空去了。

平果果，你的命好苦啊，呜呜……

“头低下来。”皇甫千影冷冷道。

“是。”我乖乖地低头。

“再低点儿。”

“是。”我的眼神飘来飘去，就是不敢直视他的脸。因为，皇甫千影阴沉的脸实在是太可怕啦！

皇甫千影盯着我，抬起的手一寸一寸地靠近，我的心也害怕地随着他的动作一路提到了嗓子眼。

终于，皇甫千影的左手搭到我的下巴上，右手缓缓地从怀里掏出一条绣着梅花的手绢，凑到我的鼻子下轻轻擦拭了几下，而后将沾着血迹的手绢塞到我手里。

“流鼻血了。”他轻轻地说，声音很好听。

我惊愕，简直不敢相信自己听到了什么，呆呆地看着手里仿佛盛开着鲜艳彼岸花的手绢，久久无法动弹。

皇甫千影为什么突然对我这么好？难道说……这又是他想逼我签下另一个欠条的阴谋？

正纳闷着，皇甫千影轻轻一挥手，阿暴它们会意地把秦品熙放了下来，他瞄了我一眼，轻描淡写地说了句“捂好”后才转向秦品熙：“秦品熙，你还记得它们在哪里吗？”

“当然啊！”秦品熙用力地点头，“我小时候见过它们呢，绝对不可能忘记的！”

“你见过它们？”我失声大叫，手绢一不小心掉在了地上，我赶紧将它捡了起来（鼻血早就止住了，但是我不敢在皇甫千影面前把手绢拿下来）。

阿 P 说的是神兽！不是小狗耶！秦品熙居然说见过它们？天，这小子脑子一定坏掉了，绝对坏掉了！

阿 P 第一时间跳到秦品熙面前，扯着他的胳膊来回晃动，双眼闪着金灿灿的光：“怎么样？怎么样？它们是不是长得很帅很高大？是全世界最帅的神兽？”

“呃……神兽都很高大。”秦品熙抓了抓头发，清澈的眸子闪着一丝不确定，“好像有那么一点儿帅吧……”

无语，居然越扯越像真的了……

我用力地干咳几声以引起秦品熙的注意：“你确定自己没有在说梦话？”

秦品熙严肃地看着我，双眼如夏夜晴空中的星星般晶莹，透着坚定的光芒：“我见过它们，真的！不相信的话，我可以带你们去找它们！”

皇甫千影盯着秦品熙，眼睛里闪过一抹锐利的光：“你确定?”

不知道为什么，皇甫千影的目光给我一种很不好的预感。好像……要发生什么重大的事情一样。

不给我们反应的机会，秦品熙如一阵风似的飘过，脚步快得惊人。我还没有弄清楚是怎么一回事，正对着我们的墙壁上便突然多出了四个陷进去的大约 20 公分的柜子，敞开的柜子里，四颗浮在半空中清澈的半透明球体，闪闪发亮，在橘色的灯光下显得异常耀眼夺目。

我这才明白过来，原来是秦品熙打开了墙壁上的机关。

一阵轻微的风从门缝里飘进来，拂过在场每个人惊讶的脸。

皇甫千影怔了一下，突然扯唇讥讽一笑：“秦品熙……你居然……而我竟然这么多年也没有发现……”

阿 P 显然也被吓得不轻：“怎么会这样? 我们找了那么多年……”

我被墙壁上四颗漂亮的球体吸引了全部的注意力，根本没有注意到他们的异样：“这些是?”

秦品熙欢天喜地地冲到一个柜子前，指着发亮的球体，笑得得意极了：“四大神兽啊！”

四大神兽? 这小子脑子难不成真的被驴踢过了吗? 开明兽、陆吾、毕方、烛龙，光是听名字就知道它们长什么样啦！这四颗白色球状体哪里有动物的样子?

我的嘴角不停地抽搐着：“秦品熙！你差不多一点儿！它们看起来哪里有神兽的样子?”

“啊！”秦品熙忽然想到什么似的，笑得傻乎乎的：“弄错了！我本来想说，你们要找的四大神兽在这里面……一时说得太快……”

“在这里面?”我满脸质疑地看了秦品熙一眼，伸手小心翼翼地戳了戳那些球体，原本凝固的球状体在我的触碰下仿佛突然有了生命似的流动了起来，原本晶莹净亮的光也变得朦胧起来……

这……这是怎么回事?

我惊呆了！手僵在那里，无法动弹！

秦品熙像发现新大陆似的，兴奋地手舞足蹈，随着情绪的高涨，他整个人也瞬间亮了起来：“哇，我还在想怎么启动它们……”

话说到一半，他突然顿住，眉毛紧紧地拧在了一起：“不过，想见到四大神兽，还需要另外一样东西……不然会受伤的……”

我想都没想，便脱口问道：“什么东西？”

“帝困之符！”

三个声音同时回答！

我错愕地转头，看到表情各异的两人一兔：“帝困之符？要怎么找到它？”

妈妈咪呀，这两天来，见了太多奇怪的东西，奇怪到我都快相信四大神兽是真的存在了……难道我也发热不正常了吗？

阿 P 昂头挺胸，不慌不忙地伸出爪子指了指自己，一副傲气十足的模样！

我疑惑地歪了歪头：“你知道帝困之符在哪？”

阿 P 用力地甩头，激动地跳到桌子上与我平视，爪子用力地戳自己的脑袋，表情急切……

这家伙到底在干什么啊？跟个疯子似的！

皇甫千影悦耳动听的声音仿佛清泉般潺潺流淌出来：“阿 P 的意思是，它就是那样最重要的东西，帝困之符！”

什么？阿 P 是帝困之符？既然阿 P 就是帝困之符，那皇甫千影为什么还要我寻找啊！

“也许你们都忘记了当年的事。”皇甫千影一眼就看穿了我的疑惑，他神秘地一笑，“你们接近云华楼，解开阿 P 身上的封印，事实证明我的调查没错，你和秦品熙的确是当年秦氏一族封印皇甫一族的见证人。”

云华楼？阿 P 身上的封印？皇甫千影他到底在说些什么啊？

皇甫千影将轮椅旋转了 45 度，从面前桌子上的画筒里抽出一张画轴摊开，一张复杂的地形图立刻显现在我们面前——

“这是？”我一头雾水地看着皇甫千影。

皇甫千影修长白皙的食指点在地形图上的某一处，朝我微微一笑，美得惊心动魄："云华楼，也就是你和秦品熙刚刚经过的地方。"

见证人？封印？奇怪的建筑？难道说……

我的脑袋像被什么劈中般闪过一道白光，不敢置信地脱口说道："你的意思是说，阿P的封印之所以被解除，是因为我和秦品熙同时出现在云华楼?"

皇甫千影伸手打了个漂亮的响指，轻轻地笑了："答对了！"

"可是……"为什么我和秦品熙同时出现在云华楼，阿P的封印就会被解除呢？而且符咒一般不都是黄色的吗？怎么……

秦品熙率先把我心中的疑惑问了出来："我记得帝国之符是黄色的，上面还有奇怪的符……"

说话间，阿P"砰"的一声化作一团青烟，消失了。原本空无一物的桌子上，多出一张3公分宽10公分长，上面画着奇怪符号的黄色纸条，看起来像是符纸之类的东西……

阿P……居然是一张符纸变的，这实在是太神奇了！不行了，我需要时间好好消化下这个惊人的事实……

转眼间，阿P已经变回了兔子的模样，正倚躺在桌子上，得意地跷着脚一边捋毛一边哼歌。

皇甫千影低头思索了一会儿，温和又严肃地说："嗯，平果果，你先回去休息，记得明天晚上12点前带秦品熙到愿望小店来。对了，我们大概会到另一个地方一星期，记得请假。"

离开一个星期？去哪?

我还没说什么，两头长着翅膀的小猪一头一个轻而易举地把我和秦品熙扛到门口，丢了出去。

在我晕眩的目光中，两只小猪"哐"的一声，重重地甩上了门。

该死！就这么把我和秦品熙丢出来，不怕我们被刚才那群马蜂似的保安给抓走，明天赴不了约吗?

CHAPTER 03

前往异界之空

01

整个帝国学园门口除了几名“保安雕像”外，四周空荡荡得连半只苍蝇都找不到。而站在门口的那几名“保安雕像”，见到一脸狼狈，跌坐在地上的我们就跟没事一样，看都不看一眼，仿佛刚才那场骚动根本就没有发生过！

这群家伙刚才还追得死去活来的，怎么突然间就……

我丈二和尚摸不着头脑，整个人陷入了一团迷雾当中。

今天的人都好奇怪哦，先是皇甫千影突然替我擦鼻血，再来是保安……

我想了半天也没想出个所以然来，于是先把秦品熙弄回家藏起来再说。

回家的路上，我打电话向学校请了几天病假……呼，幸好还在筹备欢迎新生的阶段，还蛮清闲的，否则还真有可能请不了假呢。

虽然很想无视皇甫千影奇怪的要求，但只要一想起之前发生的一连串奇怪事件和会说话的兔子阿 P，还有身边这个从水晶球里冒出来的秦品熙，我的脚就忍不住一阵发抖。

苍天啊，请原谅我吧，我真的不是故意要撒谎骗人的，这都是被皇甫千影那小子活生生给逼的啊，呜呜……

到了家门口，我却犹豫了，跨进小院子的脚慢慢地收了回来。

该怎么跟爸爸妈妈说我请假的事呢？装病？不行不行，这么说他们一定会把我抓到医院去打点滴；说学校放假？不行不行，隔壁住了一个在日不落学园上学的邻居，这个谎言很快就会被戳穿的！

烦死了！烦死了！

我火烧火燎地在家门口踱来踱去，都快把脚下的路踩出一串深深的脚印了！

秦品熙的表情疑惑极了，温暖的阳光下，一脸迷茫的他看起来梦幻得如漫画中走出来的优雅王子："你在做什么？"

啊！差点儿忘记，还有秦品熙这个大活人要藏啊！

想到这里，我的头更痛了，脸上的表情简直比哭还难看！

到底该怎么办啊？

秦品熙眉头深锁，俊雅的脸因为难而绷得紧紧的："我们不进去吗？我肚子饿了。"

这个白痴！就知道吃！真想把他捆起来丢到寄宿生的食堂去吃惩罚餐！

寄宿！

脑子里一道白光闪过！对了，我怎么没想到这个呢？我可以跟爸爸妈妈说学生会有事，需要搬到学校寄宿一星期，然后再把包袱搬到皇甫千影的店里去！爸爸妈妈要是问起秦品熙来，就说他是来帮忙搬行李的！

真是太好了，就这么办！哦呵呵，平果果，你实在是太聪明了！

我的嘴一咧，圆圆的脸蛋笑开了花，欢天喜地地拉着秦品熙就往屋子里钻。

迎接我们的是一室的冷清，平常午餐时间，爸爸妈妈都会在的啊，今天怎么连一个人影也没有？

我里里外外把屋子找了个遍，才发现客厅冰箱门上贴了一张便签纸。

果果：

爸爸妈妈要出差一周，冰箱里准备了你最爱吃的食物，在家要乖乖的哦。

最最亲爱的爸爸妈妈
XX年XX月XX日

爸爸妈妈居然在这个时候出差！

呜呜……我真是太激动了："爸爸妈妈出差去了！哈哈哈，真是太好了！秦品熙！快点儿！快点儿！我们收拾东西……"

回应我的是一阵有规律的"吧唧吧唧"吃东西的声音。

我缓缓地转头，差点儿被眼前的情形气到口吐白沫。秦品熙不知道从哪里摸了一个香喷喷的鸡腿，正坐在椅子上跷着二郎腿，啃得津津有味，红艳的嘴唇泛着一层剔透的油光……

这个贪吃鬼！

我电闪雷掣般地冲过去，一把夺下他手中剩下的鸡腿，往桌子上重重一扔。说话比打雷还大声，震得墙壁嗡嗡直响："秦！品！熙！你知道不知道自己真的很欠揍啊！"

秦品熙一双水灵灵的眼睛忽闪几下，满是不解和委屈，声音楚楚可怜："我肚子好饿……"

一看到他可怜兮兮的模样，我的手脚便不由自主地动了起来，拿了面条、鸡蛋等材料进厨房，乒乒乓乓地忙活了近20分钟，端出了一碗飘着青翠葱花的香喷喷的清汤面。

为什么我会这么顺手，难道我天生就是丫头命吗？呜呜……

我一屁股坐到椅子上，托着下巴看着秦品熙狼吞虎咽吃面的样子，心里的满足感油然而生："喂，秦品熙，你是哪里人？为什么会出现在皇甫千影的店里，而且还藏在水晶球里？又为什么会突然出现？还有，四大神兽到底是怎么回事？"

秦品熙从面条中抬起头，满足地拍了拍圆滚滚的肚子："我？秦国人。"

秦、秦国？

我手一歪，下巴直接砸到桌子上，牙齿差点儿磕断："啥？"

秦品熙看着我，一字一句地重复，声音平稳清晰："我、是、秦、国、人。"

我用力地挖挖耳朵，确定自己没有听错。

秦品熙说的的确是春秋战国时期的一个诸侯国，可那不是距今好多年，

已经淹没在历史潮流中的朝代吗?

我忍不住伸出双手捏住他白皙的脸蛋用力地往外撕扯:“秦先生，容我提醒你，秦国早就灭亡了，现在是科技发达的21世纪!”

“哗——”这小子皮肤真够嫩的，滑不溜秋的，比剥了皮的鸡蛋还要嫩上几分啊!我忍不住多捏了几下。

秦品熙拍掉我的“咸猪手”，脸上浮现出不可思议的神情:“秦灭亡了，并不代表我就不能是秦国人啊。”

这只死脑筋的猪!他又不是妖怪，怎么可以从秦朝活到现在!

“灭亡了，意思就是不存在了，明白吗?意思就是你是现代人，不是秦国人!”

“我明明就是秦国人。”

……

啊啊啊!我到底在跟这小子争个什么劲啊，我要问的是这小子的来历和结界的事啊!

不正常了，自从遇到皇甫千影后，整个世界都变得不正常起来了!

我伸手在他面前打了个大大的叉，“噼里啪啦”地问了刚才问过的一大堆问题:“停!这个问题到此结束，你先告诉我，你为什么会出现在皇甫千影的店里，而且还藏在水晶球里?又为什么会突然出现?还有，四大神兽到底是怎么回事?”

秦品熙拍拍被我捏疼发红的脸蛋，咕哝道:“这个问题好奇怪，我从5岁开始就住在水晶球里了啊，我也不知道自己为什么会在皇甫千影的店里。而且，我在水晶球里住得好好的，是你把我放出来的耶。”

什么?是我把秦品熙放出来的?为什么我完全不知道这件事?秦品熙出现那天的情形，如电影倒带般，在我脑子里开始回放。

那天，我进了皇甫千影的小店，被阿P当成丐帮长老嫌弃，还被它狠狠地踹了一脚，然后，我一不小心撞倒了摆着一个方形精致盒子的香几，放在盒子里的水晶球裂了，于是秦品熙就踩着盛开的紫薇花光芒出现了……

说起来，好像真的是我把他给放出来的……可是，没有哪个正常人会住在水晶球里面吧?

我像个小博士一样抚着下巴，怀疑的目光在秦品熙身上来回扫射:“你说你5岁就住在水晶球里了?”

“嗯。”

“你都不用上学吗?”

“上学?”秦品熙歪头想了下，“那是什么东西?”

啥?竟然有人不知道上学是什么?难怪他看起来呆呆的。没知识果然是件很可怕的事情啊!

“呃……那个，四大神兽呢?它们真的存在?”

“嗯，我小时候见过它们。”

“你确定?神兽真的存在吗?真的让人难以置信啊，它们明明都是神话里的动物啊。”

“当然存在!不信我明天就带你去找它们!”

……

经秦品熙这么一说，我才想起明天要去出门一星期的事!呼呼……先不说这些了，得赶紧去整理一下衣服才行!呃……皇甫千影说的另一个地方是什么天气啊?冷还是热?

算了，还是先收拾吧!

说做就做，我火速地收拾了餐桌，便拉着秦品熙冲上楼准备行李去了。

02

因为不知道皇甫千影说的另一个地方天气怎么样，为了防患于未然，我把春、夏、秋、冬的衣服全带上了，打了整整两大包。

当太阳缓缓地落下地平线时，我和秦品熙一人背着一个巨大的花布包袱，出了门。

我咬牙用力托着身后巨大的包袱，抬着像灌了铅似的腿，弯腰弓背，一颤一颤地向前挪动着脚步。

不行了！先休息一下！

我深吸了口气，弯着腰，两脚叉开，双手撑着膝盖直喘粗气！艰难地腾出一只手，颤巍巍地抹了抹额头豆大的汗珠。

呼呼——这该死的包袱真不是一般的沉啊！

我忍不住回头看了看一直没出声的秦品熙。吼！上天真是太不公平了，为什么我背个包袱就累得半死，秦品熙那臭小子却像没事一样，把几乎有他一半大的包袱挂在手臂上，悠哉游哉地散着步，一边走还一边东张西望。

啊啊啊！偷看人家穿内衣裤样子的人怎么可以这么轻松？真是太令人恼火了！

我吃力地将背上的包袱拿下来，往地上一丢，鼓着腮帮子气呼呼地冲到秦品熙面前，叉着腰准备开骂，后脑却遭受了重重的一击，整个人像不倒翁似的晃了好几下才站稳！

一转头，看到阿P靠在愿望小店的门框上，得意扬扬地撅着嘴呼呼地吹着握成拳的右爪。

肯定是这只臭兔子搞的鬼！

正想冲过去踹它几脚，阿P却率先开口了："喂，丐帮长老，不想挨我的无影腿就快点儿进来！"

语毕，阿P头一甩，拍拍屁股，走了，留给我一个，不可一世的高傲背影。

啊！这只死兔子，有机会我一定要把它做成三杯兔！

我气得脸一阵青一阵白，扯着秦品熙大步流星地跟了上去！

愿望小店里的摆设吓了我一大跳。翘头案搬开了，彩绘屏风也被挪到了一边，原本零落摆放的紫檀木香几此刻密密麻麻地挤在屋子的角落里。大厅的地板上多了张巨大的、我完全看不懂的地图，歪歪扭扭的白色文字像麻花一样纠结在一起，每一条线，都闪着浅蓝色诡异的光，好像随时要把人吸进去似的……

我正想上前去看个究竟，手腕却被人紧紧地扣住了！原来是皇甫千影，他的眉毛蹙得紧紧的，手里拿着一张同样画满奇怪符号的镶着金边的黑色卡片：“等等，先把这个签了！”

“啊?”又要签什么鬼东西?

我狐疑地看了皇甫千影一眼，接过他手中的卡片，摊开，卡片上除了一堆奇怪的符号，别的什么都没有。

突然，静谧的空间里传来一阵“沙沙沙”的写字声，我猛地一扭头，看到秦品熙眼睛眨都不眨一下，便接过阿P递给他的卡片，大笔一挥，三下五除二地签上了自己的大名。

这……这小子竟然都不问下是什么东西就签名……难怪会被皇甫千影当成“奴隶”送给我！

我忍不住皱起眉头，扬了扬手中的卡片：“这是什么东西?”

皇甫千影挑眉一笑，深邃的眼睛里闪烁着流光溢彩，如夜空中两颗朗朗的星星：“契约。”

“契约?”

“嗯。只有与帝国之符缔结契约，才能被允许穿越时空。”

穿、穿越时空?我刚刚没听错吧?皇甫千影的意思是，我们要穿越时空?

瞄一眼地上奇怪的地图——难道说，这张地图就是能将我们传送到另一个时空的穿越之门?

“咚！”我一时无法消化这个惊人的消息，脚一软，像团棉花似的瘫在地上，再也爬不起来了！

“快点儿签！别磨磨蹭蹭的！”阿P拿了盒印泥和卡片丢在我面前，仿佛我是坐在天桥底下要饭的乞丐似的。

我脑袋里乱成一团，只能盯着面前奇怪的卡片和红艳艳的印泥，呆呆地愣在那里。

见我久久没有动作，阿P等得不耐烦了，干脆抓起我的手，像强迫画押一样，沾下红色的印泥，朝卡片上按了下去！

就在我们做这些事的同时，皇甫千影也签好了一份卡片，交给阿P。

阿P手脚麻利地将三份卡片叠在一起，像吃三明治一样张大嘴巴，

“咔嚓咔嚓”，不到一分钟，就把三份卡片吃了个精光！

我傻眼，呆愣在那里，久久没有回过神来。

03

一缕缕金黄色的阳光洒向绿油油的草地，阳光照耀着小草上的露珠儿，泛出五颜六色的流光；高耸入云的参天大树，向天空伸展着袅娜多姿的树枝，茂盛树叶在微风中轻轻晃动，“沙沙沙”的声音像音乐家正轻轻拨动琴弦；一望无垠的小草，在微风中轻舞，掀起一阵阵绿色轻浪，偶尔有一两只雪白的小兔子从草丛里探出脑袋来，左顾右盼一阵后再一溜烟地消失在我们面前。

眼前的一切都说明，我们真的穿越了，而且来到了一个绿草如茵、欣欣向荣的地方！

从踏上这块充满春天气息、处处弥漫着芬芳花香的土地开始，我就被眼前的风景吸引了全部的目光！也是直到此刻我才明白，皇甫千影和阿P为什么劝我不要带那两个大花布包了，在这个春暖花开的地方，冬天的衣服根本就派不上用场！

我嘴角抽搐地看着挂在身上的两个大花布包，回想起刚才自己死活都要把花布包带在身边的情形，真想挖个洞把自己给埋了！

临行前。

皇甫千影看着我“嘿咻嘿咻”吃力拖行李的动作，水晶般明亮清澈的眸子里闪过一丝戏谑的光：“平果果，你确定要带这么多东西去？”

“嗯。”我重重地点头，打开花布包，把东西一件一件地排在地上，“牙刷、毛巾、拖鞋、洗衣粉、肥皂、换洗的衣服……这些都是生活必备品，一定要带上。”

要是到了鸡不生蛋、鸟不拉屎的地方，这些可都是宝贝呢！

阿P提了提身上的小背包，瞥我一眼，圆圆的眼睛里全是鄙视：“真不愧是丐帮长老，出个门还带一大堆破烂玩意儿！”

死兔子！它一天不鄙视我会死吗？

我白了阿P一眼，气呼呼地把东西收起来："要你管！"

皇甫千影掩嘴咳了一声，面部表情不自然地抽搐了一下，好像在努力憋笑的样子："平果果同学，我建议你……不要带这么多东西比较好。"

"那怎么行？我们要去一星期耶！当然所有的东西都要准备齐全啊！"我十分宝贝地护着土得连渣都掉不出来的花布包，生怕被别人抢走似的。

为了防止露宿街头，我甚至连帐篷都带了耶！哦呵呵，平果果，你做事真是太周密了！

才刚收完摆出来的东西，准备打结背起来，阿P便一脚将比它大好几倍的花布包踢出了好几米远。花布包哧溜溜地滚了几下，安静地停在角落，里面的生活用品也哗啦啦地撒了一地。

"丐帮长老！我警告你不准带那么多东西！否则，我踢爆你的眼睛！"

"要你管！"我手脚并用，一边爬一边捡，忙活了好一会儿，总算把东西一件不落地捡回来打包好，重新将花布包拖回画着奇怪符号的地图内。

一件超长的羽绒大衣递到我面前，随之而来的，是秦品熙如黄莺般清脆的声音："这件衣服好厚。"

我一把拽过秦品熙手中的衣服，三下五除二地塞进布包，蛮横地瞪他："这叫防患于未然！懂不？"

爱带多少东西是我的事，我干吗要跟他们解释那么多啊！真是！

秦品熙修长的眉毛皱了起来，声音也变得十分为难："可是……"

我把花布包重重往肩上一扔，斩钉截铁地打断秦品熙："没有可是！反正我就是要带！"

……

我抹了抹额头如雨的汗珠，哀怨地看了看走在前头的两人一兔——

呜……该死的秦品熙！该死的皇甫千影！该死的阿P！他们怎么可以眼睁睁地看着我——日不落学园最伟大的学生会会长兼招生部长这么狼狈地顶着个大布包，在太阳下像只乌龟一样蹒跚前进，而不来帮忙！

这三个没有同情心又不懂得怜香惜玉的家伙，真是气死我了！

我脚一跺，使出全身的力气将肩上的东西往前一摔，花布包像颗皮球一样“骨碌碌”地朝前滚去，在阿P身上来回滚动，擀饺子皮似的把它碾得扁扁的，才停住。

我们三个被眼前的情形惊呆了，像被点了穴一样，一动不动！

阿P一身狼狈地从布包下爬出来，抓着耳朵发出一阵狮子吼：“丐帮长老，你嫌命太长了吗?”

我缩了缩脖子，躲到秦品熙身后，如受惊的兔子一样露出一颗脑袋：“那……那个……我不是故意的……”

这真的不能怪我啊，谁知道……谁知道花布包会……会那么巧把阿P压得扁扁的……

阿P一步一步朝我逼近，它的双眼被愤怒的黑色填满，已经完全看不到眼珠子了：“你的意思是，你是有意的?”

我吓得连话都说不流利了：“不……不是！就……就一不小心手，手滑……”

阿P生起气来的样子好可怕，简直就像黑山老妖一样，啊啊啊！

阿P爪子一伸，捏住我的衣领，然后往上一提，轻而易举地把我拎了起来：“手滑? 你怎么不说你没吃饱? 嗯?”

啊? 这样说它会比较高兴吗?

我愣了一下，赶紧从善如流地说：“我……我没吃饱……”

“平——果——果！我要杀了你！”

……

不管我怎么解释，阿P还是不相信我不是故意的！它变出来一根粗绳子，蛮不讲理地把我绑成了粽子，拴在了皇甫千影的轮椅后头！

而秦品熙和皇甫千影并没有要伸出援助之手的意思，只是一脸同情地看着我。

在这种上天无路、下地无门的情况下，阿P径直推着轮椅向前走去。

从它不停的碎碎念中，我知道了自己没有被杀的原因——因为契约缔结者，不能随便乱杀生灵，所以，它就采用了这种拖地的方法来惩罚我。

这样拖着我，它不累吗？我是不介意啦，虽然说脖子被勒得有点儿不舒服，屁股也被青草刺得痒痒的，但是秦品熙帮我背比泰山还重的大布包了耶！怎么说都是我占便宜啊，哈哈！

一阵天旋地转的颠簸之后，我们来到了一座依山而建的小镇上。

一条弯弯曲曲的小溪，如一条银白色的长绸，悄无声息地流向东方；飞溅起来的水花，在金色的阳光下，闪动着点点波光；沿河散立的褐瓦白墙屋子，倒映在水面上，显得清幽宁静。

咦？这是什么地方？好漂亮哦，简直就和画里的江南水乡一模一样！

我目瞪口呆地看着眼前的一切，疯狂地扭动着身体，挣扎起来："阿P……阿P，快放开我！"

"放开你？"阿P蹲下来，挑高一边眉毛，双眼喷射着两道沉沉的死光，"你觉得有可能吗？丐帮长老？"

该死的臭兔子，不就是被布包碾了一下嘛，干吗这么爱记仇啊！再说，我都被绑在轮椅上一个小时了，骨头都快散架了耶！

我拼命地眨眼睛，努力了半天，总算是挤出了两颗"鳄鱼的眼泪"，接着，可怜兮兮地看向皇甫千影的脑袋："皇甫……"

我还没来得及把后面的话说出口，就被皇甫千影含笑的声音打断了："抱歉，平果果同学，我不会为了救你惹阿P生气的。"

居然眼睁睁地看着我这个"超级美少女"被欺负，皇甫千影真是……真是一个没有良知的美少年！之前帮我擦鼻血的那幕一定是我的错觉！

我咬牙切齿地瞪了他一眼，转向秦品熙，这一看，差点儿没直接头一歪，昏过去。应该被雷劈的秦品熙，他竟然……竟然一脸悠闲地坐在岸边，捧着一把野果，正"吧唧吧唧"吃得津津有味。而装着我全部家当的大布包，正以每秒2米的速度，顺着60度角的河堤，"呼哧呼哧"地向小河滚去。

啊啊！衣服！我的衣服！

我拼命地扭动着身体，想扑上去把大布包抢回来，没想到动作太过于

激烈，皇甫千影一时没稳住，连人带椅向后翻去！而我，像被压在五指山下的孙悟空一样，被压得头晕目眩，眼前直冒金星。

好痛！

我用力地晃着头，睁开眼，看到皇甫千影倒在身边，他清秀白净的俊脸和我相隔不到10公分的距离，卷翘的长睫毛扑朔迷离地跳动了两下，顾盼撩人的大眼睛闪着珍珠般的光芒……

我正想哇哇大叫，但被皇甫千影那双如子夜般的眼睛凝视着，顿时喉咙发干，什么话也说不出来了。

怦怦……怦怦……

我听到自己如战鼓般雷动的心跳声，脸窘迫得不由自主地变红了，于是，我不自然地别开眼。

就在如此尴尬的时候，阿P冲了过来，它想扶起皇甫千影，可是努力了好几次，都没有扶起来，因为皇甫千影的衣服挂在了轮椅上，而轮椅后绑了一个重物——我！

阿P气呼呼地解开绳子，同时还不忘狠狠地踹我两脚。

呜呜……这只该死的兔子，对我老是拳脚相加的，它就不能友善点儿吗?

我不敢看皇甫千影的眼睛，扶着疼痛的腰，摇摇晃晃地站起来。

啊！衣服！差点儿忘记了衣服！

一想到衣服，我立刻精神振奋，脚下呼呼生风，像离弦的箭一样朝小河飞奔过去。

但是，不管我怎么追，还是没能赶上布包随着河水潺潺远去的背影。花色的布包在水里翻滚着，系起来的结不知什么时候被水冲开了，牙刷、毛巾、拖鞋、洗衣粉、肥皂、衣服漂了满满一河面……

那可是我的全部家当啊！呜呜……该死的秦品熙！都怪他！没事干吗把我的布包放在倾斜60度的河堤上啊！

我怒火中烧地冲向还在啃野果的秦品熙身边，对着他的脑袋“哐当哐当”就是两拳："秦品熙，你这个饿死鬼，赔我东西！"

秦品熙显然没有料到我会突袭，他惊跳了起来，手里的红色野果“哗啦”一声抛向天空，如天女散花一般在空中旋转一阵后，纷纷掉到了地上。

下一秒，不远处的河堤上响起了怒火冲天的咆哮声：“哎哟！哪个兔崽子拿东西丢我？”

糟糕！砸到人了！

我不好意思地吐了吐舌头。

我们还没反应过来，一个五大三粗戴着斗笠的大汉就冲到了我们面前，他看到我们几个与他完全不同的穿着，先是愣了一下，然后才发出震天动地的狂吼：“死小鬼，你们从哪里来的？你、你、你，是不是你拿东西砸我？快说，不然……”

大汉大掌一抓，做出一个捏死的动作。

秦品熙根本不理会大汉的张牙舞爪，径直蹲在地上，捡起野果来了，一边捡还一边朝我不平地嘟囔：“啊，摔裂了，都怪你……”

天，我会被这小子害死！

我抱头呻吟一声，怯生生地看着大汉：“这、这位大叔，你、你冷静点儿，咱们有话好说……”

说话的同时，我悄悄地抬起眼，瞅了瞅额头青筋暴起的大汉。

他、他、他应该不会对我怎么样吧？

我抹着额头上豆大的冷汗珠，连呼吸都不敢太大力。

就在这时，我的肩膀被人重重地拍了一下：“喂！丐帮长老……”

我早已绷紧的神经当场崩断，大叫一声，两腿一软，一屁股跌坐在地上：“饶……饶命啊——”

“你白痴啊？”

一扭头，原来是阿P。

我从地上站起来，不满地撅着嘴抱怨：“呼……差点儿被你吓死！”

阿P盯着我的脸，眼里满是鄙视：“你又做了什么见不得人的事吗？”

我哪有！明明就是秦品熙好不好！

我一个跨步蹿过去，把蹲在地上捡野果的秦品熙拖了过来，非常没有道义地出卖他：“大叔，刚刚是他丢你的！”

本来以为大汉会一个熊掌把秦品熙拍到地上去，没想到大汉一见到阿P，就像见到鬼一样，“咚”的一声跌坐在地上，手指不停地颤啊颤的：“你……你……你……”

“你什么你！”阿P一个箭步冲上前去，把大汉的手指掰弯，敲木鱼似的用爪子在大汉的额头敲啊敲，“喂，你知不知道龙魇虚境在哪里？”

大汉的声音抖得犹如风中的落叶：“龙……龙魇虚境？”

我无比同情地看着缩在地上发抖的大汉，啧啧地叹息：可怜的大叔，估计和我一样，被会说话的阿P吓到了吧！

“阿P！”皇甫千影推着轮椅来到我们面前，两颗黑宝石般的眸子眨了两下，转向大汉的时候，口气温和得像只绵羊：“这位大叔，我们想去龙魇虚境一趟，可以麻烦你告诉我们怎么去吗？”

大叔看了阿P一眼，又赶紧瞥开目光：“你……你们要到那里做什么？”

阿P不屑地撇撇嘴：“废话，到龙魇虚境当然是找烛龙啊！”

中年大叔飞快地倒退两步，缩在草地上瑟瑟发抖：“可……可是那里已经……已经没有人能靠近了啊……”

皇甫千影仿佛受了什么刺激似的，瞳孔顿时缩成了锥子，锐利得有些吓人：“没有人能靠近？为什么？”

“因为烛龙国的太极之轮在11年前遭到了毁灭性的破坏，烛龙居住的龙魇虚境已经成为雪花纷飞、无人能靠近的极寒地带。”

太极之轮？那是什么东西？

我一头雾水地看着抖得不成样子的中年大叔。

“这都无妨，你只要告诉我们怎么去就成。”

中年大叔怯生生地看了阿P一眼，朝东面的一座小山伸出食指：“顺、顺着那条路上去，走大概半个小时就到了。”

我顺着大汉指的方向看去，果然看到一座锥形的小山，奇怪的是，山顶被一层白皑皑的雪给覆盖了：“咦？那里就是龙魇虚境吗？”

“嗯……嗯！”

“骗……人！”坐在地上的秦品熙嘴里含着野果，说话含糊不清：“烛龙……大哥住的地方……可漂亮了！"

噢！这白痴，他没看到那座山已经被白雪给覆盖了吗？还在那里睁着眼说瞎话！

我忍不住抬高脚想踹他，但看到他那张迷糊可爱的脸，竟狠不下心，伸出去的脚又缓缓地收了回来……

皇甫千影看到这种情况，清秀的眉头纠结在一起，声音如从冰窖中传出来一般凉凉的："你在做什么?"

皇甫千影为什么突然这么生气？难道说他看不惯我的行为，为秦品熙打抱不平吗？可是，他明明是恶魔般的人物啊，而且看起来也不怎么喜欢秦品熙的样子。

不过平果果，不管怎么样，这个时候，认错准没错啊！

"没……没有……"

"别做多余的事。"

"是。"皇甫千影殿下，我下次再也不敢了。

04

还没来得及细问龙魇虚境为什么会变成那样，五大三粗的大汉就连滚带爬地逃走了，好像我们是青面獠牙的恶鬼一样！

真是的，我们有那么可怕吗？

我翻了个白眼，低声"叽里咕噜"地抱怨了一番，鼓着腮帮子，气呼呼地朝那座被雪覆盖的山走去。

走了几步后，没有听到身后有脚步声跟上，我又倒退着折了回去，朝愣在原地的他们小声道："那个……你们还不走吗?"

皇甫千影冷淡地看了我一眼，领着阿P朝山的方向走去。

我瞪了一脸茫然的秦品熙一眼，抓起他的手，跟了上去。

一个小时后，我们终于来到了半山腰的一个小亭子里。一到山顶，我立刻被眼前的壮观景象吸引了，一株株迎着寒风傲然挺立的松树上，密密匝匝地覆盖了一层厚厚的白雪，在阳光的映照下，松树挺拔笔直，散发着

朦胧晶莹的光芒……

好漂亮啊！可惜的是，我完全没有心情欣赏！

我揉着筛糠似的抖个不停的双腿，看着后方弯弯曲曲，仿佛通向天宫的小路，总算明白过来了——该死的臭大叔，他竟敢骗我们！半小时，半小时才只到半山腰！最重要的是，上山的路已经完全被大雪覆盖了，根本无法再往上行走！

幸好大布包丢掉了，不然我非累死在路上不可！不过话又说回来，在这样的冰天雪地里，为什么感觉不到冷呢？

我偷偷地瞄了正抬头仰望天空的皇甫千影一眼，想走过去问他，可是一想到刚才摔倒的画面，我的脸色立刻暴红，火烧屁股般地跳到亭子的另一个角落，手指有一下没一下地抠起了柱子。

见到我这个样子，秦品熙屁颠屁颠地跑了过来，棕色的眸子里萦绕着水流般的光彩："果果？这个可以吃吗？"说着，他兴冲冲地学着我的样子，有一下没一下地抠起柱子，一边抠还一边时不时地凑上前去舔舔。

疯了！这小子的糨糊脑子就不能想点儿别的事吗？整天就知道吃吃吃！

我一把拍掉秦品熙抠柱子的手，真是恨不得一巴掌把他拍到柱子里去："吃你的头啦！"

秦品熙抱着头蹿开五步，缩在角落里，一脸无辜地看着我，仿佛一只可怜的小白兔："我的头，不……不能吃……"

这个脑袋被驴踢过的傻小子，居然以为我真的会吃他，真是无奈到想撞墙自杀了，啊啊啊！

正想骂他，阿P一个飞踢过来，厚厚的积雪上立刻多了一个花形的脚印。

我惊恐地抚着脸颊，像个木偶一样，僵硬地站在原地。

如果……如果那记飞踢踹在我的脸上，那后果简直是不堪设想啊！

还没等我反应过来，阿P便发出一声震天动地的狂吼："都什么时候了，你们两个居然还有心情做这些没有意义的事，快点儿给我出去找烛龙！"

“找……找烛龙?”都还没到山顶，上哪找烛龙啊！再说了，我连烛龙长什么样都不知道!

我偷瞄了皇甫千影一眼，发现他依旧仰望着天空，不知道在看些什么，线条奔放、刚毅的鼻梁和下巴，在熠熠的阳光下格外地棱角分明。

他……他在看什么啊，这么入神?

我在原地踌躇了片刻，终于忍不住挪动脚步靠了过去，顺着他的目光，只看到弯弯曲曲的小路蜿蜒着朝山顶延伸。

没什么奇怪的东西啊?

就在我发愣的当儿，一个青衣少年走进了亭子，他朝掌心呵了一口白气，缩着身子搓了搓手臂："呼，都十几年了，还是这么冷……咦?"

大概是没想到亭子里会有人，青衣少年看到我们后瞬间呆若木鸡，绿色的眸子瞪得比铜铃还大："你们?你们是怎么上来的?"

被冷落很久的秦品熙从角落里跳了出来，笑嘻嘻地指着双腿："青青，我们当然是走上来的啦!"

青青?秦品熙认识这个青衣少年吗?不过这名字，还真有点儿女性化……

青衣少年看着秦品熙，慢慢地，他的眼睛越睁越大："秦敖晋?你不是Q掉了吗，怎么会在这里?"

Q……Q掉?什么意思?难道说Q掉就等于死掉吗?这里的人说话好奇怪啊。

秦品熙不停地摇头摆手，墨蓝色的柔亮短发在空中形成优美的弧线："不是!不是!青青，我是品熙啦，就是那年不小心把你裤腰带扯掉，害你很丢脸的那个品熙啊……"

“品熙?你是品熙?!”青衣少年嘴巴张得大大的，不敢置信地看着秦品熙，手放在腰处比画了一下，“我记得那个时候，你只有这么高，才几年不见，就已经长成帅气的小伙子了……时间过得可真快啊!”

“青青，你知道烛龙大哥现在在哪吗?”

“烛龙?你找他做什么?”

秦品熙不好意思地挠挠后脑勺，咧嘴一笑，露出两排白玉似的牙齿："其实是我的朋友要找烛龙大哥啦……"

"你朋友？"青衣少年看了我们一眼，防备的神色在脸上一闪而过，声音平静得听不出任何情绪，"他们为什么要找烛龙？"

"这个……我也不知道耶！"秦品熙看了我们一眼，露出一个憨厚的笑容，"他们想找烛龙大哥，所以我就带他们来了。"

晕……这小子真是越来越笨了，简直就跟个二愣子一样，傻乎乎的。

皇甫千影怔了怔，推着轮椅来到我们面前，白净的脸庞如月光一样光滑动人："呃……你好，我是皇甫千影，找烛龙是希望他能帮个忙，医好我的腿疾。"

我的眼珠子骨碌碌地向下15度，朝皇甫千影毫无生气的腿瞄去。要是治好了这腿，这小子绝对有倾国倾城的本事啊！

"腿疾？"青衣少年紧紧地盯着皇甫千影，绿色眸子射出的光芒好像要把他整个人看穿似的："抱歉，如果你们要找烛龙，可能会失望了。"

"为什么？"我们四个异口同声地问。

青衣少年笑了笑："品熙，你没发现这里和你小时候来时完全不一样了吗？"

不一样？哪里不一样？

我愣住，不明白青衣少年的话是什么意思。

秦品熙环视了四周一圈，慎重地点点头："对啊，那时候这里四季常青，并没有下雪。"

青衣少年眼神复杂地盯着皇甫千影看了好几秒，才悠悠地说："烛龙在11年前那场浩劫里受伤后，就再也没有出现过了……"

"那我们要怎样才能见到烛龙呢？"

青衣少年悠悠地叹了一口气，说："你们若想见到烛龙，就必须找到能让烛龙使用九天神雷之力的青木，否则，我是不会带你们去见他的。"

CHAPTER 04

仙境奇遇美少年

01

从半山腰的亭子下来之后，皇甫千影把我们安顿在小镇上的一个客栈里，就独自出门去打听青木的消息了。阿P那个毫无廉耻心的家伙，竟然说它一路推轮椅推累了，要我和秦品熙替它捏肩捶背！

我才懒得理它呢！

为了防止耳膜被震破，我无视阿P的大吼大叫，拉着秦品熙离开了充满魔音的房间，你追我赶地在客栈的走廊上一阵奔跑后，总算是摆脱了那个紧追不舍的黏人家伙，在客栈大堂偏僻的角落里找到了个绝佳的藏身位置。

刚一坐下，我立刻扭动腰肢，急匆匆地把头伸到秦品熙面前："喂！秦品熙，你小时候不是见过烛龙吗，那你应该知道那个叫青木的玩意儿是什么东西吧？"

"这个……"秦品熙似乎被我问住了，只见他一手抚着下巴，另一只手修长的手指有节奏地敲着桌面，表情凝重地思考了起来。

看到他这个样子，我忽然想起那天被瞄到内衣裤后被我狠揍几拳的秦品熙一脸茫然的表情，脸上顿时一阵潮红，再也不敢看他。

呜呜，这个糗事该不会跟着我一辈子吧？

沉默中，时间一分一秒地过去……

5分钟后，我终于控制不住了，急巴巴地拍掉秦品熙撑住下巴的手："到底怎么样啊？想起来没有？"

他的俊脸就这样毫无预警地磕到桌子上，发出了巨大的闷响。

秦品熙揉着被磕红的下巴，眼睛湿漉漉的，一副可怜兮兮的样子：

“我还在想……”

已经5分钟了耶，小鸡都孵出来了！

我鼓着乒乓球似的腮帮子，一拳砸向秦品熙的后脑勺：“你到底要想多久啊？等你想出来天都黑了！”

“我记得，青木应该是木头之类的东西。”秦品熙尴尬地抓抓头发，因为紧张的缘故，笔挺的鼻梁上满是密密的汗珠，“就是想不起来颜色……”

“颜色？”我愣了一下，脱口说道，“青不就代表绿色吗？”

秦品熙猛然抬头，清澈的眼睛鼓得大大的，棕色的眸子里仿佛有泉水在流动：“啊！我想起来了，烛龙大哥当时拿的木头就是青色的！”

这个臭小子！什么叫他想起来，明明就是我提醒他的好不好！算了，看在刚才他这么认真想的分儿上，暂时放过他吧！

我轻咳一声，正了正神色：“秦品熙，那块木头大概长什么样？”

秦品熙沉吟了一下：“就是青色的木头啊，好像有20厘米那么长吧。”

20厘米长的青色木头？

我摸着下巴思考了几秒钟后，双手猛地一拍桌子，站了起来，雄纠纠气昂昂，一副要出征上战场的模样：“秦品熙，我们走！”

秦品熙搔搔头，一脸迷惑地看着我：“走？去哪？”

“去找青木！”

“可是，我们根本不知道去哪里找青木啊！”

我得意扬扬地撇了撇嘴，拍着秦品熙的肩膀，露出一副神秘兮兮的笑容：“我知道！”

一想到心里那个主意，我整个人乐得跟吃了喜鹊蛋似的，全身每一根汗毛都跳跃了起来！哦呵呵呵呵……平果果，你简直就是个天才啊！居然能想到这么精妙绝伦的办法！

“你知道？可是，你又没见过青木……”

我嘟起嘴，不满地抓起秦品熙的胳膊就往外拖：“哎哟！你怎么这么婆婆妈妈的啊，快点儿走啦！”

离开客栈后，我和秦品熙两个人扛着用皇甫千影留给我们吃饭的钱买的大锯子和油漆，来到了郊外一片繁密的小树林前。

一株株巍然挺立的松树，像是一片绿色的海洋，往山顶延伸，直至苍穹。

好家伙！这些树木的茁壮程度和热带雨林有得一拼啊！

把装着油漆的桶往地上一放，我挥舞着大锯，在树影婆娑的林间小道里钻过来钻过去，拍着脸盆粗的树干啧啧赞叹："秦品熙，按人类的年纪算，这些树应该都是老公公、老婆婆了吧？"

一想到待会儿要把老公公、老婆婆的腰给锯断，我的心里突然涌起一股负罪感。唉！苍天啊，我发誓以后一定当一个爱护花草树木的好孩子，请原谅我这次迫不得已的行为吧！

秦品熙走到一棵碗口粗的松树前，双手掐住树干，转过来对我露出一个大大的笑脸，炫目的笑容几乎让整座森林顿时变得五彩缤纷起来："果果，它活了100年。"

这小子的脑袋没坏吧？胡说，眼前这棵树，一看就知道活了不到50年，怎么可能是百年大树嘛！

我放下锯，走到另一个方向，单手环住树干量了量："100年？你确定？"

秦品熙重重地点头，露出一个胸有成竹的笑容："嗯，它今年100岁了。"

好吧，看来只能用事实来说明一切了。

我拾起锯，伸手朝秦品熙挥了挥，示意他离开："我们来打个赌怎么样？"

"打赌？"秦品熙微皱了下眉，松开手，退到我身边，一副好奇宝宝的模样："赌什么？"

我两只狡猾的眼睛滴溜溜地转了几圈，一个想法马上成形："我们把这棵树锯倒，看看它到底几岁，如果它真的有100岁的话……"

秦品熙迫不及待地把脑袋凑了过来，棕色的眼珠一闪一闪的，如夏夜晴空中的星星那样晶莹："怎样？怎样？"

我并没理会秦品熙心急如焚的眼神，而是态度傲慢地扭动着脖子，活动一番后，指着地上的油漆桶，才慢悠悠地开口："如果这棵树的年轮没有100圈的话，接下来的半天，我安排你做什么，你就做什么。"

“如果它真的有100岁呢?”

唉，真是从来没见过这么笨的人，真不明白为什么我最近看到这个笨小子总会脸红心跳的！难道是因为被他看到穿内衣裤的样子而害羞才这样的吗?

我重重地叹了一口气，充满了无奈：“那就反过来嘛，接下来的半天，你让我做什么，我就做什么啊。”

嘻嘻，我早就想好啦，就算这株侏儒树真的活了100年，碗口粗的树干，年轮肯定跟麻花一样乱七八糟地纠结在一起。不管如何，笑到最后的一定是我，哈哈！

秦品熙歪着头，一手托着下巴，一手搔着头发，眉头紧皱，仿佛在思考这个提议的可行性。半晌之后，他终于点头了。

一见他点头，我立刻屁颠屁颠地把锯塞到他手上，眉毛得高高的，朝一旁的松树努了努嘴，示意他可以开始干活了。

秦品熙没有任何意见，扛着锯走到松树旁，“刷刷刷”地锯了起来。柔顺的短刀随着他的动作，在空中画出一道又一道优美晶莹的弧度……

竟然这么简单就把体力活推出去了，平果果，你真是太有才啦！哦耶！

我吹了个响亮的口哨，在不远处铺满树叶的地上侧躺下来，右手屈起，用无可比拟的姿态撑住额头，左手搭在懒洋洋的屈起的左膝盖上，整个人犹如等待侍候的女王一样充满了优雅动人的气势……

经过秦品熙卖力的工作，松树在5分钟后轰然倒地，停在树枝上休憩的鸟儿纷纷拍动翅膀，成群结队地飞向碧空。唧唧喳喳的鸟啼声和树叶的沙沙声霎时组成了一首奇妙的乐曲，回荡在森林里。

秦品熙动作潇洒地甩甩头，如雨的盈盈汗珠在斑驳的阳光下，如断线的美丽珍珠，闪耀着五彩的光芒。

好……好帅！

我完全看呆了，心跳“咯噔”一声停了一拍，仿佛被什么东西重重地捶了一下。

“果果?”耳边响起一道如甘蔗汁液般清甜的声音，一字一句，如温暖的泉水流淌进来，浸润着我的心田。

“果果！”伴随着圆润的嗓音，一只白腻光润的手不轻不重地拍上了我的肩膀。

“啊？”我猛然回神，一骨碌地从地上弹坐起来，东张西望，“什么？什么？发生了什么事？”

秦品熙眨眨眼，水汪汪的瞳眸如清晨第一缕阳光下的露珠，特别明亮：“我已经把树锯倒了！”

“锯倒了？”我一愣神，脸腾地一下红了。

为了避免尴尬，我一个挺身，从地上跳了起来，结果一不小心，左脚踩到右脚裤腿，跌了个仰面朝天。我慌乱地爬起来，装做没事儿似的，疾步奔到倒地的松树旁边，满脸通红地开始数年轮：“一圈、两圈、三圈……”

该死！都怪秦品熙那小子长得太帅了，才害我这么失态！

“呵呵！好像没办法数了。”

我一扭头，发现秦品熙不知什么时候已来到了我的身边，正歪着脑袋，一脸为难地看着被锯倒的树，眼里绽放着迷茫的光……

好不容易平静下来的脸又“刷”地红了，我满脸通红地指着倒在地上的松树，粗声粗气道：“还愣着干什么，快点儿把松树锯成20厘米长的木头啊！”

秦品熙眉开眼笑地拿着锯子，像只勤劳的小蜜蜂，挥汗如雨地干起活来，压根儿没法数年轮。

呼，幸好这小子单纯，否则要是追问起我为什么脸红，都不知道要怎么回答了！不过，他是不是太好欺负了点儿啊？

02

忙活了好一阵子，我和秦品熙二人合力，总算是把松树锯成了20厘米长的木头。我挑了十几截看起来比较顺眼的，给它们刷上了绿色的油漆。

可是当我挥着鞭子（其实是细细的青草），指使着秦品熙把一大捆的“青木”扛到半山腰的亭子时，青衣少年居然一脸遗憾地说，这些烂木头不是烛龙要的青木！

该死的臭家伙，竟敢否认我——日不落学园最伟大的学生会会长兼招

生部长的智商！这不是青木，那什么才是青木？

我“刷刷”两下捋起衣袖，气呼呼地朝一脸悠哉的青衣少年冲去……

但没走两步，腰就被揽住了！

一扭头，正对上秦品熙布满担忧的俊脸，他灼热的呼吸如轻风般吹拂着我的脸颊，炙烫的胸膛仿佛要将我的后背点燃一般。

我的呼吸滞住，脸上飞出樱桃般的红晕，心里吊了15个水桶，七上八下的。下一秒，我像溺水的人一样，手足无措地挣扎起来：“秦……秦……秦品熙，你抱着我干什么？放开我，快放开我！”

该死的，他这样突然扑过来，真的很考验我的心脏啊。

秦品熙咧嘴露出一个傻乎乎的笑容，光洁闪亮的牙齿，像极了闪烁着光彩的珍珠：“果果，你打不过青青的。”

该死，他竟然小看我！我怎么可能打不过那个看起来风一吹就倒的弱小少年?!

我红着脸用力地挣开他充满好闻气息的怀抱，全身如燃烧着终极蓝色火焰般，朝青青冲去。

然而，诡异的事情发生了！

原本还在亭子里喝茶看风景的青衣少年，早已不见了踪影。石桌上的茶杯，氤氲的茶香，似缥缈的云絮，缠绕着，飘散在空气中，如梦似幻。

“要不是你拦着我，那小子早就被我揍成猪头了！”

“果果，你打不过青青的……”

“还说！你还说！”

“可是你真的……”

“再说，再说我戳爆你的双眼！哼！”

“……”

就这样，我戳着秦品熙水泥般坚硬的胸膛，从半山腰的山顶一路骂到了投宿的客栈，简直把毕生所学到的骂人的话全用上了！

“呼呼——”不行了，骂得好累，先休息一下。

我重重地咳一声，清清干涩的嗓子，拖着一脸愧疚恨不得挖个地洞把自己埋起来的秦品熙踏进了客栈。

“你们很逍遥、很滋润嘛！”

这个声音……

我像个机器人似的慢慢地低头。只见阿 P 双手叉腰，像个茶壶似的横在门口，脸阴沉阴沉的。它的身后，站着店小二、掌柜，还有一群脸上写着“你们这两个坏人”，不停窃窃私语的客人。

“他们就是那两个伤天害理的家伙？”

“嗯，从阿 P 的表情推断，是他们没错！”

“怎么办，要不要报官啊？”

“……”

呃……这是怎样的一个状况啊？

我被阿 P 犀利的眼神瞪得汗毛倒竖，踉跄着倒退了好几步：“啊哈哈……啊哈哈哈哈，你也出来逛街啊，好巧哦……”

阿 P 抬起眼睑，阴阴地笑了笑，一步一步地靠近我，指关节压得咯咯作响：“是啊，好巧啊！”

秦品熙看看我们，兴奋地将肩上的东西往前一甩，绑得结结实实的木头在地上弹跳了几下，便静止不动了：“阿 P 你看，这些是我和果果用千影留给我们吃饭的钱买的！”

Oh！My God！这小子是想让我们死无全尸吗？居然把我们私自动用公共财产买油漆的事给抖了出来！

阿 P 呆了两秒，嫌恶地捏着鼻子：“这些恶心吧啦的是什么东西？”

竟然没有留意秦品熙话里的意思！真是天助我也！啊哈哈！

我绷紧的身体放松下来，扭着屁股，一脸谄媚地奔到阿 P 身边，给它又是捏肩又是捶背的：“阿 P，你说那个青衣小子过不过分，居然说这些是烂木头，还把我和秦品熙赶下山耶！”

“果果，青青没有……”秦品熙脑袋凑了过来，正想插话，被我恶狠狠地瞪了一眼，郁闷地把嘴闭上了。

阿 P 瞅着地上的木头，眼睛瞪得比乒乓球还大，三瓣嘴不停地颤啊颤：

“青、青木？你、你说这些是青木？”

“对啊！”我扬扬得意地甩了甩头，觉得自己飘起来了，飘上了蔚蓝色的天空。那个高兴劲哟，犹如滔滔江水，连绵不绝啊！

知道我的厉害了吧？快点儿跪在地上膜拜我吧！哈哈！

阿P身体一矮，倒在地上，中了毒似的滚来滚去，快要喘不过气来：“啊哈……啊哈哈……青木……这些是青木……真是笑死我了，哇哈哈哈哈……”

笑什么笑！

我双眼喷火地瞪着阿P，牙齿吱得“咯咯”作响，恨不得冲上去一拳把它揍成兔子干：“笑屁啊！”

阿P停了一下，抱着肚子，继续笑。

啊啊啊！气死人了！可恶！冲上去踩扁它的鼻子！

我头顶冒着火焰，怒气冲冲地跳到阿P面前，高高地抬起脚——

“啊哈哈……你……你这白痴……居然把木头刷成绿色……啊哈哈……要是我告诉你青在烛龙国代表蓝色，你是不是会买桶蓝色油漆把木头刷成蓝木啊……啊哈哈哈……”

什么？青的意思是蓝色吗？

我怔住，飞快地转动脑筋，想着字典里关于青字的解释——青：绿色或蓝色……

难道说，青木真的是蓝色的？哇！早知道就买桶蓝色的油漆了……

阿P终于止住了笑，打了个笑嗝，眼神怪异地看着我：“喂，丐帮长老，你不会真的打算去买蓝色的油漆吧？”

要不是皇甫千影留下的钱已经用光了，我绝对会立刻去买桶蓝色油漆把这些木头刷成蓝色，看青衣少年还敢不敢说这些是烂木头！

我没好气地瞪了它一眼，气呼呼地把头甩向一边！

阿P扶着秦品熙的腿站了起来，它高高地昂着头，骄傲得像只孔雀：“让我来告诉你吧，青，代表浅蓝色，也就是说，青木，指的并不是青色的木头，而是克罗拉多蓝杉的木头！”

03

经过了解，我们终于明白了为什么掌柜和客人们会对我和秦品熙报以仇视的目光了！

那只该被雷劈焦的阿P，竟然趁我们离开的当儿，声泪俱下地向客栈里所有的人哭诉，说它被杀千刀的主人活生生地抛弃了！还添油加醋地把自己过去的生活描述得十分悲惨，简直就是生活在水深火热当中！

我和秦品熙把毕生所学的词语全用上了，解释得口干舌燥才算是平息了众人的怒火，灰头土脸地离开客栈，踏上了寻找克罗拉多蓝杉的旅程。

这只臭兔子，总有一天我会拔光它的毛，把它放到油锅里炸一炸！

我愤恨地瞪着走在前头，一边扭屁股一边哼歌的阿P，恨不得冲上去扭断它的肚子："阿P……殿下，你说的有克罗拉多蓝杉的地方到了没有啊?"

就在刚才——10分钟前，我在客栈众人凶神恶煞的目光下，含泪接受了称这只死兔子为殿下的要求。

呜呜……平果果，你实在是太窝囊了！竟然屈服在了舆论的压力下。

阿P缓缓地扭过头来，露出一个倾倒城墙的笑容，黑黝黝的爪子指着前方5米处的一片蓝色森林："已经到了！"

我看着那一大片蓝色的森林，目光久久无法移开。

苍天啊！这是一片怎样美丽的森林啊！一棵棵如金字塔状的克罗拉多蓝杉，犹如穿着浅蓝色长裙的羞涩少女，在金灿灿的阳光下，轻舒玉臂，曼妙起舞；又如丝绸般的彩蓝色波浪，朝蔚蓝天空翻腾而去……

跟眼前这片美丽的蓝色精灵一比，刷成绿色的木头果然如青衣少年所说的，是一堆烂木头啊！

我三步并作两步地跑了过去，小心翼翼地碰了碰那毛茸茸的蓝色针叶。哇！好漂亮哦，我活了大半辈子……哦，不，16年，还从来没有见过这么漂亮的树耶！

"阿P殿下，这真的是我们要找的青木吗?"一想到这么漂亮的植物待会儿将要惨死在秦品熙这个刽子手的锯之下，我就忍不住发出一声深深的叹息：

“秦品熙，你待会儿下手轻一点儿，我怕它们会……”“疼”字还没来得及说出口，后脑勺便遭受了重重的一击：“白痴，慢慢锯它更疼！”

我一个趔趄，一头栽进面前茂密的树丛里，一张脸被钝钝的针叶戳得疼痛不已。我挣扎着想要爬起来，但一挣扎便又碰到克罗拉多蓝杉的针叶，痛得我再一次栽进树丛当中！

哎哟！好痛！毁容了，我一定被毁容了！哇呜哇呜……

“啊！果果！”秦品熙忙不迭地把我从“苦难”中解救出来，悠扬的声音中充满了纳闷，“树丛中有吃的吗?”

啊！这个白痴！

我狼狈地站直身体，用力地抹抹脸，冲着秦品熙一阵震耳欲聋的狂吼：“猪啊你！树丛中怎么可能会有吃的?!”

秦品熙一脸无辜地看着我，圆溜溜的杏眼像天空一般清澈：“可是你刚刚的动作跟恶狼扑食一样……”

真的快被他气死了！

我火大地蹦起来，赏了秦品熙一拳，咆哮声震天动地 “我那是摔！摔进树丛！”

这个没有生活常识的野人！竟然连摔和扑都搞不清楚！

“痛！”秦品熙抱着头，火烧屁股似的跳到阿 P 身边。

我挥舞着小拳头，张牙舞爪地朝秦品熙扑去。刚跨出去两步，就被倒在眼前的淡蓝色树吸引住了全部的目光！哇！这只死兔子竟然在这么短的时间内，就把一株碗口粗的大树给放倒了！

我倏地瞪大眼睛，嘴巴张张合合，半天说不出话来，只能呆呆地看着昂头挺胸、帅气地扛着大锯的阿 P。

04

黄昏。

来不及崇拜阿 P 的工作效率了，我们三个人，哦不，两人一兔以最快的速度把倒在地上的克罗拉多蓝杉锯成一小截一小截的，挑了几截看起来比较漂亮顺眼的，用藤蔓捆起来，“哼哧哼哧”地朝大山的方向走去。

一想到青衣少年见到青木时目瞪口呆的模样，我就忍不住仰天长笑起来。啊哈……啊哈哈……啊哈哈哈……

就在我笑得正得意的时候，耳边响起一道如百灵鸟婉转啼鸣般的柔美声音：“阿P？你们怎么会在这里？”

这个声音不是……

我飞快地扭过头去，只见皇甫千影坐在轮椅上，他的手里，拿着一小截青翠嫩绿的竹子。由于背着光，看不清他脸上的表情。橘色的柔软阳光如调皮的蝴蝶，在那一头乌黑如墨的秀发上飞舞，留下一圈一圈如白玉般盈盈的光泽。

皇甫千影！他不是去打听青木的消息了吗？怎么会出现在这里？

我从不解中回过神来，正要开口，阿P已经抢先一步冲到皇甫千影面前，冲着他又是捏肩又是捶背的，连声音都变得奶声奶气起来：“千影！千影！你回来啦！累不累？”

好想冲上去一拳揍歪这只死兔子的脸哦！

“阿P，我没事。”皇甫千影头痛地抚着青筋微微暴起的额头，一把扯下像万能胶一样黏在肩膀上的阿P，口气中充满了无力，“倒是你们，不乖乖地待在客栈等我回来，跑到这里来干什么？”

秦品熙一听，献宝似的抱着克罗拉多蓝杉冲到皇甫千影面前，盈盈秋水般的眸子弯成了一轮新月：“千影，我们找到青木了！”

说着，把手中的蓝杉往地上一放，几截调皮的蓝杉从绿色的藤蔓里挣脱了出来，弹跳了两下，停在皇甫千影的脚边。

阳光照在彩蓝色的枝叶上，泛出金色的柔光，如梦似幻。

“青木？”皇甫千影的眼神闪了闪，迟疑了几秒，轻描淡写地说道：“谁告诉你们克罗拉多蓝杉就是青木？”

我和秦品熙伸出食指，齐刷刷地指向捋着长耳朵装帅的阿P，异口同声道：“阿P殿下！”

皇甫千影轻笑了一声，低下头去看着摆着臭美POSE的阿P，悠扬动听的声音如清泉在四周潺潺流淌："需要我恭喜你吗？阿P殿下？"

虽然他的脸上挂着明媚的微笑，可我却感觉到一股无形的压力从他身上散发出来，把我们团团笼罩住。

好……好可怕……我缩了缩脖子，不由自主地靠到秦品熙身边，紧紧地拽住他的袖子。

阿P显然也吓到了，它脚一崴，屁股华丽地"亲吻"上地面，发出一声闷响。

它摇摇晃晃地从地上爬起来，额头上挂着几颗硕大的汗珠，声音发抖："那个……那个……千影对不起，一不小心太得意，就……"

为什么阿P会怕成这样？

我疑惑地看着瑟瑟发抖的阿P，脑子里刹那间浮现出一个可怕的念头——眼前这个气势逼人的皇甫千影，曾经是杀人不眨眼的大魔头？

皇甫千影垂下眼帘，浓密卷翘的睫毛扑朔迷离地扇了几下，抬起眼睑的时候，那股逼人的气势瞬间消失了。他看了看半山腰的亭子，声音里有藏不住的笑意："走吧！晚了就看不见上山的路了。"

皇甫千影挑挑眉，阿P立刻屁颠屁颠地推着轮椅，朝山上走去。

我呆了几秒才反应过来，七手八脚地慌忙把散落在地上的蓝杉捡起来塞到秦品熙的怀里，带着一肚子的疑惑，一路小跑着跟了上去。

当我们到达半山腰的时候，太阳已经下山了，镰刀似的明月挂在柔和的夜空中。华美而不纤巧的亭子中，飘出一缕一缕透明的轻烟，与如烟似雾的银色月光在空中缭绕。

青衣少年？这家伙这么晚了还在这里品茶，不怕被野兽吃走啊？

我啧啧地叹了几声，想说些什么，又觉得麻烦，最后干脆抓着秦品熙，大步流星地走到青衣少年面前，将秦品熙的胳膊一扯，他怀中的蓝杉一股脑儿地散落在地……

我斜睨着那道修长纤细的身影，兴高采烈地说："刚出炉的青木，还热腾腾的呢！"

语毕，我不可一世地叉着腰，痞子似的抖动着双肩，一脸"你没话说了吧”的表情。

青衣少年拿起茶杯轻啜了口茶，目光绕过我和秦品熙，落在我身后的某处，一脸高深莫测：“的确是青木，但不是烛龙要的青木！”

这臭小子是想被我一拳揍飞吧！

我一个跨步上前，振臂一挥，桌上的茶具“乒乒乓乓”地滚落在地，碎了一地的白色瓷片：“你说，那只该死的笨龙到底想要什么样的青木啊！”

“果果！”秦品熙大惊失色地拉住我的衣角，浓密的眉毛拧成了一条直线，“烛龙大哥会生气的……”

我才不管那只破烛龙生不生气呢，我只知道我现在很生气，气得头发都竖起来了！

我狠狠地一挥手，将秦品熙推开，阴恻恻地朝青衣少年靠近，指关节弄得“咯咯”作响：“不想被揍成猪头的话，快点儿告诉我们真正的青木是什么！”

青衣少年神色平静地瞥我一眼，站起来绕过满地的蓝衫，缓缓地朝我身后的皇甫千影走去。

我的目光随着他的移动而移动……

“看来你们真的很花心思。”青衣少年顿住，接过皇甫千影手中的竹子，烤肉似的翻来覆去查看了一会儿，才慢悠悠地接着说，“不过可惜，这是一截没有灵性的青木……”

该死的青衣少年，他竟然无视日不落学园最伟大的学生会会长兼招生部长平果果！火大！超级火大！

我朝青衣少年喷射着熊熊怒火，张牙舞爪的，只差没冲上去一口把他吞掉：“臭小子！你什么意思？信不信我一掌把你拍飞啊？嗯？”

青衣少年掩嘴轻笑一声，平静的语气中带着一丝严肃：“如果你们真的想见烛龙的话，到混沌虚境去吧，记住，必须是毕方兽亲自所摘才有用。”

我正要问混沌虚境是什么地方，眼前一道白光闪过，所有的一切就都消失不见了！

CHAPTER 05

落魄重返人间

01

密密麻麻地挤在角落里的翘头案、彩绘屏风、紫檀木香几、闪着诡异蓝光的巨大地图、四颗晶莹透亮的球体……

这不是皇甫千影的愿望小店吗？刚才还在半山腰的亭子里，怎么突然间就回来了？

用力地眨眨眼，眼前的一切并没有消失，我这才相信自己真的回来了："皇甫千影……"

刚扭过头，我就愣住了，只见皇甫千影单手撑着额头，清秀的面容像月光一样苍白得没有一丝血色，仿佛全身的血液都被抽干了似的！

我心急如焚地飞奔到皇甫千影面前，想探探他的额头，但脑子里突然闪过他之前可以压倒一切的气势，心脏猛地一缩，伸出去的手又硬生生地收了回来："那个……皇甫千影，你没事吧？"

皇甫千影露出一个虚弱的笑容："没事，只是一个星期的期限到了，有点儿累。"

一个星期的期限？什么意思啊？

我摸了摸脑袋，盯着皇甫千影发呆。

"果果……我肚子饿了！"一个优美动听的声音把我拉回了现实。

一扭头，看到秦品熙摸着扁扁的肚皮，像只受虐待的小动物一样，盈盈的双瞳发出可怜兮兮的秋波："我一天没有吃饭了。"

哎呀！这小子就不能想点儿其他的事情？就知道吃！

我的额头立刻暴起几根青筋，正准备一拳敲在秦品熙的额头上时，饿

了一天的肚子发出了强烈的抗议声，“咕噜咕噜”地叫了起来。

皇甫千影苍白的嘴唇动了动，勉强吐出一句话：“平果果同学，你们也累了，先回去休息吧。”

“啊？回去？可是，混沌虚境……”

“已经过了一个星期，你先回去向父母报个平安。”他有些吃力地撑着额头，挤出一个虚弱的笑容，“两天后的午夜12点，到愿望小店来，我们前往下一个目的地。”

已经过了一个星期？可是我们明明只在烛龙国待了不到一天的时间啊？这是怎么回事？

不等我反应过来，两头小猪几个阔步走过来，弯下腰，扛起我和秦品熙走到门口，我们像冬瓜似的直接被扔了出去！

隐约中，我的耳边飘进皇甫千影与阿P的对话。

“阿P，下次再这样没礼貌自己到小黑屋去反省。”

“千影，你干吗要对那个丐帮长老那么好？之前替她擦鼻血，现在还帮她说好话！”

“阿P！”从声音上判断，我几乎能肯定皇甫千影的脸已经黑成墨了。

“千影你偏心，我跟你这么久，鼻血流了没有一缸也有一桶了，从来没见你帮我擦过！”

“阿P！”

“好嘛好嘛，就知道你见色忘友！哼，不过说起来，丐帮长老还真是丑得惨绝人寰……”

“……”

死兔子！我明明就长得很可爱啊，哪有丑成那样！

好痛！好痛！不仅仅是身体上的痛，连心也因为阿P的话严重受创了！

好痛！好痛！该死的两头臭猪，它们是丢上瘾了吗？

我一脸狼狈地坐在地上，屁股火辣辣地痛着，感觉眼前有一圈小星星在欢快地跳舞。

蓝幽幽的夜空中繁星闪烁。

好半天，我龇牙咧嘴地捂着发疼的屁股站起来，冲到小木门前，又踢又抓，直到把小木门踹凹一个小坑，这才停下来，满意地吹了吹手掌。

哼！敢丢我！你们就顶着这个破门，喝西北风过夜吧！

“果果……我们要回家吃饭吗?”如沐春风的声音在万籁俱寂的黑夜里格外响亮。

吃吃吃！这家伙上辈子难道是饿死鬼不成?

我咬牙切齿地扭过头，感觉自己的眼睛正向外喷着熊熊的烈火，恨不得一拳把秦品熙砸到地底下去：“你就不能安静点儿吗?”

秦品熙站在我面前，时不时地投过来一束战战兢兢的目光。朦胧透明的如水的月光，涟漪般层层漾开，深深地将人吸入其中……

我怔住，脸一下子红了，像个熟透的苹果。

秦品熙捂着肚子，越说越小声，头快贴到胸膛上去了：“可是，我一天没吃东西了……”

我尴尬地别过脸，干咳两声，粗声粗气道：“好啦好啦！我答应你，到家后，煮面给你吃！”

哇——平果果，你真是太贤惠了！

我的脚像被钉子钉住了似的，半步也挪不动了，为了让脸色正常些，我用力地拍拍脸颊，脸上的热度总算是慢慢地退散开来。

突然，我眼前一黑，像被什么盖住了视线，接着一股淡淡的麝香窜进鼻腔，沁人心脾。抓下来一看，是一件带着秦品熙体温的千鸟格外套。

我一双眼睛倏地睁大：“你、你、你做什么?”

秦品熙脸一红，目光四处游移，半晌后才抖着朱唇，支支吾吾地回答：“那……那个，就……天气有点儿凉。”

仿佛被一道闪电劈中，我张着口怔怔地站着，感觉心快要跳到了嗓子眼，“怦……怦……”我仿佛听见了自己心跳的声音。

秦品熙他……他……难道说……他……

我们俩谁也没有说话，现场顿时陷入寂静，一股诡异暧昧的气压，无边地扩大着。

就在我不知所措时，“咕噜……”铿锵有力的声音从秦品熙的肚子里传了出来。

秦品熙全身一僵，脸上飞出两朵可疑的红晕。

我忍不住“扑哧”一声笑了出来，不由分说地拖着秦品熙踏上了回家的路程。

当我们披星戴月地回到家门口时，屋子里灯火通明。

糟糕！爸爸妈妈已经回来了！

因为之前怕小偷光顾，临出门前我将屋子的后门用拳头粗的铁链锁住了，这时开锁的话，一定会惊动爸爸妈妈的，而我的房间又在二楼，根本爬不上去！也就是说，想进屋子，唯一的通道就是客厅！

可是……我扭头看着一脸茫然的秦品熙，眉头皱成一团，陷入了深深的郁闷当中。

要怎么才能在神不知鬼不觉的情况下把秦品熙这个大活人弄进去啊？好苦恼啊！不管了，先溜进去看看爸爸妈妈此刻所处的位置吧！

我把秦品熙先安顿在巨大的盆栽后面，然后轻手轻脚地打开前门，用袖子捂住嘴巴和鼻子，像个女飞贼似的蹿来跳去，忙活了近 10 分钟，总算靠近了主屋。

东张西望了一下，我轻轻地朝亮着灯的客厅探出半颗脑袋，算盘珠似的眼睛滴溜溜地在客厅里迅速观察了一番。

嚯嚯！太好了，爸爸妈妈不在客厅里！

我像只偷了油的老鼠一样，捂着嘴“吱吱”地笑了好几声，转过头朝不远处的花盆挥挥手。

看到我的手势，秦品熙立刻扭着屁股飞奔过来，眼神中满是期待。

他凑近我的耳边，用只有我们两个人才听得到的声音，轻轻地问：“果果，是不是有东西吃了？”

……

我咬得牙根直发麻，眼里燃烧着两团火焰，像一头被戏弄的狮子，

“秦！品！熙！不想挨我拳头的话，给我把‘吃’这个字忘掉！”

气死我了！这家伙，他少吃一顿会死吗？

不过话又说回来，一天没吃东西的我也确实有点儿饿了啊……

我拖着秦品熙，弯腰弓背，眼观六路，耳听八方，两只小脚“噔噔噔”地朝二楼的房间奔去。

我们飞奔着……飞奔着……终于，挂着绿色小青蛙牌子的房门，近在咫尺了，它像久旱后的甘霖那样，让人心潮澎湃！

夜色如此漆黑，客厅如此安静。

突然，一个脚步声从厨房里传了出来，随之而来的，是爸爸洪亮的声音：“果果？是果果回来了吗？”

我全身一震，飞快地扭开门，用力推了一把，秦品熙，他像个冬瓜一样“咚”的一声，滚进了房间——

爸爸从厨房里探出头来，乌溜溜的眼珠转了两圈，离开厨房，踩着楼梯慢慢地走上来。

啊啊！爸爸……爸爸走上来了！

突如其来的恐惧令我大叫一声：“爸爸！”

说着，电光石火地关上门，整个人堵在了房门口。

“怎么了？满头大汗的？”爸爸走过来，伸手捏了捏我的脸颊，咧嘴笑了，“才一个星期不见，这么想我啊？”

一个星期不见？我不是才离开一天吗？脑子里突然闪过皇甫千影的话，难道说……

我抬头一看，果然，墙壁上向日葵造型时钟里的日期，清清楚楚地提醒我，烛龙国的一天是现实世界一星期的事实！

来不及细想，我抹着额头如雨的汗珠，嘿嘿地干笑：“那个……那个……是啊，两天不见，我真想你们！”

爸爸笑得开心极了，然后忽然想到什么似的重重拍了下额头：“糟糕，锅里还煮着东西呢！果果，去洗个手，下来吃宵夜哦！”

语毕，他脚尖一旋，“咚咚咚”地朝楼下跑去。

"咚咚咚……"寂静的空间，突然响起一阵毛骨悚然的敲门声！

我吓得头皮发麻，直冒冷汗，在心里不断地祈祷：没听到！爸爸没听到！什么也没听到！

谁料下一秒爸爸突然止住了脚步，缓缓地回过头来。

"果果？刚才……好像有人在敲你的房门？"

我深吸了一口气，鼓足勇气地说："那个……那个……我和同学在用QQ 聊天，刚才你听到的是好友上线的声音！"

老天爷，你一定不能让平果果的鼻子变长啊，我真的不是故意要撒谎的！呜呜……

"原来是这样啊！那快点儿把它关了，下来吃宵夜哦！"爸爸笑了一下，下楼进了厨房。

呼呼——好险啊！

我全身一放松，脚下一滑，一屁股跌坐在地上，心有余悸地拍着一起一伏的胸脯。

02

自从秦品熙住进我房间大壁橱的那一刻开始，我的心就吊在了嗓子眼，没有归位过，生活也完全乱了套，出个门怕被发现，吃个饭担心曝光。

虽然总是万分惊险，但在我小心翼翼的防备下，总算是平平安安地过了一天多。

再一个晚上，只要再一个晚上，我们一起到皇甫千影的店里，一切就都结束了！

一想到"愿望小店"，我的眉头又忍不住深深地蹙了起来。眼看和皇甫千影约定的时间马上就要到了，可我还是没有想到脱身的办法。

我撑着下巴，眼巴巴地望着窗外那一轮红艳艳的夕阳，像个病重的人一样，长吁短叹。

唉！该怎么跟爸爸妈妈解释，接下来我要离家一个星期的事情呢！好苦恼啊！

“丁零零——”就在我哀怨的时候，客厅里的电话响了，铃声穿过紧锁的门板，在我耳边萦绕。

客厅里传来一阵“咚咚咚”的声音，我知道，那是爸爸的脚步声。今天是周末的第一天，爸爸妈妈利用空闲的时间正在打扫卫生，我本来想帮忙的，可是妈妈却说，让我安心准备开学的事，所以我就窝在房间里酝酿郁闷的情绪。

“咦？现在去吗？今天是周末呀！”

“这样啊……有没有说要去多久呢？”

“好的好的，我会通知果果收拾好东西，明天一早过去！”

“……”

爸爸接电话的声音，断断续续地传了进来，不知道是不是因为距离太远的关系，后面的声音听不到了。

奇怪，谁打来的电话？要我去哪里？

我一肚子的疑惑，蹑手蹑脚地走到门口，耳朵一竖，贴到了门板上。秦品熙见状，也学着我的样子，想竖耳朵，但努力了半天也没有成功，眼睛像抽筋似的一歪一歪，样子滑稽极了。

这个笨蛋！

我捂着嘴笑了两声，聚精会神地听着。

没想到才刚准备好，门便“嗡嗡嗡”地震动了起来：“果果，爸爸有话跟你说，我进来了哦！”

啊啊啊！绝对不能让爸爸发现秦品熙！

我愣了一下，慌忙推着秦品熙，把他塞进大壁橱里，“砰”一声推上了门！火速地搬了个椅子，顶住壁橱，坐下，咬着笔，摆出一个思考难题的姿势（壁橱离我的书桌只有一米的距离，所以只要一坐到椅子上，壁橱的门就打不开了）。

就在这时，房门被打开了，爸爸在门口顿了一下，缓步走到我的面前：“果果，爸爸没有打扰到你写作业吧？”

我扯着嘴角，挤出一个花一样的笑容，头摇得比拨浪鼓还快：“没有没有！爸爸，有什么事吗?”

“呃……”爸爸笑了笑，坐到床边，“是这样的，刚才校长打电话来，说你上学期的成绩好像有点儿下滑……”

什么？那个该死的校长！0.5 分！只下滑了 0.5 分！一个暑假下来，都打了不下 50 次电话了，难道他想揪着这 0.5 分鄙视我一辈子吗？那个可恶的人！火大！

我不悦地翻了个白眼，撅起的嘴都能挂好几个油瓶了：“校长真讨厌！”

“果果！”爸爸脸色一沉，“不可以这么没有礼貌！”

我咬着下唇，愤愤不平地咕哝：“他都说了一个暑假了！”

爸爸拍着我的脑袋，语重心长地说：“校长也是为了你好呀！”

不想在这个问题上多绕，我撇撇嘴，赶紧转移话题：“爸爸，……校长打电话来有什么事吗?”

“呀，你看我这记性！刚才校长打电话来说，帝国学园向日不落学园提出了交换学生的邀请，校长希望你能去帝国好好学习一番，明天就出发。”

咦？帝国学园向日不落学园提出交换学生的邀请？如果是这样的话……是不是代表我不用对皇甫千影言听计从，就能大摇大摆地走进帝国学园了？

我倏地一下，从椅子上跳起来，叉着腰仰天大笑起来：“啊哈……啊哈哈……啊哈哈哈……”

爸爸被我夸张的行为吓住了，眉毛抽搐了几下：“果果?”

啊！我一时太高兴，得意忘形了！

我赶紧止住笑，不好意思地搔着脑袋，结结巴巴道：“我……我听说帝国学园是一流的学园，一时激动……”

该死，又撒了一次谎，苍天啊，千万不要把我的鼻子变长啊！

“原来如此！那一定要好好努力！”爸爸点点头，站起来，朝门口走去，关上门的那一瞬间，好像想到什么似的又转了过来：“果果，记得，收拾好东西，明天找校长报到，别迟到了哦！”

我笑眯眯地点头，心里却在想：哪还有什么东西可收拾的，我的家当早就在烛龙国被河水冲得一干二净了。

从知道自己将要光明正大地踏进帝困学园开始，我的心就开始澎湃起来。

我跟个傻子一样，抱着被子，小腿蹬啊蹬的，翻过来念一句“我要去帝困学园了”，覆过去再念一句“我要去帝困学园了”，只差没买盘鞭炮来放，庆祝一下自己现在的欢快心情了！

突然，我的脑子里白光一闪！

为了防止夜长梦多，现在就到校长家里去拿帝困学园的通行校徽好了！

我停住翻滚的动作，从床上弹坐起来，披上外套。

秦品熙推开壁橱，缓缓地走了出来：“果果？你要去哪？”

嚯！我差点儿忘记了这个跟屁虫！

我把他推进大壁橱中，一字一句，口气慎重：“我现在有事要出去一下，你在家里等我！记住，躲在壁橱里，任何人进来，都不要出声！”

秦品熙似懂非懂地点头，乖乖地躲在壁橱里一动不动，用小鹿般的眼神看着我。

真拿他没办法！

我重重地叹了口气，掏出兔子造型的粉红色手机，调出游戏，详细地向他介绍了玩法。这才把手机交给秦品熙，慎之又慎：“记住，不要出声！”

和爸爸妈妈打了个招呼，我风风火火地出了门。

可是不到两个小时，我便拖着沉重的脚步回来了，像被霜打过的茄子一样，耷拉着脑袋，脸色又青又紫！

路过客厅，看到正在拖地抹桌子的爸爸妈妈，连招呼都没打，就急匆匆地进了房间！

被骗了！被皇甫千影给骗了！一想起皇甫千影在日不落学园校长室里展露出来的似笑非笑的表情，我就好想捅死他了事，啊啊啊！

该死的皇甫千影，不仅混入帝困学园，还作为迎接交换生的代表出现！

呜呜……刚刚见到他的一刹那，我眼前阵阵发黑，简直比被丢到一只饿了三天三夜的狮子面前还要绝望！

那个心情，只能用“晴天霹雳”这个词来形容！

浑蛋……臭鸡蛋！那小子到底是怎么混进帝国学园的？气死了！

我像只壁虎一样，贴在大壁橱上，“哐哐哐”发狠地捶着壁橱，声音大得整个墙壁都嗡嗡作响。

还以为可以把一万多块大洋赖掉，从此当个自由人，没想到……没想到……呜呜……苍天啊，我的命怎么就这么苦啊！

我上半身软软地趴在可以自由转动的椅子上，有一下没一下地晃着。

“刷——”大壁橱的门被推开一点点，秦品熙流泄着星辰光芒的眼眸望着我：“果果，你没事吧？”

我抬起眼睑，有气无力地瞄了他一下，一脸哀怨：“心情不好……”

秦品熙一听，大力地推开门跳出来，把手机往床上一丢，凑到我面前，露出关切的目光：“怎么了？是不是遇到不开心的事了？”

我摇摇头，心不在焉地说道：“没什么，刚刚遇到一件不太高兴的事。”

从校长的态度来判断，皇甫千影在帝国学园的影响力应该非同一般，可是，他不是愿望小店的主人吗，为什么会成为帝国学园的代表？

好奇怪哦！

正思索着，一杯热气腾腾的奶茶出现在面前。

我想都没想，接过来“咕噜咕噜”喝了好几口。哇！好香，好好喝哦！

等……等等！为什么会有奶茶突然凭空出现？

我怔了一下，飞快地扭过头，看到了一张放大的俊脸。我红着脸大叫了一声，一屁股跌坐在地，手中的茶杯直直地往下坠。

说时迟，那时快，就在茶杯离地面还有 30 公分时，秦品熙以迅雷不及掩耳的速度，稳稳地接住了茶杯，连一滴奶茶都没有溢出来。

好厉害！

我看得目瞪口呆，不停地拍手叫好：“哇！秦品熙，你是不是练过轻功？好厉害啊！”

秦品熙腼腆地抓抓脑袋，俊俏的脸颊上浮现出两朵红云，他站起来，把茶杯放到桌子上，声音细得跟蚊子叫似的："小时候跟爸爸学过一点儿功夫……"

"哇！你学过功夫？"我以腰部为主轴，扭啊扭，扭到秦品熙的脚边，双手撑着下巴，一脸崇拜地盯着他，"是飞檐走壁的那种吗？"

一说完，我恨不得甩自己一记耳光！

平果果，你这个世纪大猪头，那种功夫怎么可能存在嘛！

秦品熙愣了很久，才一寸一寸地转过身来，眉毛不停地挑动着，表情十分怪异："果果……那种功夫……"

呃……话都说了，那就只好顺着之前的话，继续说下去了！

我一个挺身，从地上蹦起来，像只猴子似的，在秦品熙面前蹿来蹿去："你练过！对吧对吧！"

哇呜！平果果，你这个丢脸的家伙，快点儿挖个洞把自己埋进去，不要出来了！

秦品熙定定地看着我，眼神越来越奇怪了！

不管了！

我心一横，举着小拳头，张牙舞爪地吼道："秦品熙，不想挨揍的话，快点儿说你练过飞檐走壁的功夫！"

……

03

虽然很想背一桶油漆到皇甫千影的"愿望小店"写几个不吉利的字出出气，可只要一想到阿P和那两头长翅膀的猪，还有皇甫千影奇怪的能力以及他与日不落学园校长非同一般的关系，这个想法还没来得及实施，就活生生地被我掐死了！

去校长室的那天我亲眼看见皇甫千影打了一通电话，就把秦品熙安插进帝国学园当插班生了，可见他的势力之大啊，像我这种小人物是绝对不可能斗得过他的！

呜呜……

经过一番深思熟虑之后，我还是决定领着秦品熙去皇甫千影的小店报到。真是人在屋檐下，不得不低头啊！呜呜……

看着已经恢复精神的皇甫千影和兴奋得上蹿下跳、穿着一件白色貂皮大衣的阿 P，我感觉自己的额头、滑下了瀑布般的汗珠子。

黑色的兔子穿白色貂皮大衣，实在让人有些接受不了。

一眨眼的工夫，阿 P 突然不见了，我眼前一花，好像有什么东西闪过，还没等我反应过来，脸上就挨了一记重重的飞踢！

啊！痛！

我跌跌撞撞地踉跄几步，只觉得突然间眼花缭乱，身子也不由自主地打转，像喝醉酒打醉拳似的……

星星……好多闪亮的金色星星……

正纳闷发生了什么事情，阿 P 的声音便在耳边响起，只差没把我的耳膜穿透了：“死丐帮长老，你那是什么表情？是蔑视吗？你在蔑视我的打扮吗？”

这哪里是蔑视，我明明是在鄙视好不好！哼！

我用力地深呼吸，强力掩饰住把阿 P 串起来烤的冲动，笑得像菊花一样灿烂：“阿 P 殿下，我深深地被你优雅的身姿迷住了……”

“嘭——”平果果，你又说谎了，这次鼻子一定会变长的！

“是吗？”阿 P 捋着貂皮大衣上的绒毛，大发慈悲地说，“看在你这么崇拜我的分儿上，原谅你了！”

心里的小恶魔跳了出来，振臂狂呼：冲上去！冲上去掐死它，把它串起来烤熟吃掉！

小天使眨着水汪汪的眼睛，拼死拼活地拉住扭腰摆臀的小恶魔：冲动是魔鬼，冷静！保持冷静！

经过一番激烈的天人交战，小天使获得了最后的胜利！

我甩了甩头，嘴角用力地往上弯成了一个半弧形：“阿 P 殿下，我对您的崇拜，犹如滔滔啤酒，泡沫不绝……”

阿 P 一骨碌跳到桌子上，斜睨着我，飞扬跋扈地说道："跪吧，如果本少爷高兴的话，就告诉你一个秘密！"

"咔——"有什么东西错位了，动动唇，原来是我的下巴脱落，我用力地搓着下巴，把它接了回去。

这只死兔子，老虎不发威，还真当我是病猫了！

"好了，我们该出发了。"皇甫千影悦耳的声音在耳边响起，让我好不容易鼓足的、准备揍阿 P 的勇气，在这一瞬间犹如奔腾而去的黄河之水，永不复返！

啊！他们和阿 P 什么时候都到符阵里去了？可恶，竟然不等我！

我拍拍屁股，三步并作两步地冲上前去。

刚一踏进蓝色的符阵，眼前便一道蓝光闪过，愿望小店的一切都不见了，映入眼帘的是一片白茫茫的世界。

山川、树木、冰雕的屋子、田野，全都盖上了厚厚的一层白纱，整个世界都被染成了晶莹剔透的白色；被积雪压弯腰的树枝，摇摇晃晃的，簌簌地往下落着洁白的雪沫……

呼，好冷！

我不停地搓着双手，呵出的气全都变成了白色的蒙蒙气体和漫天的白雪融成了一体。

一阵刺骨的寒风刮了过来，我全身一颤，连连打了几个喷嚏。

啊！我只穿了两件薄薄的衣服，这样下去，我会被冻成冰雕的！

就在我缩成一团，冷得牙齿直打战时，阿 P 一个飞跃，蹦到我面前，它的鼻尖上缀着几片亮晶晶的雪花："啊，丐帮长老，我刚才要告诉你的秘密就是——我们要去的地方一年四季都覆盖在白雪当中，所以一定要记得多穿衣服哦！"

说完，它挤眉弄眼地做了个鬼脸，脸蛋在貂皮大衣上蹭啊蹭："哎哟，真是好冷啊！"

我大怒，黑着脸冲上去一把扯掉阿 P 身上的貂皮大衣，三下五除二地裹到了自己脖子上。

啊哈哈……现在轮到阿P冷得四肢发抖了!

很快，貂皮大衣又被抢回去了，我继续在风雪中瑟瑟发抖，已经冻得说不出话来了。

突然，一股热源靠了过来，温热的触感透过布料传来，紧紧地围住了我，像黑暗中缓缓升起的太阳，照亮了我的世界，温暖了我的全身。

秦品熙的话回荡在耳边，圆润动听，让人忍不住陶醉其中："还会冷吗?"

下一秒，站在身后的秦品熙，伸出了修长的双臂，紧紧地圈住我!

我的心脏"怦"地跳动一下之后，随即如擂鼓般"轰轰轰"地狂跳起来。脑袋里乱哄哄的，快要无法思考，脸也迅速红起来。

皇甫千影冷淡地瞥过来一眼，犹如两支锋利无比的冰箭，狠狠地扎进我的心窝："该走了。"

怎……怎么了?

我看着皇甫千影的眼神，久久没有反应过来。

皇甫千影怎么又生气了? 我刚刚做了什么不对的事吗?

04

一路上，乌压压的气氛不停地扩散。

看着皇甫千影越来越犀利的眼神，我感觉自己像是被一只无形的黑手拉入暗无天日的深渊里，光线在头顶越来越小，越来越小，直至消失。

真不明白这家伙到底吃错什么药了! 唉……

我们从住在冰屋里的人们那里打听到了关于毕方和它住的混沌虚境的事情。

买了御寒的衣服，把自己裹得像粽子一样后，我们便朝混沌虚境出发。

当我们赶到混沌虚境山下时，漫天飞舞的大雪已经停了。太阳高高地挂在天空，红光四溢，给整个世界抹上了一层丰润的玫瑰色。

奇怪的是，在这冰天雪地的气候下，混沌虚境却陷在一片春意里。水滴形的岛屿上，一株挺拔的桃树扶摇直上，大伞似的树冠几乎将半个岛屿遮盖住了。也许是因为四周被白雪覆盖的缘故，密密匝匝的枝梢间笼罩着一层淡淡的白色纱幔；粉红色的桃花，一朵紧挨着一朵，挤满了整个枝丫；风一吹，桃树“哗啦啦”地摆动腰枝，花瓣漫天飞舞，一瞬间，地上铺了一层厚厚的粉红色。

好……好漂亮！这里简直就和画里的仙境一模一样啊！

我揉揉发亮的眼睛，不敢相信自己所看到的一切！

就在我发愣的当儿，阿P抬脚一踹，我一个趔趄，笔直地朝足足有水桶那么粗的褐色树干撞去，发出一声重重的闷声！

眼花缭乱中，阿P嘹亮的声音传进耳朵里：“别磨磨蹭蹭的，动作快点儿！”

啊！这只死兔子！它就不能斯文点儿，别成天像个流氓一样对我又是踢又是骂的吗？

我扶着高耸入云的参天大树，摇摇晃晃地站起来，声音从牙缝里蹦出来：“阿P殿下，你要草民服务，至少要说清楚是什么事啊。”

不用阿P解释了，因为当我的手触上桃树的一刹那，眼前一道白光闪过，随后一个面如冠玉的白衣少年缓缓地从桃树中走了出来。

由于之前见过秦品熙出现和龙魇虚境青衣少年突然消失的情形，我对这些美少年的出场已经见怪不怪了……

白衣少年站在我们面前，阳光把他的身影拉得长长的，片片桃花纷纷从空中飘落，透着超凡脱俗的美感。他静静地看了我一会儿，洁白修长的食指戳向我的额头：“是你把我唤出来的吗？”

啊？这少年在搞什么鬼？怎么说是我唤他出来的呢？

我丈二和尚摸不着头脑，眼珠转溜了几圈，扭过头，视线聚集到皇甫千影身上：“这、这……”

还没来得及把问题问完，秦品熙已经快速跳到美少年面前，打断了我的话，像只八哥一样，“唧唧喳喳”地问道：“咦？你是谁？为什么会在这里？毕方大哥呢？”

白衣少年愣了一下，脸上布满疑惑，不答反问：“你认识毕方？”

“嗯嗯嗯！”秦品熙点头如捣蒜，柔软的头发上像罩了一圈天使光环那样水泽流动，“我小时候和毕方大哥下过跳棋！”

跳棋？好幼稚的游戏啊！

我感觉头顶有一群乌鸦“呱呱呱”地飞过……

白衣少年摸着下巴沉思。

秦品熙等不及了，他一个箭步上前，像无尾熊抱尤加利树一样，紧紧地抓着白衣少年的袖子，声音像爆豆子般“噼里啪啦”的：“快说！快说！毕方大哥在哪？我找他有事！”

白衣少年掰掉黏在袖子上的秦品熙，像在缅怀什么一样，悠悠地叹口气：“这里已经开了 11 年的桃花了。”

桃花？这少年脑子没问题吧？秦品熙问的是毕方耶！

我一脸错愕地看着他，忍不住惋惜地慨然长叹：好可惜哦，这么俊俏的少年，居然脑子有点儿问题！这个世界上果然没有十全十美的人……

白衣少年抬起眼皮，冷淡地看了秦品熙一眼，绕过他，走到皇甫千影面前：“你是……”

不等白衣少年说完，皇甫千影立刻打断了他，他点点头，动作轻得几乎察觉不到：“我是！”

白衣少年抬头，端详了天空一会儿，这才低下头来，定定地看着皇甫千影的双腿：“上一辈的罪孽，的确不应该由你来承担。”

上一辈的罪孽、11 年，他们说的是什么啊，我怎么听不懂？

我奔到秦品熙身边，用手肘顶了顶他，用我们两个人才能听得到的声音问：“喂！秦品熙，你知道他们在说什么吗？”

秦品熙低下头靠在我耳边，柔软的头发顽皮地摩挲着我的耳朵：“果果，我也不知道他们在说些什么呀。不过，11 年前，是我住进水晶球的那一年哦！”

咦？

我一怔，迅速地转头，不料动作太突然，不经意地刷过秦品熙柔软细腻的双唇！我震惊地看着秦品熙，仿佛被超大伏的电流击中，脸“刷”地一下暴红，心也像路过的火车一样，“轰隆轰隆”地跳个不停……

哇！好丢脸哦！

秦品熙怔怔地看着我，眼睛瞪得比鸡蛋还大，一脸被雷劈中的表情，下一秒，震耳欲聋的尖叫声响彻天空：“啊！果果！你非礼我！”

六只眼睛齐刷刷地看了过来，目光里充满了惊愕！而皇甫千影，更是流露出骇人的目光，他隐隐约约透着血红的双眸仿佛要将所有的一切燃为灰烬！那一刻，我恨不得买把刀自行了断得了！

秦品熙红着脸抱怨的目光、美少年诧异的目光、阿 P 鄙夷的目光，还有皇甫千影雷达般的目光，这么多道视线会聚在一起，如巨大的海浪般将我淹没……

好……好丢脸！我像热锅上的蚂蚁，心急火燎地来回乱转，又是摇头又是摆手，想解释刚刚的意外。一时太过着急，脚下被什么东西绊住，整个人像葱一样栽进地里……

苍天啊！大地啊！这回真是丢脸丢到姥姥家了！

我抱着头，眼前一阵发黑，再也不想站起来了！

四周的空气仿佛凝固了一样，瞬间陷入一片安静之中……

几秒过后，白衣少年重重地干咳几声，打破了现场尴尬的气氛：“这里的桃树总共开了 11 年的花，毕方也 11 年没有出现过了……”

我眨巴着乌溜溜的眼珠，好奇心全被提起来了：“为什么?”

“11 年前，这里虽寒冷冻人，但岛屿上却长满了青翠的竹子，那风景，别提有多美了！”白衣少年说到这里，突然顿了下来，眼角余光瞟了皇甫千影一眼，才继续说道，“11 年前，发生了一场足以将天地毁灭的浩劫。那场浩劫最后虽然平息了，但毕方的太极之轮，却在这场劫难中遭到了毁灭性的破坏，开始了逆向转动，原本绿竹青青的岛屿，就成了现在这个样子了……”

难怪白衣少年说这里开了 11 年的桃花，原来是因为太极之轮逆向转动的原因啊！

我一骨碌从地上爬起来，跳到他面前：“那太极之轮要怎么样才能恢

复原来的样子，让这里重新长出竹子呢？”

白衣少年淡淡地扫了我一眼，眸子里有一道不知名的光亮闪过：“找到一个农历七月初七晚上7点出生的女生，手握开明兽赐予的烈焰绝火，拨动太极之轮，这里就可以恢复原状了。”

农历七月初七晚上7点出生的女生应该很多吧！

我点点头后又反问道：“烈焰绝火是什么？”

还没等白衣少年回答，皇甫千影杀人般的目光便投了过来，我胆怯地抿了抿唇还想再说些什么，一转头，发现白衣少年已经消失不见了，而我们又回到了愿望小店。

CHAPTER 06

遭遇磨难

01

皇甫千影这个猪头！瞪人和散发杀气一点儿也不含糊，但怎么能在这么关键的时刻瞪我！

我气鼓鼓地瞪着脸色微微苍白的皇甫千影，重重地跺了一下脚："皇甫千影！我还没问清楚烈焰绝火是什么东西耶！"

不知道烈焰绝火是什么东西，要怎么找嘛，真是急死人了！

就在我郁闷的当儿，"啪——"一颗非常有弹性的水晶球砸到了我的鼻尖上。

谁？谁拿东西砸我？

我触电般飞快地扭头，看到秦品熙、皇甫千影和阿P脸上同时挂着"你居然不知道烈焰绝火"的惊讶表情。

我的脸腾地一下红成了西红柿，双手抓着衣服，不停地绞来绞去："我、我又没有见过烈焰绝火，不知道是正常的啊！"

晕，我干吗一副做错事的表情啊！

阿P和秦品熙立刻露出"你好逊哦，居然没有见过烈焰绝火"的鄙视表情！

啊！竟然明目张胆地鄙视我，好想戳爆这两个浑蛋的眼睛啊！

不过他们并没有给我这个机会，因为不等我说话，那两个家伙已经坐到椅子上，玩起剪刀石头布来了！

没见过比这两个家伙更幼稚的了！真是懒得理他们！

我转过头，皇甫千影淡淡地看了我一眼，黑色的瞳眸如夏日的夜空一

样深邃："果果同学，你什么时候出生的？"

我滞了一下，脱口答道："七月初七啊！"

等等！我刚刚说了什么？七月初七？是七月初七吗？

该死！不会这么巧，我就是那个可以手握烈焰绝火的女生吧？烈焰绝火耶！一听名字就知道是火焰之类的东西。啊！我不要！我不要手被烧成黑炭啊！

我整个人颤抖得像风中的寒号鸟："那个……烈焰绝火应该……不是火吧？"

皇甫千影不正面回答我的问题，他轻笑一声，墨玉般的眸子里闪着逼人的灼光："平果果同学，你几点出生的？"

又、又来了……好可怕的气息！明明脸上布满了微笑，可全身透出的慑人气息却好像能把我吞噬了一样！

我打了个寒战，战战兢兢地回答："我……我不知道！"为了防止皇甫千影生气，我咬了咬唇，立刻又补上一句，"如果你想知道的话，我可以……我可以马上打电话问问爸妈！"

皇甫千影这才满意地点了点头。

我全身一放松，软绵绵地跌坐在地上，惊魂未定地对着胸膛一阵乱拍，总算是把受到惊吓的心脏给安抚住了！

和阿 P 玩得不亦乐乎的秦品熙一个跳跃，一阵风似的落在我的面前："果果，你没事吧？"

我突然觉得心底有一股热流淌过，滋润了干涸的心："我没事。"

"阿 P，带果果同学去打电话。"

皇甫千影声音响起来的那一刻，两头小猪一左一右地出现在了我的两侧，手里各拿了一把巨大的叉子！

咦？它们什么时候来的？

正纳闷着呢，小猪已经高举叉子，一左一右地把我架了起来，在阿 P 的指挥下，"哼哧哼哧"地往愿望小店一个昏暗的角落走去。

我像被钉在砧板上的螃蟹一样，挥舞着四肢，疯狂地扭动起来，尖叫声震撼天地："哇，你们要干什么？秦品熙，救命！"

哇呜哇呜……我不要被暗杀掉啊……

02

阿 P 伸手在黑糊糊的墙壁上摸索了一会儿，轻轻一按，"啪嗒"一声，昏暗的角落刹时灯火通明。

我整个人呆住了，挣扎的动作不由自主地停了下来！

一条近 10 米长的木制走廊笔直地向前延伸，放眼望去，走廊的尽头，一个古香古色的香几静静地立在那里，香几上头，摆放着一台古典华丽的黑色电话机。走廊被温暖朦胧的橘色光芒完全笼罩住了，令人惊奇的是，明明可以感觉到光，走廊上却看不到一盏灯的存在！

这……这是愿望小店吗？我思考了许久，总算找到了可以形容现在心情的句子，那就是"皇甫千影好有钱哦，居然可以建这么华丽的木屋！"

两头小猪叉着我一阵疾走，接着我眼前一黑，随之便摔倒在地，像垃圾筒似的滚到了香几旁边。

发生了什么事？刚才还叉得好好的，怎么一下子就……

我动了动被叉得阵阵发疼的双臂，一脸迷茫地扶着香几站起来。

正要发话时，秦品熙像插上了翅膀一样，如风似火地跑过来，"咚咚"两脚踹开了两只正在拍手收工的小猪。

我目瞪口呆地看着眼前发生的一切，半天说不出话来。

这小子的飞踢越来越有力了啊。

秦品熙在我面前上蹿下跳，比猴子还要灵活："果果，你有没有摔坏脑袋？"

啊！他是来气我的吗？

我冲上去，对着他的脑袋重重一拳，咆哮道："你的脑袋才摔坏了呢！"

秦品熙抱着头跳开五步，可怜兮兮地看着我："我只是……关心你……"

这家伙是不是男生啊！

我无奈地翻着白眼，卷起袖子，准备说教一番。没想到才刚走到秦品熙面前，就被阿P冷冷的声音打断了："丐帮长老，你再不打电话问生辰八字的话，就撅好屁股等着挨抽吧！"

语毕，它重重地"哼"了一声，转身离去。

我惊愕地看着阿P一扭一扭的背影，随即大叫一声，腾跃到香几前，拿起电话，飞快地按了几个数字。

"嘟嘟"响了两声后，电话接通了，爸爸平缓的声音从那端传了过来："你好，我是平郡浩，哪位？"

我回头看了不远处的秦品熙一眼，把手挡在话筒上，小声地说："爸爸，是我，果果。"

爸爸大叫的声音差点儿把我的耳膜给穿透："果果？你这不孝女，怎么这么久才想起来给我们打电话！手机也不通，快说，疯到哪去了？"

手机？我愣了一下，赶紧从口袋里掏出手机，发现已经没电了！

"手机没电了……"

"你不会充电吗？"

"充电器没带……"

"算了，算了，反正你现在打电话回来了。"

我咽了咽口水，小心翼翼地问："那个……爸爸，我问你哦，我是什么时候出生的啊？"

"咦？"电话那头的爸爸愣了一下，才回答，"16年前啊！你怎么突然问起这个来了？"

这个笨爸爸！难道他以为我连自己几岁都会忘记吗？

"不是啦，我是说，我是农历几月几日几点出生的啦！"

"农历？你等等，我问问你妈妈。老婆，我们家昊果是几点生的呀？"电话那边传来一阵脚步声，还有妈妈"果果打电话来，你怎么不叫我""把电话给我，快闪开"的抱怨声和一个重物落地的声音，一阵闹哄哄后，总算是安静了。

看来是妈妈成功地用"无影腿"踹走了爸爸！

“果果，你怎么现在才打电话回家?”是妈妈的声音，“你刚刚是要问几点出生的吗? 问这个做什么?”

“这个……”我顿了一下，决定保留事实，“因为这里拿东西需要身份确认，所以……”

“这样啊……果果，你是农历七月初七晚上 7 点出生的哦!”

……

天! 我居然……居然……就是那个可以手握烈焰绝火的女生!

妈妈后来说了些什么，我已经完全没有印象了，电话什么时候从手中滑掉了也不知道，脑袋里不断地重复着一句话“果果，你是农历七月初七晚上 7 点出生的哦”!

等我回过神来的时候，发现秦品熙握着话筒，正和电话那头的人聊得热火朝天。

“哎呀，伯母，你怎么老是喊错! 我是秦品熙，不是秦熙熙啦!”

电话那头的妈妈不知道说了些什么，秦品熙竟然一脸兴奋地舔起了红唇:“好啊好啊，我有空一定去你们家吃饭! 狮子头? 那是什么菜啊?”

……

真是郁闷! 这家伙竟然还聊起吃的来了! 怒火攻心!

我劈手夺过电话，和爸爸妈妈打了声招呼后，“啪”的一声，重重挂了电话，双手叉腰，跟母夜叉似的:“秦品熙，你知不知道乱接人电话是很不礼貌的事情啊?”

“可是，电话掉了……”

“那你也不应该接啊! 哼!”

可恶! 他不是连热水器都不会用吗? 怎么对电话这么熟悉?

“对不起……”秦品熙委屈地低下了头。

我看也不看秦品熙一眼，踩着重重的脚步径直向出口走去，路过一个半掩着门的房间时，被里面透出来一闪一闪的光线给吸引住了。

咦? 难道皇甫千影在这间房里养萤火虫吗?

我抚着下巴，像个小偷似的在门前探头探脑。

阿P没说不能乱逛，所以看看应该没关系吧？

这么想的同时，我的手已经不由自主地扣住门把，轻轻地推开了房门。

整个房间就像电台的控制室一样，布满了电脑和一堆奇怪的仪器，墙壁上的屏幕不断地闪烁着，发出萤火虫般的光。

原来刚才的光是这些奇怪的机器发出的啊？

我恍然大悟地点点头，走到最大的屏幕面前，一脸好奇地看着那一堆花花绿绿的按钮，眼睛里冒出了无数个问号。

正当我准备试试那些按钮是干什么用的时候，阿P响彻云霄的狮子吼从外面传了过来："该死的丐帮长老，你骑着乌龟在打电话吗？10秒钟内不出现的话，你就等着屁股开花吧！"

我吓了一跳，慌忙从房间里冲了出来，带上门，正准备转身，肩膀忽然被人轻轻地拍了一下！我尖叫一声，蹦了起来，没想到太过紧张，脚下一个不稳，和秦品熙跌成了一团。

还没来得及呼痛，阿P的嘶吼声再一次响了起来："该死的丐帮长老，居然把我的话当成耳边风！"

随着一阵急促的脚步声，阿P来到了我们面前，它踹了我一脚，像只被激怒的豹子："不想死的话，快点儿给我滚出来！"

我咂咂嘴，走了出去。

唉！不是我怕它啊，因为这里是皇甫千影的地盘，如果惹火了它，说不定要被那两头奇怪的猪暗杀掉的！

想到自己被拖到野外暗杀掉的那个情形，我就忍不住打了个寒战，全身的汗毛都竖了起来！

正思索着，皇甫千影娓娓动听的声音在耳边响了起来："果果同学，你是农历七月初七晚上7点出生的吗？"

我条件反射性地点头。

哇哇！平果果，你这个白痴，竟然这么容易就承认了！

一想到要手握烈焰绝火，我的双腿就开始颤抖起来："那个，烈焰绝火会烫吗？"

爸爸妈妈，我们来世再见了，你们的女儿马上就要被烈焰绝火烧死了，呜呜……

经过皇甫千影的反复申明和阿P“恨铁不成钢”眼神的不停射杀，我终于相信只要符合先决条件，烈焰绝火是不会把人烫伤的！

接着，皇甫千影给我和秦品熙各自安排了房间，交代我们待在房间里，不要随意走动，随后就离开了。

虽然我很想问刚才那个房间是用来做什么的，但一想到自己没有经过同意就闯进去，所以话到了嘴边就滑了下去。

算了，就当……没看见那个奇怪的房间好了。

03

过了两天在房间里足不出户的生活，我的小宇宙终于崩溃了！（为了避免我和秦品熙乱跑，早、午、晚三餐都是长翅膀的小猪负责送到我们房间，就连到隔壁秦品熙的房间，都要先打卡）

虽然房间里什么设置都有，但如果连续无聊地打了两天的游戏，无敌铁金刚也会受不了的啊！

不过还好，今天是我们重新获得自由的日子！真是想起来就高兴，耶！

正在我高兴的时候，皇甫千影和秦品熙他们已经站在符阵里了，一副万事俱备，只差平果果加入就可以出发了的架势！

我深吸了一口气，拉拉身后的兔子造型背包（这个包包是我和阿P沟通了3个小时，说得口干舌燥，答应了随时欢迎阿P钻进背包休息，才终于要到的），笑眯眯地走进了符阵。

嚯嚯！经过了两次的教训，我学聪明了，出发前事先问过阿P，知道了开明国天气并不算寒冷，没有四季之分，一年到头，都是飘扬着红色枫叶的秋天。

所以我只在包包里放了一些牙膏之类的生活用品，外加一部数码相机（也是从阿P那里拿来的，为了这个，我足足念了一万遍“阿P是帅哥”啊），就没有其他东西了！为了能拍更多的照片，我特地把两块电池都充得

满满的，还向皇甫千影借了个超大的内存卡，哦耶！

“皇甫千影，你说那个开明国会不会很漂亮啊?”

好期待哦，一整年都飘着枫叶耶，那个场面，光是想想就让人忍不住热血沸腾啊！

皇甫千影冷淡地看我一眼，什么都没说，就径直忙活起来，手里做着我完全看不懂的奇怪手势，红艳的唇张张合合、振振有词地念叨着什么。

呜呜……被忽视了……

下一秒，眼前白光一闪，我们已经离开愿望小店，来到了开明国。

这里真的和阿 P 说的一模一样，是一个被枫叶包围的地方。一条被枫叶染红的林荫小道笔直地朝深山处延伸，微风中，火红色的枫叶像彩蝶一样，在空中打着旋儿，慢慢地飘落在地上。

我伸手遮住头顶上的阳光，眯着眼看漫天枫叶飞舞，啧啧地赞叹：“好漂亮！简直和下雪一样啊！”

皇甫千影他们似乎也被这美丽的风景迷住了，仰头呆呆地看着天空，久久没有出声。

突然一阵强风刮过，迷花了我们的眼睛，还没等我们反应过来是怎么回事，远方顿时传来阵阵轰隆声，刹那间，天地像被踹了几脚似的，剧烈地晃动起来。

“怎么回事？这里……”我转头，看到皇甫千影的脸后，接下来的话自动地卡在喉咙里。

从他们惊讶的表情来看，显然都不知道发生了什么事。

阿 P 的目光定在我身后，眼睛睁得比鸡蛋还大，嘴里惊恐地嚷道：“丐帮长老，小心后面！”

“什么?”我飞快地回头，被席卷而来的泥沙扑了个正着，灌了一嘴巴的泥土！

眼睛已经看不见任何东西了，只感觉一阵天旋地转，全身上下被黏糊糊的泥土糊住，身体也被一股巨大的推动力钳住了，我昏昏沉沉地随着那股力量，像皮球似的不停地往前翻着跟头……

好难受，胸口被压得喘不过气来了。再这样下去，一定会窒息而死的！

想到这里，我的身体突然爆发出一种能量，用在游泳池里学到的技术，奋力地在黏糊糊的泥流中一阵狂划。不知道过了多久，我终于“杀开了一条血路”，把头颅探了出来！

好险！差点儿被淹死！

该死，竟然遇上了泥石流！阳光明媚的天气居然会有泥石流？开明国真不是人待的地方！

我狠狠地抹掉脸上的泥沙，向四周环视了一圈，发现自己被冲到了一条小河边。

我顺着小河走了几步，到达干净的水源旁，用力地往脸上泼清水，大半天后，总算是把小泥脸洗干净了！

呼……幸好刚刚的泥石流中没有大石块，否则，大石块敲过来，不死也得没了半条命啊！

我长长地松了一口气，仔细地打量起四周来。清澈的河水潺潺地向前流动着，柔和的水声，像是一首悦耳动听的歌曲，优雅缭绕；婀娜多姿的枫树，如羞涩的少女般立在河边，轻风一吹，火红的枫叶飞离枝头，轻飘飘地落在水面上，泛起一圈又一圈美丽的涟漪。

这里虽然风景很美，但是偌大的空间，却连半个人影都没有！

秦品熙呢？皇甫千影呢？阿P呢？他们应该和我一样被泥石流冲过来了啊！

我挑着安全的地带，顺着泥石流往回走，一边走一边喊他们的名字，可是我喊得嗓子都快哑了，四周还是一片空荡荡的，没有半个人影……

我决定回到小河边，等泥石流把他们冲过来。

我坐在小河边，翻来覆去地等了差不多半个小时，依旧没有人出现。

而刚刚还在翻腾的泥石流，仿佛突然漏气的气球一样，软软地瘫在地上，一动不动，只有几粒调皮的小沙石，缓缓地跳入清澈的河水中，然后消失不见……

停了?!

冲过去一看，发现河水一片清澈，根本没有因为泥石流的汇入而变得浑浊。我有些慌了，蹲下来在泥石流与小河汇合的地方，抽抽噎噎一阵乱扒："呜呜……皇甫千影……阿P……秦品熙……你们快出来啊，不要吓我啊……呜呜……"

我扒得手都破皮了，鲜血顺着指甲缝流出，染红了一小摊河水，秦品熙他们还是没有出现。

一想到他们被泥石流中的大石头敲死在半路上，我的心就好像有千万支箭穿过一样，撕心裂肺地疼。哇呜哇呜……秦品熙、皇甫千影、阿P，你们丢下我，一起死掉了吗？

我一屁股坐在地上，抱着膝盖，哭得死去活来。

突然，一只沾满泥沙的手在我眼前晃了晃。

咦？哪来的手？

我止住哭声，眼泪汪汪地抬头，对上一颗泥巴的脑袋——因为全身都被泥覆盖了，根本看不清来人的长相，只看到那对长长的睫毛扑朔迷离地扇动着，棕色的眸子流泄着晨曦露珠一样的亮光。

秦品熙！是秦品熙！

我蓦地站起来，又哭又笑地扑进他的怀里："秦品熙……呜呜……我以为你被泥石流中的大石头敲死了！呜呜……太好了……你还活着……呜呜呜……"

"扑通扑通——"温暖有力的心跳声隔着黏糊糊的衣服传过来，那一刻，我感觉这声音是16年来听过的最美妙的音乐了！

头顶传来秦品熙有些尴尬的声音："呃——果果，你先让我把脸洗干净。"

我一听，抹着眼泪退出秦品熙的怀抱，才发现他身上的泥土已经开始干裂，这说明，他被冲到这里，已经有一段时间了。

我张了张口，正准备问，秦品熙已经弯下身子，开始清洗脸上的泥土。

一分钟后，秦品熙总算把脸上的污泥清洗干净了。他帅气地甩着头，晶莹剔透的水花四溅，有的顺着光润清秀的脸颊缓缓地滑落，有的停在睫毛上，仿佛露珠般熠熠发亮，魅惑人心。

我慢慢地靠近秦品熙，眼睛四处瞄来瞄去，脸上热乎乎的，心里也因为秦品熙没事而安定了下来："秦品熙，你刚才去哪里了？"

"刚才？"秦品熙甩头的动作猛地停了下来，歪头想了下，才回答，"你说刚才啊，我回去找你们了啊！"

原来他回去找我和皇甫千影了啊，难怪身上的泥土都干掉了！

我笑了笑，双手托着下巴想蹲下来，但才蹲了一半，整个人就僵住不动了。

皇甫千影！该死！看到秦品熙没死，一时高兴，我居然把皇甫千影给忘了！

04

时间缓缓地流逝。

我和秦品熙两个人顺着泥石流来来回回地寻找了好几遍，别说皇甫千影和阿 P 了，就连头发都没找到一根！

太阳如同潮水般退下山了，启明星最先在暗蓝色的天空中闪烁起来，慢慢地，星星像撒芝麻似的，把整个天空都占满了。

我把手放在脑袋上，向后一仰，筋疲力尽地倒在松软的枫叶上，声音湿湿的："秦品熙，皇甫千影和阿 P 会不会已经死掉了？"

等了半天，没有任何回答，四周静悄悄的，偶尔有落叶沙沙飘动的声音传进耳朵里。

我一脸疑惑地扭头，这一看，差点儿没吐出一口鲜血来。秦品熙这个猪头，竟然枕着双臂，呼呼地睡着了！

我气疯了，一个弹跳从地上蹿起来，抬起脚，狠狠地朝他的小腿肚踹去。

一秒后，响起了秦品熙杀猪般的号啕声，声音之大，惊得天上的星星都瑟瑟发抖地躲到云层当中去了："痛啊——"

我用眼角 15度余光扫了下抱着腿的秦品熙，重重地哼一声，高傲地甩

开头。

活该！谁叫他在这种情况下睡觉！

秦品熙像只独脚青蛙似的，蹦了两步，来到我的面前，一脸被抛弃的神情：“果果……你为什么踹我？”

居然还有脸问？他知不知道我们唯一的财产——兔子造型背包已经被泥石流冲得不知去向了啊！在这种身无分文的情况下，我们很可能会沦落成乞丐，最后被饿死！

我大步流星地冲到秦品熙面前，戳着他的脑袋骂开了：“睡？你还睡得着？找不到皇甫千影，我们就等着饿死在路边吧！”

“为什么会饿死？你的包包里……”秦品熙把我转了过来，说到一半的时候突然顿住了，接着，大叫起来，“果果，你的兔子包包……你的包包……”

“很高兴你终于发现了这个事实！”我抿着嘴冷笑两声，“现在知道我们为什么会饿死街头了吧？”

秦品熙目光闪烁，声音慢慢地低了下去：“我们……我们可以向皇甫千影要钱……”

啊！这世上怎么会有这么笨的人啊！

我气呼呼地抡起拳头，对着他的脑袋“哐当”又是一拳：“你白痴啊！要是皇甫千影在，我们还会在这里喝西北风吗？”

秦品熙头垂得更低了：“那……我们可以去赚钱……”

“赚钱？”我毫不留情地对他致以最强烈的鄙视目光，“在这前不着村后不着店的地方，我们要怎么赚钱？”

秦品熙突然笑了，眉毛弯成了一轮新月，杏眼如明镜那样澄清，白皙的脸蛋仿佛抹了胭脂一样，粉红粉红的：“有哦！这里有小镇哦！”

“什么？”我睁大眼睛，不敢相信地看着他，“你说什么？”

秦品熙不好意思地搔搔脑袋，笑眯眯地指了一个方向：“你看那边。”

我顺着他手指的方向看去，果然看到小河的下游，闪着点点灯光，那些光和天上的星星汇成一片，一闪一闪的，如夏夜晴空中翩翩起舞的萤火虫。

真的……有人家耶！这里有人家……说不定……说不定皇甫千影已经被人救到镇上了……

我欣喜若狂地抓住秦品熙的手，像踩了风火轮一样在满是枫叶的道路上飞奔，不一会儿，就来到了秦品熙所说的小镇。

我简直不敢相信自己的眼睛，人声鼎沸的古香古色巷子上空，横七竖八地牵起了一条条的线，成千上百的枫叶造型灯笼错落有致地系在绳子上，仿佛仙女为其织成的一件五彩衣裳，闪闪发亮。舒展而不张扬的唐风建筑，在色彩纷呈的灯光下，显得庄重而又华美。

这个小镇，简直美得像画啊……哦，不，是比画还美！

好想逛逛哦！可是皇甫千影还没有找到……

心底突然有个声音窜了出来：有阿 P 那只兔子在，不会有事的，平果果，安心地逛吧！

想到这里，我双手合十朝天空祈祷了几句后，便喜笑颜开地拉着秦品熙，左瞧瞧右看看地逛了起来。

“秦品熙，你看你看，是脸谱耶！”看到一个挂满形形色色脸谱的摊子，我快乐地飞奔过去，拿起一个钟馗的脸谱套在头上，趁秦品熙不注意，跳到他面前大喝一声，“恶鬼，本神在此，还不快束手就擒！”

秦品熙被狰狞的面具吓住了，白白嫩嫩的脸紧绷着，眼睛瞪成了鸡蛋，像雕像一样僵硬。

啊哈哈，好好笑哦！居然会被面具吓到，真是一个笨蛋！

我心满意足地摘掉面具还给摊主，捂着嘴大笑着跑开，参观下一个摊子去了。

虽然我们的衣服和小镇上的人完全不同，还东一块西一块地沾满了泥巴，但他们好像习以为常了似的，每个人都对我们点头示好，抱以友善。

呵呵……这里的人们好有人情味啊！

我和秦品熙像两只快乐的小鸟，在人声鼎沸的古巷畅快地跳着、闹着。

逛着逛着……我和秦品熙同时被一股诱人的香味吸引，不约而同地来到了一个包子摊前，目不转睛地盯着蒸笼里一个个白乎乎的包子，嘴里的口水就像河水决堤一样，淌了出来，拦都拦不住。

我直勾勾地盯着蒸笼，抹了抹嘴角的口水："秦品熙，你身上有带钱吗？"

"咕噜——"我听到一声好大的咽口水的声音，一扭头，发现秦品熙正捂着肚子，眼神定在包子上，郁闷地摇头。

就在我们对着包子流口水时，一只白白胖胖的手伸进了蒸笼，轻轻地捏住包子，再提起来轻轻一放，包子便落在了棕色的纸袋子里，消失不见了。

我们的目光紧紧地跟随着白胖手中的纸袋，缓缓地移动着……移动着……

终于，一只黑得跟老树皮似的手伸了过来，把手里的铜板交给白胖手的主人后，拿着包子，像只唐老鸭似的，一颤一颤地离开了。

我和秦品熙一手捂着肚子，一手颤巍巍地伸向那抹远去的背影。

呜呜……包子……美味的包子……

"两位小客官，要买包子吗？"一个洪亮的声音把我们从哀怨的情绪中拉了回来。

我们不约而同地扭头，对上拥有弥勒佛笑脸的摊主。

我咽了咽不断涌上来的唾液，嘿嘿地干笑两声："我们……没有钱……可不可以……"

此话一出，摊主脸色一沉，重重地盖上了蒸笼，拿起系着花布的棍子，嫌恶地朝我们挥了挥："去去去！没钱在这儿凑什么热闹？小鬼一边玩去！"

呃……我收回之前的话，这里是一个完全没有人情味的小镇！

CHAPTER 07

红鸾萌动

01

被包子摊的主人驱离后，我和秦品熙再也没有心情逛街了。游魂似的在街上游荡了一阵，找到了一个光照不到的角落，可怜兮兮地蹲缩着，抱着肚子哀怨地画圈圈。

“咕噜……”这是我的肚子在叫。

“咕噜咕噜……”这是秦品熙的肚子在叫。

“咕噜咕噜咕噜……”

“咕噜咕噜咕噜咕噜……”

……

跟比赛似的，肚子的抗议声越来越快，也越来越响了，此起彼伏地响彻在小小的空间里，到最后，已经分不清是谁的肚子叫得更大声了。

我红着脸，悄悄地扭头，尴尬地看向秦品熙，却被他手上那块巨大的砖头和一脸决绝的表情给吓坏了！

哇呀呀！这家伙该不会是想冲到包子摊前把摊主敲昏，再把那些可爱的包子全部扛走吧？不是吧？他应该不是这么想的吧？

我小心翼翼地按住他拿砖头的手，狠狠地咽了咽口水：“秦……秦品熙……你要做……做什么？”

苍天保佑，千万不要是我想的那样啊！

秦品熙倏地一下站起来，带出一股劲风，吹得我头发一阵乱飘。

我望着他，半天没回过神来！

这种速度……他是真的没有吃饭吗？

“果果，我们走！”秦品熙伸手把我拉了起来，朝包子摊的方向张牙舞爪地挥舞着手里的砖头。

“走?”我的眼睛在秦品熙身上溜了一圈，打了个寒战，“去哪里?”

“果果，记住！”秦品熙慎重地拍了下我的肩膀，狭长漂亮的眼睛里闪着异样的光彩，“待会儿，趁我把那个摊主敲昏的时候，你立刻将那笼包子抱走！知道吗?”

知……知道个头！光天化日之下，秦品熙竟然要我跟着他强抢民众的东西……

我感觉自己像被放到了冰天雪地的南极，全身血液在一刹那完完全全地冻结了！

不给自己任何犹豫的时间，我跳起来赏了秦品熙一拳，便噼里啪啦地骂开了：“该死！你竟然叫我抢东西！知不知道这是犯法的……会进监牢的啊?”

骂完了，我觉得还不过瘾，又跳起来，挑西瓜似的，“咚咚咚”往秦品熙脑门上一阵狠敲，把他的脑袋敲得满头包后，才满意地扶着墙喘气。

呼呼……空腹运动果然要不得啊，才运动了这么几下，就觉得全身软绵绵的，出了一身汗。

秦品熙丢掉手里的砖头，委屈地抱着被我敲痛的头：“果果，我又没做错什么，你干吗打我！”

没做错什么?这个笨蛋到底有没有受过教育啊?

我倒抽了一口冷气，刚刚开始流动的血液再一次凝固了：“你知道刚刚的行为是什么吗?强盗！流氓！明白吗?只有强盗和流氓才会抢民众的东西！”

“可是……我小时候抢烛龙大哥和毕方大哥的东西，都没有关系……”

我愣住，在脑子里搜刮了半天，总算是想到一句比较说得过去的话：“它们是神兽……不是人，明白吗?”

秦品熙似懂非懂地点头，一脸兴奋地抓住我，目光如星光一样清澈：“我知道了！你的意思是，神兽的东西可以抢，人的东西不能抢，对不对?”

真是快要被这个脑筋被水泥灌了的笨蛋给气死了！他对抢东西真的就那么执著吗？

我忍不住又在他额头上敲了几下："不管是神兽还是人都不能随便抢他们的东西！"

"可是你刚才说……"

"现在改了！以后不准抢人家的东西！"

"……"

虽然有些不甘愿，但在我大伏的高压电目光下，秦品熙终于点头："知道了，我以后不会随便抢别人的东西了。"

不随便抢？这小子居然跟我玩起文字游戏来了！

我叉着腰，大发脾气道："不是不会随便抢，是绝对不能抢！明白吗？"

"是……是……我以后绝对不抢别人的东西了。"秦品熙像做错事的孩子一样，声音压得极低："可是……"

我眼睛瞬间瞪了起来，比 100 瓦的灯炮还亮："嗯？你刚刚说什么？可是？"

秦品熙慌了，头摇得好似拨浪鼓，双手在空中胡乱地挥舞着："不是……不是！我绝对不是要抢东西，我只是想告诉你，我肚子好饿！"

话音刚落，秦品熙的肚子很"争气"地大叫了一声，以此证明其主人的清白，也彻底打击了我宁死不屈的志气。

"这个……这个……你别吵，让我想想……"我郁闷地看了秦品熙一眼，单手撑着下巴，皱着眉头陷入了沉思。

这时，突然一个高亢的声音传进了我的耳朵里："卖鱼喽……新鲜刚上岸的鱼哦……"

鱼？

眼前突然灵光一闪，一个"点子"马上在我的脑海里成形。这里既然是另一个时空，肯定没有见过我们那边的东西。我可以把安徒生童话里的《海的女儿》改编成短剧，在这里演出，然后再向观众收观赏费呀！

我感激地看了卖鱼人一眼，心里感叹道：真是一语惊醒梦中人啊！

一想到众人围成一圈，一边拍手叫好，一边朝我们扔铜板的情景，我就忍不住捂着嘴偷笑了起来。

哦嚯嚯嚯……平果果，你真是太有才了！

我转过头去，朝秦品熙露出一朵菊花似的笑容，伸出食指，朝秦品熙勾了勾。

秦品熙看到我的动作，立刻屁颠屁颠地把耳朵凑了过来。

我贼眉鼠眼地笑了两声，眉飞色舞地靠在秦品熙耳边，如此这般、这般如此，说得他喜笑颜开，直点头拍手称好。

商量好后，我和秦品熙分头开工，找来了白布、炭和树枝。

我们扛着这些东西，在人声鼎沸的广场上找到了一个绝佳的位置。然后把白布摊开，拿着炭蹲在地上一阵涂涂写写，接着把白布缠在树枝上，再搬来石头把树枝固定住，一个简易的宣传横幅就做成了。

就在我搭宣传横幅的时候，有几个好奇的民众围了过来，他们唧唧喳喳，像麻雀一样和身边的人讨论着：

"来自另一个世界的忧伤童话，《海的女儿》火热上演？"

"童话是什么东西呀？你听过吗？"

"没有。"

"啧！你说这童话会不会是吃的东西呀？"

"我看不是，你看那两个小鬼，跟泥猴似的，要卖吃的，谁敢买呀！"

"这倒也是！那童话到底是什么东西呢？"

"……"

没见过吧？没听过吧？一群土包子，啊哈哈……

随着议论声的加大，围过来的人也越来越多了，黑压压的人群，像乌云似的涌过来，不一会儿就把现场围了个水泄不通。

我像孔雀似的高昂着头，扬扬得意地看着里三层外三层的观众，心里那个陶醉劲儿哟，比捡了黄金还高兴！

没见过这个阵势的秦品熙有些紧张，他紧张兮兮地靠了过来，眉头深

深地蹙着："果果，这么多人，要是演不好怎么办?"

我眉开眼笑地看着蚂蚁似的人群，豪气地拍拍他："放心啦，你照着我刚刚跟你说的演，绝对没问题的!"

"可是……"

我和秦品熙正商量着事儿呢，观众中已经有人按捺不住，扯着嗓门吆喝起来了："哟!两个小鬼，《海的女儿》是什么东西呀?"

嘻嘻，着急了吧!

我偷笑两声，大摇大摆地走到圈子中央，朝观众深深一鞠躬："俗话说，在家靠父母，出外靠朋友!小女和……咳……哥哥初到贵宝地，盘缠用尽，特在此献艺一场。还请各位父老乡亲有钱的捧个钱场，没钱的捧个人场!"

哇，好绕口，舌头都要打结了!

人群中又有人吆喝了起来："小鬼，先告诉我们'童话'是什么东西呀?"

我故意神秘地笑了笑，清了清嗓子："别急呀，精彩好戏马上开始!"

一切准备好了以后，我拿着两根树枝当锣鼓"咚咚咚"地顺着人群绕了一圈回到原位，大喝一声，把裹着画美人鱼尾巴布条的秦品熙踹出场，自己则挥舞着树枝，念起了旁白："海的远处，水是那么蓝，像最美丽的矢车菊花瓣……然而它却很深很深，深得任何锚链都达不到底……住在那底下的海王已经做了好多年的鳏夫……"

嚯!秦品熙这个白痴，有鳏夫抱着白布笑得跟花痴一样吗?

我"噔噔噔"地冲了过去，踹了他一脚，咬牙切齿，一字一句道："笨蛋，鳏夫，你演的是鳏夫，要一脸寂寞的表情!"

观众被秦品熙的表演逗乐了，哈哈哈地笑成了一团。

无视众人的哄笑，我若无其事地跑了回来，继续念旁白："但是他有老母亲为他管理家务，他的老母亲是一个聪明的女人，可是因为自己出生高贵，总是不可一世。"

念到这里，我手忙脚乱地裹着画得坑坑洼洼，像鬼画符似的白布，出场晃悠了一圈。

退回来的时候，和无头苍蝇似的秦品熙跌成了一团，再次引发了一阵爆笑。

气死！这个笨蛋！不是告诉过他退场从左边的嘛，还跑到右边来凑热闹！

我从地上爬起来，整了整衣服，继续演："这石像代表一个美丽的男子，它是用一块洁白的石头雕出来的，跟一条遭难的船一同沉到海底……"

念旁白的同时，我用眼角余光不放心地向秦品熙瞟去，发现他一动不动地站在那里，扮起了雕像。虽然一副托着下巴等待食物的姿势有点儿不雅观，但总体来说还是完美的。

我满意地点点头，正准备继续念下去，再瞟一眼秦品熙，一股热流涌上心口，差点儿没喷出一缸血来。他……他竟然两个跨步靠近人群，对着一个啃鸡腿的小孩蹲了下来，对着人家，一脸垂涎地流着口水！

好想一拳把他揍成天上的流星哦！不过现在不行，戏还没演完！

我硬生生地忍住胸腔内翻滚的怒气，气呼呼地冲过去，揪着秦品熙的耳朵，把他拖了回来："该死！你现在是雕像，给我乖乖地待在原地，不准动！"

不知道是秦品熙的行为很爆笑，还是我们演得太精彩了，人群中爆发了开场以来的第一阵掌声。

真是丢脸死了，再这样下去，平果果生平第一次演出，肯定要毁在他的手里了！

接下来，在我如锋利刀刃般的目光下，秦品熙总算老实了，按着之前的吩咐一步一步地演着。

我一边念旁白，一边摆着双臂，在圆圈内游来游去："……她可以透过像镜子一样的窗玻璃，望见里面站着许多衣着华丽的男子；但他们之中最美的一位是那个有着一对大大的黑色眼睛的王子……"

如果你以为表演可以顺顺当当地进行下去，那就大错特错了。因为演到巫婆割掉美人鱼舌头的时候，秦品熙那个家伙太过入戏，竟然掐着我的脖子，差点儿真把我的舌头给割下来！

回想起刚刚那个惊险的画面，我的心就忍不住害怕地颤抖起来。

呜呜，真是好险，要不是我聪明绝顶，狠狠地踹了他一脚，这会儿恐怕已经到奈何桥上喝孟婆汤了！可恶！演完了戏再找秦品熙算账！

……

表演缓缓地进行着，围观的观众渐渐被剧中的情节感染了，现场的空气仿佛被凝固了一样，陷入一片令人窒息的安静当中。

在观众屏气敛息的期待目光中，我和秦品熙总算是顺顺当当地把短剧演到了尾声。

当我表演完美人鱼跳海化成泡沫的那一刻时，现场的男生们一脸凝重，女生们有情人的靠着情人的肩膀，没情人的嘤嘤地咬着手帕，一把鼻涕一把泪的，泣不成声。

本来我想演到美人鱼化成泡沫就收工的，可一看到那些满脸泪痕，哭着喊着要求美人鱼复活的女生们，心一下子软了下来，当机立断地把结局给改了：

负心汉王子最后因为没有认出美人鱼，被上天夺去了眼睛，善良美丽的美人鱼则化成了快乐的空气，在美丽的世界里环行，等待 300 年后升入天国，成为人人爱戴的天使……

02

就在我们完美谢幕，扫完满地的铜板和碎银，准备收工的时候，眼前突然一个黑影闪过，我还没弄清楚是怎么回事，一个声音就传了过来："小鬼，你们的布条多少银子?"同时，固定得好好的横幅已经被扯了下来。

等我明白过来的时候，手里已经多了一锭金子。

我一时没反应过来，茫然地看着横幅消失的方向，发现一个身手轻巧的小个子，灵活地左闪右躲，三两下拨开人群钻了出去，消失在众人的视线中。那速度，简直就跟练了凌波微步似的！

现场静止了 0.01 秒，接着，所有人都沸腾了起来！

他们张牙舞爪地挥舞着白花花的手臂，不管三七二十一，不由分说就往前扑，有的捡黑炭，有的搬石头……整个现场顿时乱成了一锅粥，闹哄哄的，简直要把整个小镇掀翻了。

虽然被银子砸是一件快乐的事，但被倾盆而下、冰雹似的银子砸，就是一件痛苦不堪的事了！

我已经顾不了满地的银子，拖着秦品熙从里三层外三层的人群中挤了出来，毫不犹豫地拔腿狂奔，逃命似的拐进一个巷子，背对着墙壁往地上一坐，大口大口地喘着粗气。

我捋了捋被热情的观众揉成草窝的头发，长长地松了一口气。

真没想到，看起来内敛的小镇居民，竟然比疯狂的歌迷、影迷还要热情。

在小巷子里休息了几分钟后，我怀揣着满满一兜的银子，先领着秦品熙买了几件像样的衣服换上，再找了家客栈住下，洗了一个香喷喷的玫瑰花瓣澡，这才像欺压百姓的纨绔子弟般大摇大摆地出现。

店小二一见我们出现，立刻点头哈腰地迎了上来："哎哟喂！两位客官，你们可出现了！您二位点的酒菜都已经准备好了，请随我来。"

我学着武侠片里的大侠，不可一世地点了下头，跟着店小二走过一条弯弯曲曲的长廊，来到了门庭若市的大厅里。

一到大厅，我立刻被一桌子香喷喷的丰盛酒菜吸了魂，眼睛幻化成了两颗闪闪发亮的星星。什么大侠啊、优雅啊、礼仪啊，全部被抛到九霄云外去了！

我左脚用力一蹬，像一发出膛的炮弹一样，嗖的一声扑过去，一屁股坐下，左手一只鸭腿，右手一块羊肉，吧唧吧唧地吃了起来。

嗯！这鸭腿烤得真好，外焦里嫩！嗯嗯！这羊肉也好吃，肥而不腻、清爽可口！

店小二和秦品熙被我狼吞虎咽的吃相吓坏了，满脸震惊地站在五步之外不敢靠近。

因为嘴里满满地塞了食物，我说话变得含混不清起来："青……平……

西，泥……人这捉什么？快点儿锅来漆啊……”

秦品熙发愁了，他抿了抿红唇，眉头皱了起来："这……"

啃完手里的鸭腿，我把骨头往桌上一丢，伸手又捞了一块油滋滋的鸭肉，津津有味地吃了起来。没想到吃得太快，被卡住了！

“咳咳——”我捏着喉咙，咳得死去活来。

最后，在阔步冲过来的秦品熙的帮助下，捞起放在桌子上线条流畅的瓷白色瓶子，疯了似的一阵猛灌，终于把卡在喉咙里的肉给吞了下去。

我抹掉眼角夹着的一滴泪花，惊魂未定地捶着一起一伏的胸脯，吭哧吭哧地喘着粗气："好险！好险！真是差点儿丧命啊！"

经过了刚才的噎肉事件，我的吃相变得优雅了许多，不敢再用手抓，改用筷子了。

店小二长长地吁了一口气，屁颠屁颠地奔了过来，拿着瓶子，殷勤地给我和秦品熙每人倒了一杯："二位客官，这是本店的镇店之宝‘醉生梦死’，这种酒的妙处呢，就是……"

酒？怎么可能？

我飞快地拿起桌上的杯子，一骨碌把里面澄清的液体倒入口中。嗯，和刚刚灌到肚子里的半壶一模一样，是甜的！

我挥手打断店小二的话："骗人，这明明就是加了蜂蜜的茶！"

秦品熙端着杯子，轻啜了一口，点头赞同我的话："嗯，是加了蜂蜜的茶。"

哼！别看我长得跟傻大姐似的，心里可精着呢！想蒙我，你小子还得修炼个 100 年呢！

我下巴翘得高高的，脸上挂着“不解释明白就撅好屁股等着挨抽吧”的表情。

店小二不紧不慢地给我们的杯子斟满液体，然后笑了笑，露出两颗可爱的小虎牙："客官，您二位听我说完嘛！这‘醉生梦死’的妙处啊，就是喝起来跟蜜水没有什么两样。"

这世界上居然有和蜜水一样的酒？

我和秦品熙异口同声："真的吗?"

"当然!"店小二将瓶子轻轻地放到桌上："不过二位如果不胜酒力的话，可别喝多，这酒后劲可强了，一般人喝上一壶，就能睡上一天一夜哦!"

果然是在骗人！我这个一滴酒也没沾过的人灌了半壶下去，照样头不晕，眼不花，跟个没事儿人一样，生龙活虎地坐在这里!

这小子打一开始就在这转悠个不停，还说得有模有样的，是想要小费吧?

我从口袋里掏出几个铜板，丢给店小二，赶苍蝇似的挥挥手："去去，再给本小姐拿一壶'醉生梦死'来!"

店小二一脸为难："两位小客官……最近这镇里不太安全，你们还是少喝点儿吧!"

嗯?这小子是嫌小费不够多吗?

我把手伸进怀里，在钱袋里掏啊掏、掏啊掏，半天没打开绳子。我火了，干脆一把将钱袋扯了出来，狠狠地一拉绳子，往桌上一倒，闪闪发光的银子"哗啦啦"地滚了一桌子。

再看店小二，眼睛都直了!

哼！这回还怕你不把酒端上来?

我朝店小二努努嘴，口气傲慢得不得了："说吧，你想要哪个?"

店小二还是一脸为难："两位小客官，你们还是少喝点儿……"

秦品熙伸手将桌子上的银两一一捡起来收到钱袋里，将鼓鼓的钱袋推到我面前，这才扇着两片屏障似的睫毛说："果果，还是听小二哥的话，少喝点儿好了。"

这小子干吗帮着外人说话啊!

我嘟着嘴看了秦品熙半晌，终于妥协了："好吧，那就算了。"

店小二抹掉额头上硕大的汗珠子，如释重负，"咚咚咚"地忙活去了。

酒足饭饱之后，我和秦品熙拍着圆滚滚的肚子离开大厅，打了声招呼后，回到了各自的房间。

一进门，我立刻“啪嗒”一声把门栓扣上，鬼头鬼脑地把怀里的钱袋掏出来，往桌上一倒，银子“哗啦啦”地像星星一样铺满了桌子。

我乐陶陶地拿起这个摸摸，抓起那个咬咬，简直就像一个贪财的土地主。嘿嘿……反正秦品熙也不知道这钱袋里到底有多少钱，既然这样的话……

我脑子里进行了一番激烈的天人交战，终于忍受不住金钱的诱惑，一脸奸笑地摸了两颗个头不大的银子，塞进了袜子里！

接着把银子收起来放妥了，跟没事儿一样，倒到床上，呼呼大睡。

03

“客官……需要替你们准备晚餐吗？客官？”

迷迷糊糊中，一阵“咚咚咚”的敲门声夹杂着店小二的声音从门外传了进来。

晚饭？不是才刚吃过吗？

我揉着睡眼蒙眬的眼睛，机械地掀开被子下床，走到门边，打开了门。

店小二一见门打开，便立刻迎了上来，一脸谄媚：“这位小客官，你们看这用膳的时间到了，需要为你们准备晚餐吗？”

用膳的时间？

我半眯着眼抬头，发现天黑漆漆的，如宝石般的星星，密密麻麻地撒了满天，亮晶晶地闪着光，煞是美丽。

我纳闷地看着店小二，脑子还处在迷迷糊糊的状态：“不是刚吃过吗？”

难道这里的人都吃两顿晚饭吗？

“这位小客官，你真爱说笑，您都已经在本店住了一天一夜啦！”

什么？一天一夜？我们不是才刚住进来吗？怎么一晃眼的工夫，一天一夜就过去了？

我全身一抖，完全清醒过来，震惊得连话都说不连贯了：“一……一……一天一夜？”

店小二“扑哧”一声笑了：“想必是‘醉生梦死’发挥作用了。”

哇！真有这么神的酒？我决定先研究下这个酒的成分和制作方法，回到现时的时候，每天在校长的茶杯里灌上那么满满一杯，嘿嘿……

我一脸奸笑地看着店小二："你去再帮我拿壶'醉生梦死'来，顺便把你们掌柜也叫来。"

店小二吓呆了，"扑通"一声跪到地上，不停地颤抖："客……客官，您是不是对小的服务不满意？如果是……"

"让你叫你就去叫啊，废话那么多干吗！快去！"

店小二战战兢兢地跑开了，再回来的时候，身后跟着肥头大耳的掌柜。

我还没来得及说话呢，掌柜就舞动着全身的肥肉，地动山摇地跑过来，扯着嗓子喊："客官，如果小店有招待不周的地方，请尽管开口。"

说着，他的象腿往旁边一踹，店小二"扑通"一声折倒在地，脸色苍白地哀叫着。

可怜的店小二，小腿没折断吧？

我赶紧跑过去把他扶起来，接过掌柜手中的瓶子，不紧不慢地说："掌柜的，你这酒怎么酿的？成分是什么？"

掌柜搓着手，满脸为难地看着我，两颗绿豆小眼已经被 $ 符号占满了……

嚯！这死要钱的家伙！

我把手伸进怀里一掏。咦？钱袋呢？难道睡相太差，滑到背后去了？手绕到身后，再一掏，还是没有。会不会掉到床铺上了？

我"噔噔噔"地跑回房间，抄家似的翻箱倒柜……

几秒之后，客栈的上空爆发了一个惊天地泣鬼神的尖叫声："我的钱袋呢！"

……

经过对现场留下的线索的调查和推理，我终于知道了钱袋的去向，那就是：被偷了！

得知我们的钱袋被偷了之后，掌柜摇身一变，成了"杀人不眨眼"的周扒皮，把我身上私藏的钱搜光后，将身无分文的我们赶出了客栈。

我们在小镇的街上游荡了一番后，开始重操旧业，在小镇最热闹的集市摆开阵势，演起了《海的女儿》短剧。不知道是前两天悲惨性的结局让人印象深刻，还是另有原因，现场观看的人数由之前的门庭若市，一下子下降到了门可罗雀的地步。

我和秦品熙铆足了劲儿，挥汗如雨地使出浑身解数表演，最后却只收到了几个可怜的铜板。这点儿钱连只烤鸭都买不起，更别说住客栈了！

我和秦品熙在小镇的街上晃悠了几天后，决定离开小镇，到神巢虚境去碰碰运气。

我们怀揣着仅有的一点点钱，悲戚万分地踏上了去往神巢虚境的路，过上了有一餐没一餐的悲惨的丐帮长老的生活。

该死的阿P，成天叫我丐帮长老，害得我真的变成了丐帮长老，呜呜……

当我们来到神巢虚境山脚下的小镇时，已经是3天后的事了，由于长期营养不良，我们看起来像难民一样，双颊深深地凹了进去，瘦得同枯萎了的菜叶一样。

这种日子到底要过到什么时候啊？皇甫千影、阿P，你们在哪里？呜呜……

我抽抽搭搭地哭着咬了一口硬邦邦的馒头，谁料一时咬得太急，下巴"咔"的一声脱臼了。

好痛！

我挥舞着双手，"咿咿呀呀"了半天，总算引起了秦品熙的注意。

他怔了下，把手上的馒头往嘴里一塞，两个拇指伸入我的嘴巴往外拉，手掌的其他部分跟着往上一推，"咔嚓"一声，下巴乖乖地回了原位。

看着秦品熙清秀脸上的担忧表情，我再也忍不住"哇"的一声扑进他的怀里号啕大哭起来，眼泪像瀑布似的一直往下流："哇呜哇呜……秦品熙，我不要饿死在这里……我不要当真的丐帮长老……呜呜……阿P……皇甫千影……"

秦品熙拍着我的后背，又是哄又是劝又是替我抹眼泪，声音如百灵鸟啼鸣般婉转动人："果果，我想到一个办法，或许可以找到千影他们。"

我停止哭泣惊讶地抬头，眼睛还一片雾蒙蒙的："什……什么办法?"

秦品熙神秘地笑了，银色的月光下，他的脸蛋仿佛抹上了淡粉色的胭脂，水灵鲜嫩，深邃的眼睛罩上了一层晶莹的玻璃似的东西，熠熠发亮："跟我来!"

秦品熙领着我来到小镇的一家店铺里，用所有的钱买了一大堆竹篦、棉纸等材料，扛着它们"嘿咻嘿咻"地来到了一片空旷的草地上。

开始，我对秦品熙花钱买这些破烂玩意儿的行为是非常不屑和不赞同的，但在他再三保证用这些东西就能找到皇甫千影后，我才答应了把钱全部投入。

一到草地上，秦品熙便蹲在那里抱着那堆材料忙活起来。

我蹲在秦品熙面前，看着他把一根根的竹篦绑成了方形或圆形的，像灯笼架一样的东西，便忍不住好奇地问："秦品熙，你在做什么?"

用这些就可以找到皇甫千影了吗?

我不解地挠头。

秦品熙把搭好的圆形架子递过来，顾盼撩人的眼睛眨动着，好像一对明亮的珍珠在月光下闪耀："果果，可以帮忙把纸糊上去吗?"

虽然脑子里充满了问号，但一想到可以找到阿P他们，我还是按着架子，一个个地糊上棉纸。不一会儿，草地上便摆满了白花花的、形状各异的灯笼，有的像宫灯，有的像刚出炉的馒头……

秦品熙给每个灯笼底部的支架中间绑上一块沾有煤油的粗布，拍拍手站起来，满意地看着延绵了一个草地的白浪，这才拿起摊在地上的毛笔。

我傻傻地看着他手中的毛笔，完全迷茫了："要……做什么?"

秦品熙咧嘴一笑，两排碎玉似的洁白牙齿在月光下闪着森森的白光，他握着笔，在灯笼的棉纸上一阵挥毫，一篇歪歪扭扭的"诗作"就完成了!

我上前一看，差点儿没笑抽过去!

苍天啊! 大地啊! 棉纸上竟然写着"皇甫千影，你再不出现的话，就洗干净屁股撅好等着挨抽吧"，不仅如此，秦品熙还在棉纸上画了只大乌龟，在龟壳上写了皇甫千影的名字!

还没等我回过神来呢，秦品熙“吱”的一声擦着了从镇上买来的火柴，点燃了笼子底部的粗布。随着火苗缓缓地加大，几乎有我半个人高的笼子，摇摇晃晃地离开秦品熙修长的指尖，飘飘然地向空中飞去……

好神奇哦，没有任何风，笼子居然飞起来了耶！难道说，这就是传说中的孔明灯吗？

我惊喜万分地看着朝辽阔无垠的夜空飘去的橘红色灯笼，拍着掌热烈地欢呼起来：“哇！好神奇！秦品熙，我也要玩！我也要玩！”

秦品熙拿了一个灯笼放在我面前，挑眉摆了个请的姿势，整个人看起来帅气逼人。

我红着脸蹦过去，歪着头想了下，“刷刷刷”地在棉纸上写道：皇甫千影、阿P，我和秦品熙在神巢虚境山脚下小镇郊外的破庙里！

写完后，我小心翼翼地点燃了灯笼底部的粗布，手一放，孔明灯冉冉升起，升上了墨色的天空。

一愣神，手中的毛笔已经被秦品熙抢去了，他抱着一个孔明灯，埋头苦写了一阵，接着点燃……

哇！这个狡猾的小子，竟然趁我不注意时偷写！

我扑过去，抢过他的毛笔，沾了点儿墨水，再把那盏摇摇晃晃朝天空缓缓升起的孔明灯截了下来，准备在上面画只大乌龟，但一闪神，孔明灯已经落入了秦品熙的手中！

他不自在地抱着孔明灯，脸一直红到了脖子根，清冷冷的杏眼，此刻灵动俏媚，闪动着一股让人猜测不透的柔光：“这……这个不能写！”

“为什么？”我愣了一下，鼓着双腮跳到他面前。随着我的跳跃，手里笔上的墨溅了出来，在闪烁着橘色光芒的孔明灯上晕开，留下几点污渍。

秦品熙将孔明灯转了个方向，把写了字的一面抱在怀里，一脸宁死不屈：“因为……因为这个已经写满了！”

“胡说！那里明明还有一大片没写！”我指着孔明灯上一大片空白的地方：“我要在上面画大乌龟！把灯给我！”

说着，我笔直地朝秦品熙扑了过去，可却被他机灵地闪开了，再扑，又被闪开，反复几次，都没有抢到孔明灯。

我眼珠子溜了两圈，一屁股跌到草地上，捂着膝盖乱叫："哎哟，痛死了，哎呀呀，一定是被毒蛇啊什么的咬到了！"

臭小子，我就不信你不上当，嘿嘿！

果然，一根筋的秦品熙松开手里的孔明灯，阔步朝我奔来。

说时迟，那时快，我一个箭步从地上蹿起来，一个飞扑抓住了缓缓上升的孔明灯，飞快地转到写了字的那一面。

"平果果，我喜欢你！"

我喃喃地念着棉纸上的字，心神一荡，脸霎时红成一片，觉得心中有股暖流涌了出来。

秦品熙……秦品熙……他喜欢我……

我张大嘴，缓缓地扭过头，对上秦品熙深潭似的双眸。

他抬手把我垂到额前的头发撩到脑后，突如其来地俯下身，鼻尖几乎贴到我的，同晴空一般纯净的眸子瞬间放大，清澈地倒映出我手足无措的样子。

看着被火光染上一层橘色的脸，我刹那间迷醉了，脸烫得像100℃的沸水。我踉跄地往后退一步："秦……秦品熙……你……"

他一把抢过我手中的孔明灯，飞快地在灯上补了几个字，重重地递了过来："我突然想起来……刚刚漏写了几个字……"

我呆若木鸡地接过孔明灯，机械般念着上面墨迹未干的小字："家的鸡腿？"

"对！就像上面写的。"秦品熙又把孔明灯抢了过去，指着棉纸上的字，脸红得像枝头熟透的桃子，娇艳欲滴："平果果，我喜欢你家的鸡腿……"

喜……喜欢我家的鸡腿？

我不可置信地瞪大了眼睛，看怪物似的盯着秦品熙，怪声怪调地问："你喜欢我家的鸡腿？"

秦品熙扭过头，露出红得似火的耳根子："就……就是……你们家的鸡腿又鲜又嫩……"

这么蹩脚的谎言都扯得出来，那天他吃的鸡腿是从冰箱里拿出来的耶，冰箱里拿出来的东西，怎么可能又鲜又嫩……

看着秦品熙满脸通红的样子，我的脸也不自觉地跟着红了："其实……其实……我也……"

秦品熙欣喜地转过头来，眸子闪亮亮的，仿佛藏着一团要把人灼伤的火："果果！"

不知怎么的，面对他，已经冲到喉咙的话，一个字也说不出来了："我……"

"怎么样？怎么样？"

"快把孔明灯拿来，我要在上面画大乌龟！"

"哇——果果！这不公平，我都说喜欢你了！"

"切！你不是说喜欢我家的鸡腿吗？"

"也可以……连人一起喜欢嘛，果果，你喜欢我吗？你喜欢我吗？"

"我才不喜欢你！我一定要在这盏灯上画乌龟！"

"……"

就这样，在我和秦品熙你争我夺的追逐嬉戏下，闪烁着橘黄色光芒的孔明灯，一盏接着一盏地从草地上升起。

刹那间，草地的上空成了孔明灯的海洋，远远望去，犹如萤火虫一样，密密匝匝地布满了整个夜空，与镶嵌在夜幕里熠熠生辉的星星相互辉映，如诗如画。

秦品熙，我也喜欢你！

04

第二天早晨，我头枕着青翠的草地，在大自然和谐优美的乐曲中悠悠地醒过来。

一想起昨天晚上和秦品熙在草地上闹腾的情景，心里就甜滋滋的，像倒了一罐蜜一样。

我张开双臂，深深地吸了一口气。嗯！嗯！好甜的味道哦！

"果果？"秦品熙醒了，他睡眼惺忪地坐起来，温润如玉的脸颊被太阳

一照，似透明，又非透明，仿佛被洗淡了的彩霞。

我仓皇地别过头，不让秦品熙看到似火一般通红的脸：“那个……我们回破庙吧，说不定皇甫千影已经看到了孔明灯，在那里等我们呢……”

我重重地跺脚，捂着“怦怦怦”狂跳的胸膛，像旋风一样地跑开了。

哇！不正常了！我一定是不正常了，竟然觉得睡眼蒙眬的秦品熙好可爱，还有泛着玫瑰色泽的唇也好诱人……

我们像两只快活的鸟儿，展翅在随风拂动的草地上一前一后地飞奔着，不一会儿，就来到了落脚的地方——破庙！

我和秦品熙前前后后地搜寻了一遍，没有发现皇甫千影和他留下的线索，便扛着这几天来的吃饭工具，白布树枝来到了小镇的街上！

唉……没找到皇甫千影，钱还是要赚，饭还是要吃的啊！

这些天来，我把脑子里的童话全编成了短剧，一天换一个花样地表演，虽然观众一天一天地在减少，赚的钱也一天天地减少，但买几个馒头充饥还是够的。

皇甫千影、阿P，你们到底在哪里啊？就算没看到孔明灯，也该看到我们沿路贴的寻人启事了啊！

我叹了口气，和秦品熙一起找了块空地，搭起布景。

“果果，这个放这里怎么样？”

一扭头，发现秦品熙不知什么时候把挂着寻人启事的旗帜挂在了某个店铺的墙上，巨大的白布迎风飘扬。

我点点头，转过身继续摆弄布景，这时，一个凶神恶煞的声音凌空响了起来：“小子，这面鬼画符的破旗是你插的？”

“是啊！怎么了？”秦品熙的声音。

我愣了一下，回头。哎呀！这是怎么回事？七八个光着膀子的大汉把秦品熙围在一个小圈子里，他们身上隆起来的肌肉，一鼓一鼓的，在阳光下闪着暴力的亮光。

怎……怎么回事？

我倒抽了一口寒气，急匆匆地奔了过去，来到秦品熙身边，怯声怯气地问：“几……几位大哥……请……请问有什么事吗?”

其中一个大汉指着墙上飘扬的寻人启事，唾沫星子乱飞：“什么事?你自己不会看!”

我顺着他手指的方向看去，全身血液顿时倒流。被寻人启事挡住的地方，挂着一个黑匾，上面赫然写着“赌城”两个金灿灿的大字!

秦……秦品熙竟然把寻人启事挂到赌坊的墙壁上，还十分凑巧地把人家的招牌给挡住了!

我胆战心惊地看着几个虎背熊腰的大汉，像被人抽去脊梁骨一样：“几……几位大哥！真……真是对不起，我们马上拿走。”

说完，便拉了拉秦品熙的袖子，他也非常上道地转过身把寻人启事拿了下来。

“对不起！对不起！我们马上离开!”我拉着秦品熙，一边走一边不停地鞠躬道歉，还没走两步，好像被什么东西栓住了一般，一步也没法往前挪。

我满脸恐惧地扭头，发现秦品熙的胳膊被一个大汉擒住了!

“想走?没那么容易!”

被钳住手的秦品熙用力地甩着胳膊，大汉的手丝毫未动，而他的脸已经因为胳膊的疼痛开始发青了，额头也渗出了薄薄的汗珠。

心里像被针刺一样，剧烈地痛起来，不知哪来的勇气，我三步并作两步地扑了过去，对着大汉的手臂，“啊呜”一口咬了下去。

大汉一疼，手松开来，我立刻像只母鸡一样张开双臂挡在秦品熙面前，结结巴巴的声音暴露了内心的恐惧：“你……你……你们想干什么?”

大汉甩着被咬出一排牙印的手，龇牙咧嘴地对身边看起来像首领的人说：“老大，你记得替兄弟多要点儿医药费!”

老大点点头，跷着兰花指往我脸上一戳，声调细得跟女生一样：“挡住我们的生意一分钟，黄金 500 两，咬了我兄弟一口，黄金 100 两，共计 600 两黄金，付钱吧!”

什么?6……600 两黄金?我们的口袋里可是一个铜板都没有啊!

我头皮阵阵发麻，冷汗如瀑布般从额头飞流直下：“这……这位大哥，我们……我们没有那么多钱。”

“小姑娘，你这么拼命，是因为他是你兄弟吗?”

我本来想回答是，可是话一出口，却变成了：“不是！他……他是我男朋友！”

啊？怎么回事？我居然……居然……说得这么顺口。难道潜意识里我一直把秦品熙当做……当做……天！这是什么时候开始的啊?

我的脸瞬间艳红艳红的：“那好吧，看在你这么痴情的分儿上，打个八折，收 480 两好了！”

“……”

不知道是被“480 两”刺激到，还是被“男朋友”三个字刺激到了，秦品熙像颗跳豆似的激动起来，冲上去要和他们一决高下，我赶紧抱住他的腰，狠狠飞去一个白眼，总算把他安抚住了。

见我久久没有回答，被咬了一口的大汉粗声粗气地说：“老大，依我看，这两个小鬼肯定没钱，干脆把那个细皮嫩肉的小子卖了，说不定还能大挣一笔呢！”

完了完了！卖了……

老大食指抠着脸颊，沉吟了一下：“那这个丫头怎么办?”

小弟皱着苦瓜脸：“呃……长得不太好看，就卖到窑子里当丫环吧！”

该死的强盗！竟然拐着弯说我——平果果——日不落学园最伟大的学生会会长兼招生部长长得丑！

我气得发抖，眼睛“滴溜溜”地转了几圈，灵机一动，让秦品熙低下头来，如此这般、这般如此……

下一秒，热闹的集市响起杀猪般的尖叫：“杀人啦！抢劫啦！非礼啦！”

CHAPTER 08

落入圈套

01

趁着混乱逃跑的我和秦品熙借着身材比较娇小的优势，带着一群大汉在集市里左拐右拐地兜圈子。

几分钟后，我们闪进小巷的一个木门里，迅速地关上门，为这场生死赛跑画上了完美的句号。

我和秦品熙精疲力竭地瘫坐在地上，背靠着木门，大口大口地喘了一阵粗气后，相视一笑，扶着门站起来。

刚才真是好险呀！

我把脸贴到木门上，竖起耳朵，聚精会神地听着，再三确定脚步已经完全远去后，拉开了门闩。

忽然，一个欣喜若狂的声音在身后响起："咦？两位不是平果果姑娘和秦品熙公子吗？"

我和秦品熙惊恐地对看一眼，机械地把跨出去的脚收了回来，慢动作地回头。呼，原来是一个十五六岁的少年！差点儿没被他给吓死！

少年握着一张白纸，目光上上下下地打量着我和秦品熙："哇！果然是你们！"

难道是那几个大汉的爪牙？

我朝秦品熙一点头，憋住了气，拔腿就跑！

"喂！别跑啊！皇甫公子已经等你们很久了！"

皇甫公子？难道说……

我和秦品熙同时一愣，"吱"地刹住脚步，"噔噔噔"地跑回来，

把少年围住！目光中充满了期待："你刚刚说皇甫公子，是不是一个，呃……长得很俊美，有一头漂亮长发的少年？"

"还有还有，他的身边是不是跟了一只黑糊糊的会说话的兔子？"

少年轻轻地颔首："皇甫公子已经找你们很久了。"

是皇甫千影！是皇甫千影！他果然没死，还和阿P在找我们！

我高兴坏了，抓着秦品熙的胳膊又跳又叫："秦品熙，你听到没有？皇甫千影在找我们！他在找我们！呜呜……太好了，我们可以不用有一餐没一餐地沿街卖艺了！"

在带我和秦品熙去前厅的路上，少年把事情的前因后果说了一遍。

原来，皇甫千影5天前就来到了这个小镇，为了寻找我和秦品熙，他和阿P花银子在小镇的每一个客栈大厅里，都贴了寻找我们的启事。

可恶！早知道皇甫千影在客栈里贴了寻人启事，我不管如何都会到客栈去晃悠几圈的！

我跟在少年身后，重重的脚步简直要把地板拖出一条痕迹来……

绕过一条长长的走廊，我们跟着少年终于来到了皇甫千影住的厢房。

少年抬起手轻轻地敲了两下："皇甫公子，你在吗？我把人带来了。"

"进来吧。"皇甫千影优美动听的声音从门内流淌出来，让人忍不住一阵热血沸腾。

真的是皇甫千影！

我和秦品熙像进大观园的刘姥姥一样，在少年身后探头探脑，恨不得马上变成两只小蜜蜂，从门缝里飞进去！

门"嘎吱"一声被推开的同时，一阵劲风灌了出来，我一时被吹得眯起眼，只感觉耳边响起一阵"噔噔噔"的脚步声，还有"锵锵锵"兵器晃动的声音……

几秒钟后，声音停止了，四周静悄悄的，连根针落地的声音都听得见。

我揉了揉眼，定睛一看，顿时被自己的口水呛住，一阵猛咳。全副武装、手里握着亮铮铮长剑的衙役齐刷刷地排成两排，从门口往里延伸。皇甫千影面无表情地坐在轮椅上，柔静的眸子深处闪着两簇灼灼的火苗。他的右手边，站着一位看起来像捕快的家伙，左手边，是一个大约 5 米长的栏杆，阿 P 摆着臭屁的 POSE，斜靠在栏杆上，脸上挂着幸灾乐祸的笑……

虽然少年说皇甫千影找我们找得很急，但也不用这阵势吧？连官府的衙役都出动了耶！而且这些家伙看起来凶神恶煞似的，根本不像要找我们，倒像是要抓我们啊！

我用手肘顶了顶身边的人，压低声音："喂……秦品熙，我们这几天没做过伤天害理的事吧？"

秦品熙莫名其妙地左右各看几眼，重重地摇头。

那就好！

长长地松了一口气，我揉着脸颊，挂着笑容，拉着秦品熙大步流星地来到皇甫千影面前，一边打量着四周的环境，一边说："皇甫……"

我猛地顿住，不敢置信地扑向栏杆，努力地伸长脖子朝外看。那不是……那不是……我刚才和秦品熙被几个大汉围住的赌坊吗？难道说，皇甫千影从头到尾都在看着，我和秦品熙被人围攻而不出手帮忙？

我心里冒出一股无名火，猛地转头，还没来得及开口，一把亮晃晃、闪着森森寒光的长剑便横在了脖子上。

而秦品熙，不仅遭受了同样的待遇，手也被长长的铁链给铐了起来，嘴巴里还被塞进了一团布。

"皇甫公子，是他们吗？"

该死！这是怎么回事？

我一脸惊愕地看着皇甫千影，只见他垂下头，轻弹了下衣服上的灰尘，抬起头的时候，他眼里的火苗不见了，取而代之的是明媚的笑意："是的，捕头，的确是他们偷了我的财物！"

什么？偷了他们的财物？

我不敢相信地瞪着皇甫千影，气得身上的每一根骨头都在颤抖："皇甫千影！你这脑子被驴踢过的臭小子在胡说些什么呀？我们什么时候偷你的东西了？"

皇甫千影冷笑一声，脸绷得紧紧的，刀一样的目光狠狠地扫过我的皮肤：“你们？”

我有些害怕地缩了缩脖子：“对……对啊！”

他在阿 P 的搀扶下摇摇晃晃地站起来，一把捏住我的下巴：“没错！是你们！你们几天前不仅洗劫了我的财物，甚至将我和阿 P 推进泥石流里！”

皇甫千影他……为什么要跟捕快这么说？他难道不知道谋财害命是会被砍头的吗？

我眼睛一寸一寸地睁大，震惊得说不出话来，转头看向秦品熙，他因为激愤，脸已经涨成了猪肝色。

皇甫千影松开手，重重地跌坐进轮椅当中，朝捕快点点头。他的眼睛黑得像发光的漆，储藏着深不可测的光：“刑捕头，麻烦你了。”

话音刚落，衙役立刻冲上来，把我和秦品熙架起来带走了。

02

应该和秦品熙一起直接抓到公堂上的我，因为皇甫千影的一句“她拉肚子”就硬被衙役扛到了厕所前面而与秦品熙分开了。

事实是怎么样的呢？事实是我根本就没有拉肚子！但是碍于自己现在是阶下囚，我也只能顺着皇甫千影的意思，拖着沉重的脚步，走进厕所……

呜……皇甫千影是魔鬼。

本来以为从厕所出来就会马上被揪到公堂，没想到衙役却把我带进了一间小小的屋子里。

这是一间非常古典，还可以见看院子里风景的厢房，房间看起来灰蒙蒙的一片，只有桌子上的烛灯撑起整个屋子的橘色烛光，没办法将屋子里的一切一览无余，但我还是眼尖地瞄到了桌上我最喜欢的菜。

哇，我居然可以在这么昏暗的光线里锁定目标，果然是这几天的生活太艰苦了吗？

菜香味不断地钻进我的鼻子，引诱肚子里的小馋虫，馋得我连秦品熙正被带去公堂的事都抛之脑后了。

好想吃哦！可是——

皇甫千影单身撑着下巴坐在桌子旁，橘黄的灯光下，他如墨般的发丝直垂而下，头顶的黑色发丝仿佛渡上了一层水泽，绽放着水晶般的光华。

就在我杵在那里不知道怎么办的时候，皇甫千影轻轻一笑，棕色的瞳眸在烛光的映衬下看不出任何情绪："愣在那里做什么，过来。"

"是。"我屁颠屁颠地跑过去，拉来椅子像听话的小学生一样双手摆在膝盖上坐好。别看我这副正襟危坐的样子，其实已经在内心里把那一桌子菜"虐待"了不下千百筷了！

没办法，我这几天过的都是有一餐没一餐的生活啊！

看到我明明馋到不行却强忍住的样子，皇甫千影两条好看的眉毛深深地拧在了一起，他将桌上的烤全鸡推到我面前，说："吃吧。"

咦？可以吗？

我小心翼翼地扫了皇甫千影好几眼，不管怎么看，他都显得非常认真，于是我伸手拿起了筷子，美滋滋地对着盘子里色、香、味俱全的烤全鸡插下去……

灯光柔美的厢房里，我美美地咀嚼着这几天来唯一的一顿大餐。

菜吃到一半，突然觉得有点儿口渴，我放下筷子，去拿旁边的汤，一抬头竟然发现皇甫千影单手支着下巴，直勾勾地看着我吃。

他干吗这样看我？难道我吃得太快，脸上沾到汤汁了？

我抓来餐巾擦拭，脸微微发红："千……千影？你是不是有事要对我说？"

"没有，你继续吃。"

"说吧，到底什么事？"被人用1000瓦亮的目光盯着，怎么可能吃得下去啊！

他定定地凝视着我，仿佛黑宝石般的眸子里放射着一种难以理解的忧郁的光。

他到底怎么了？刚才还好好的，怎么突然就……

我偷瞄了他好几眼，才试探道："皇……皇甫千影？"

他闭上眼睛，过了长长的10秒后又睁开："平果果。"

"是！"我被雷劈中似的定在那里，一动也不敢动。

"平果果……"皇甫千影推着轮椅到我面前，缓缓地低头，白皙的俊脸一寸一寸地凑近，"你喜欢什么样的男生？"

啊？话题怎么跳到这里来了？

不知道为什么，这几天与秦品熙相处的细节突然浮现在脑海里，我的脸莫名其妙地发起热来，心快要跳到喉咙口，"怦怦"一不小心就会蹦出来似的："这个……我……"

"你喜欢什么样的男生？"皇甫千影又问了一遍，脸拉得更近了，已经可以感觉到他呼出来的温热气息拂过我发烫的脸庞。

他问这个做什么？

我本来要回答秦品熙，但一想到皇甫千影之前见到我和秦品熙走近点儿就变得阴沉可怕的样子和叫士兵抓我们的事，到嘴边的话又咽了下去："我……我不知道……"

我是迫不得已撒谎的，所以，神啊，不要把我的鼻子变长哦！

皇甫千影的脸色一下子像泼了墨似的黑沉下去，他轻扯嘴角，冷冷一笑："让我来猜猜，你喜欢秦品熙吧？"

他怎么知道？难道我的脸上有写"我喜欢秦品熙"这几个大字吗？

我被他骇人的脸色吓到，不自觉地连人带椅往后倒，结果不小心扯到了桌布……刹那间，小房间里响起一连串"乒里乓啷"的响声，筷子、盘子、菜滚的满地都是。

"看来我猜得没错，不然你也不会在那几个人面前承认他是你男朋友了，对不对？"皇甫千影突然咧嘴笑了，温暖炫目的笑容如冬日里的暖阳般，几乎要闪瞎我的眼睛。

那一刻，我的眼皮狠狠地跳了好几下，有个声音在心里狂喊："平果果，你完——蛋——了！"

果然，皇甫千影嘴角慢慢地收起，接着神情一狠，黑色的眸子里染上我从未见过的愤怒。

啊！恶魔发怒了，好可怕！

我克制住开门而出的冲动，慌忙从地板上爬起来，声音颤抖得如风中落叶："千……千影……"

皇甫千影保持着阴恻的表情看我，一语不发。

我不停地往后退，背贴着冰凉的墙壁，整个人都快要变成壁纸了："千……千影……"

就在我快要被皇甫千影的沉默杀死的时候，他抬起右手，屈起食指朝我勾了勾，我一刻也不敢怠慢，火速奔到他面前，半弯着腰，毕恭毕敬地等待吩咐。

皇甫千影又陷入了沉默，小小的空间里，弥漫着令人喘不过气来的低气压。

很久很久之后，久到我以为时间停止不前了，皇甫千影突然伸出手，将我一把抱进了怀里。

由于他的动作实在太过于突然，我吓傻了，呆若木鸡地钉在那里，身体僵得跟板鸭有得一拼。

"如果你喜欢的人是我。"皇甫千影的声音响在我的耳边，一个字一个字地敲进我的脑袋里，重重地打在心板上，"我可以考虑不杀秦品熙的。"

喜欢一个人也可以拿来当条件交换吗？

听到他这么说，我惊呆了，第一反应就是用力地推开他，再抓着他的肩膀吼："皇甫千影，你不可以！"

"我可以。"他甩掉我的手，冷冷地说道，"你知道我可以。"

"千影，秦品熙是人，不是阿猫阿狗，你没有权利！"就算是阿猫阿狗，也有生存的权利啊，谁也没有权利剥夺！我急急地想抓他的手，却被重重地打掉了。

"我当然有。"

他不是开玩笑，他真的不是开玩笑，我知道，不要问我为什么，我就是知道，皇甫千影一点儿也没有在说笑，他是真的打算杀掉秦品熙！

怎么办？怎么办？

就在我急得团团转的时候，皇甫千影突然开口了："你想救他吗?"

我毫不犹豫地点头，脖子都快折了。

"很好!"皇甫千影又笑了，这次的笑容比之前更可怕，要不是烛光将他的眸子照出水泽，我几乎以为他的双眼已经成了千里冰峰的雪川，一秒之内就能将人的血液冻住。

他举手拍了拍，两名衙役立即破门而入，一人一边把我架住了。

"千影?"

皇甫千影看也不看我一眼，慢慢地转过身去，修长的背影在烛光中流露出孤寂苍凉的味道。

最终，在他状似赶苍蝇的手势中，我被士兵带走了。

士兵架着我一阵疾步狂奔后进了小镇法院，丢垃圾似的将我往被告席上一推，我踉跄了好几步才在秦品熙的帮助下站稳。

当我们被送上公堂后，阿P推着皇甫千影进来了。

我蠕动着身体坐起来，恨恨地瞪了他们一眼，目光朝前看去。庄重威严的公堂上，坐着一个头戴官帽，身穿官服，肥得能抖下两桶油的肥猪大人，肥猪身边，则站着一个鼠目寸光的瘦猴。

完了完了!这两个人一看就是那种专门搜刮民脂民膏的贪官，落在这种人手里，我和秦品熙的命运……

唉!

果然不出我所料，皇甫千影说明情况后不到3秒钟，肥猪大人立刻判了"谋财害命，打入死牢，秋日问斩"的罪名!根本不给我们任何辩驳的机会!

啊啊!在这个只有秋天的国家里，秋日问斩的处置根本就和立刻问斩差不多!

我张嘴准备喊冤，涌上来的话却被从状纸中滑出来的金子堵在了喉咙里，身体像棉花一样瘫软了下去。那一瞬间，我知道，除非给肥猪大人更多的金子，否则是绝对不可能活着走出去的!

浑蛋皇甫千影!他到底吃错了什么药，要这样陷害我们啊?

肥猪大人从容不迫地将桌上的金子收进袖子，惊堂木一拍，心神领会的衙役便立刻架着我们，将我们拖出公堂，丢进一个阴暗潮湿的地牢里，“咔嚓”一声落上锁就离开了。

一获得自由，我立刻扑到秦品熙面前，把塞在他嘴里的布条拿开，焦急地检查他被铐住的双手：“秦品熙……你没事吧？有没有受伤？”

秦品熙摇摇头，迷人的棕色瞳眸里充满了疑惑：“果果，为什么千影说我们偷了他的东西？”

一说到这个我就来气！皇甫千影那个家伙的脑袋一定是被火车碾过了！

我一屁股坐在铺着枯草的地上，拳头重重地捶向地面，疼得直抽搐：“不要提那个浑蛋！那个瘪三说不定根本不是皇甫千影，是冒充的！”

话一出口，我立刻沉静了下来，仔细地思考，越想越觉得有可能。皇甫千影站起来的那一幕忽然从脑海深处跳了出来，这让我更肯定了那家伙是冒充的！

对啊，如果真的是皇甫千影，应该无法站起来才对！

秦品熙疑惑了：“可他长得和千影一模一样啊，而且阿 P 也在。”

“那个阿 P 说不定是纸糊的，因为它从头到尾都没有说过一句话！”

秦品熙眨了眨眼睛：“可是……他们为什么要假扮千影来陷害我们呢？我们又没有财产可以侵占。”

对哦！我们穷得连个馒头都买不起，他们为什么要这么做呢？

我撑着下巴，歪头思考了起来。

时间，一分一秒地过去了，我和秦品熙不停地变换着姿势，凝眉苦思皇甫千影的真假问题。

不知过了多久，四周安静下来了，从头顶透进来的光由金色变成了银色。

潜伏在地牢里的老鼠跑了出来，它们“吱吱”地叫着，在地牢里蹿来蹿去，声音在死寂般的地牢里听起来格外吓人！

突然，地牢里传来一阵脚步声，由远及近，由小到大，缓缓地朝这个方向靠近。

那只死肥猪，该不会是想趁着月色，神不知鬼不觉地把我们拖出去斩了吧？

想到这里，我害怕地躲在秦品熙的身后，目不转睛地盯着外面，心忐忑地吊在嗓子眼。

终于，脚步声停住了，地牢外面多了一台轮椅和一双黑糊糊的兔爪，紧跟着，我最不想听到的声音响了起来："果果、品熙，你们待得还舒服吗？"

是皇甫千影！他的身后还跟着两名配着明晃晃大刀的衙役。

经过了公堂上的针锋相对，我简直对这个家伙厌恶入骨，虽然不想理他，但也知道不能让他太得意："不劳你费心，我和秦品熙待得可舒服了。"

为了证明所言不假，我跳到秦品熙身边，揽着他的肩膀，眼角不停地抽搐着朝身边的人投去目光："我们待得舒服极了，对吧，秦品熙？"

秦品熙会意地点头，咧嘴笑："对啊对啊……我们在这里待得很舒服哦！不过千影，他们什么时候会放我们出去啊？你不找开明兽了吗？"

秦品熙这个笨蛋！皇甫千影这种态度，摆明着就是想和阿P单飞嘛，还问这些做什么！

我跳起来，正准备赏他一个爆栗，站在一旁的衙役却激动地冲过来，打断了我的话："小子！你刚才是不是说了开明兽？"

为什么一提到开明兽，这些衙役会激动成这样？难道说……他们之间有不可告人的秘密吗？

我一脸狐疑地看着把头伸进牢房的衙役，正想开口问，皇甫千影却抢在前面了："你说的是我府内的那座开明兽玉雕吧？我今天来，就是要问你们把玉雕藏到哪里去了！"

衙役一听，立刻把头缩回去："这两个家伙偷了你的开明兽玉雕？"

皇甫千影点头，从怀里掏出两锭金子递给衙役："两位差大哥，小弟府内的开明兽玉雕，就拜托你们了！"

见到金币就连祖宗都忘记的衙役，领完钱，立刻闪到外面找东西去了。

我眼睛里燃烧着熊熊烈火，跳到皇甫千影面前，拳头捏得“咯咯”作响，声音从牙齿缝里蹦出来：“皇——甫——千——影！你到底想做什么?”

“做什么?”皇甫千影黑色的眼瞳骤然紧缩，表情一瞬间扭曲得有些狰狞：“平果果，谁叫你来惹我的？嗯?”

“我……我惹你?”我被他的样子吓到，身子重重一晃，跌坐在地，“我……我哪有惹你……”

除了没有答应他刚才莫名其妙的要求之外……

“是吗?”皇甫千影微微低头，黑色眸子里闪着一抹让人看不懂的情绪，“谁叫你多事替我处理伤口又扑过来救我的?”

救人有错吗?

啊，我知道了，他一定觉得受人帮助是一件耻辱的事……所以，那天我扑过去根本就是在践踏他的自尊。

天哪天哪，平果果，你做了一件多么可怕的蠢事啊！得赶紧想个办法补救啊！

“那个……千影……其实，我那天是不小心扑过去的，并不是要救你。”

“是吗?”皇甫千影倏地抬头，脸色阴沉，黑如深潭的眼睛里布满了寒霜，“平果果，你们真的很该死！”

我惊恐地看着散发着骇人气息的皇甫千影，颤抖着的双腿不停地后退、后退……

救他生气，说不救更生气，这个人怎么这么难侍候啊！

完全没把皇甫千影的怒气放在心上的秦品熙靠到我身边蹲下：“果果，你没事吧?”

我转头凑到他耳边小声地嘀咕：“秦品熙，这个人精神有点儿问题，我们离他远点儿。”

皇甫千影瞪着我，眼睛忽然像着了魔似的发红，头发也随之飘扬起来：“平果果，你真的一点儿也不把我的话放在心上！”

好可怕，皇甫千影突然变得像走火入魔的妖怪一样！

我正颤抖着，脑门忽然被人砸了一记重重的拳头，抬头一看，是满

脸怒容的阿P。

“平果果，你是猪啊，居然把千影激怒了。”说着，阿P跳到皇甫千影的椅背后，用手刀把皇甫千影敲昏了。

我哪有？明明就是皇甫千影自己乱发脾气，死阿P，臭阿P！

03

“要是你敢把我好不容易封印的恶魔血液放出来，我绝对饶不了你！”阿P瞪着双眼，恶狠狠地丢下这句话和一个揉成咸菜的纸团后，推着皇甫千影离开了。

空旷的地牢深处，传来阿P一声悠悠的叹息：“接下来……你们……好自为之吧。”

恶魔血液？封印？什么意思啊？

我瞪着阿P和皇甫千影远去的背影，再瞄瞄地上的纸团怔了两秒，用眼角余光瞟向衙役，确定他们没有发现后，赶紧伸脚一钩，把纸团扫进裙子里盖住。

就在纸团被盖住的一刹那，两个衙役对看了一眼，贼笑着打开了地牢的锁，钻了进来，一步一步地朝我们靠近。

难道他们发现了阿P丢进来的纸团？

我看着不断靠近的衙役，手紧紧地握成拳，指甲深深地陷进肉里。

终于，衙役在我们面前停下了，他们相互一点头，上前架起秦品熙，在我惊愕的目光中，把他带走了！

我怔怔地看着他们的背影，好半天才回过神来，扑上前大吼大叫：“喂，你们要做什么！快放开他！快放开他啊！”

我喊得嗓子都哑了，也没有任何人理我，铁链拖动的声音在寂静的地牢长廊上显得格外响亮刺耳。

我颓废地跌坐在地上，忽然想找什么似的，在地牢里一阵乱爬，牢房里霎时枯草飞扬。

几分钟后，我总算找到了阿P留下来的纸团，颤巍巍地把它摊开。纸张上画了一座四面密封的房子，房子的底部，一条弯弯曲曲的小路向前延伸，路的两边，稀稀拉拉地立着几根蜡烛。

该死的阿P，它是在嘲笑我们将从这个牢里踏上通往地狱的不归路吗？

我死死地瞪着手里的纸张，简直不敢相信皇甫千影和阿P会这么无情无义！

接下来的每一个小时，我都在浑浑噩噩中度过，直到两个衙役将伤痕累累的秦品熙丢进牢房，我这才回过神来。

他脸色白得像一张纸，冷汗把额头、发鬓都湿透了，紧紧咬着的下嘴唇渗出一缕血痕。

看着倒在地上全身布满血迹、奄奄一息的秦品熙，我整个人像掉进了冰窟窿里，浑身冰凉，全身血液都凝固了！

我三步并作两步地爬过去，战战兢兢地伸手轻轻碰触了一下秦品熙，立刻引来了他闷闷的痛呼声！

该死！他们竟然……竟然对秦品熙滥用私刑！

我的鼻子一酸，眼泪"哗"地流了出来，手不停地颤抖着，却不敢再碰他一下："秦品熙，你怎么样？你怎么样？"

秦品熙虚弱地看了我一眼，抖着手，擦去唇边的血丝："刚才不小心跌了一下而已，我没事……果果，你不要哭。"

浑蛋！有人跌倒把衣服摔成一条一条血痕的吗？

我靠在秦品熙身边，抓着他的衣袖，眼泪流得更凶了，像拧开的水龙头一样，关都关不住："笨蛋！都被打成这样了，还骗我！呜呜……"

"果果，我真的没事。"像要证明什么似的，他缓缓地抬起右手，可是马上又垂落在地，"怎么回事？是天气转凉了吗？我的手居然有点儿不听使唤了……"

接着，他头一歪，昏了过去。

我抹掉泪水，被秦品熙苍白的脸色和灰白的嘴唇吓坏了，扑上去把他的头扶起来靠在膝盖上，轻拍他的脸："喂！秦品熙，醒醒！该死！你不要吓我啊！"

仿佛听到了我的呼唤，秦品熙醒了过来，棕色的眸子深深地凝视着我，干枯灰白的唇嚅动着，梦呓般地说了句“果果，你不要哭，我没事”后，又扭头昏过去了。

哇！死掉了！秦品熙一定是重伤不治，死掉了！

我整个人都错乱了，捧着秦品熙血迹斑斑的脸，一阵杀猪般的号啕大哭：“来人啊！救命啊……”

想到根本没有人会救死囚犯，我猛地顿住两秒，再一次鬼哭狼嚎：“秦品熙你这个笨蛋，要是敢死的话，我一定带着鞭子冲到阴曹地府抽你的屁股！抽到你活过来为止，听到没有？呜呜……”

就在我哭得死去活来时，一个讥讽的笑声从外面传了进来：“命真长，居然还能在这里表演鹣鲽情深，亏我还给了那么多钱。啧！啧！真是情深似海哪，你说是吧，阿 P？”

这声音……

我风驰电掣地扭头，果然看到笑得跟盛开的紫苑花似的皇甫千影和他身边抱着一堆瓶瓶罐罐的阿 P。

我轻轻地把膝盖上的秦品熙放下，握着拳头笔直地朝皇甫千影扑去，才刚迈开步子，就被阿 P 拦住了。

“丐帮长老，你想做什么？”

“我要杀了他！”我激动地乱扭乱踢。

“杀了千影？”阿 P 松开我，双手一摊，道，“你想秦品熙死在这里吗？”

什么意思？

我愣住了，呆呆地看着阿 P。

阿 P 看了我一眼，长长地叹了口气，转向皇甫千影：“千影，够了，该把任性收起来了，你忘了我们还要靠秦品熙帮忙吗？”

“哼！”皇甫千影定在那里不动，好久之后才撇撇嘴，不甘愿地从怀里掏出一个药罐子丢给我。

从头顶窗子透进来的月光十分微弱，我看不清他们的样子，只是隐隐约约觉得皇甫千影隐在黑暗里的眸子，仿佛藏着闪电的乌云，黑沉沉的，跳跃着妖异的火光。

我的心被那抹火光吓得漏跳了半拍，赶紧收回目光跑到秦品熙身边帮他抹药。因为身后有一道灼热的视线，我的手脚跟出现故障的机器一样不听使唤了，不是弄太多药膏就是下手太重把秦品熙弄疼。

皇甫千影，算我求你了，能不能别再这样盯着我看了！如果眼光能烧人，我的背这会儿早就被烧出好几个窟窿了！

看见我神不守舍的样子，阿P重重地叹了口气："丐帮长老，你没看我留下的纸条吗?"

一说到纸条，我心底的火"咻"的一下蹿得老高，冲过去对着阿P的脑袋"哐当"就是一拳："浑蛋三杯兔！我们已经这么惨了，你居然还画画嘲笑我们！"

"嘲笑?"阿P捂着被敲疼的脑袋又跳又叫："你白痴吗？我画的是地图！是让你和秦品熙顺着密道逃跑的地图！我早就警告过你要好自为之了！"

地……地图？那……那不是阿P用来嘲笑我和秦品熙将踏上黄泉之路的画吗?

我傻住了！

阿P气呼呼地冲到地牢的角落，"哐"的一声把地上薄薄的石板掀开，一道橘色的光芒立刻从地下透了上来："密道！看到没有，你们这两个世纪大笨蛋！"

我赶紧把怀里揉成咸菜的纸团掏出来，仔仔细细地研究了一番，果然发现图上画的景物和牢房完全吻合！

"你一个字都没写……我……"我结结巴巴地低下头，越说越小声，最后连声音都听不到了。

要是我机灵点儿，发现那张纸是地图的话……呜呜……秦品熙也不会被那两个衙役打成重伤了！

一看到秦品熙身上纵横交错的伤痕，我的心就撕心裂肺地痛，像有人拿了把刀在我心上来回剐似的。

呜呜，这一切都是皇甫千影的错！他是个坏蛋！

我在心底狠狠地把皇甫千影骂了一百遍。

“你这白痴！”阿P泄愤似的奔到秦品熙身边，抬起他的脑袋：“还愣着做什么？还不快过来帮忙！”

“哦……哦！”我怔了下，飞快地跑过去，和阿P合力把秦品熙抬下了密道。

等安顿好秦品熙后，我和阿P重新回到牢房里，阿P把皇甫千影搀扶下密道，我则像个大力士一样一手扛着轮椅，一手顶着石板，将密道的入口盖上了。

呜呜……平果果，你果然是当码头工人的料啊！

04

忙活了一阵后，我总算是给重伤的秦品熙上完药，并把他的伤口包扎好了。经过包扎和阿P奇怪法术的治疗，原本重伤昏迷的秦品熙不仅醒了过来，甚至还可以自己走路了。

这时，我才从阿P的口中得知了事情的前因后果——原来我和秦品熙被人围攻那天，皇甫千影是打算救我们的，但一想到县衙牢房内的密道是到神巢虚境的唯一通道，就干脆将计就计让我们被打入大牢。

本来，想等到下半夜再买通衙役，潜入地牢，和我们一起走的。哪知，把秦品熙虐打一顿的衙役，竟然屁颠屁颠地跑去找皇甫千影讨赏，所以才造就了刚才的误会。

原来如此！

我点头，正想说对不起，脑子里突然闪过白天发生的事情，便立刻跳了起来：“不对！你们怎么知道我和秦品熙一定会跑到你们所在的酒楼？”

阿P脸色一变：“呃……那是巧合……纯属巧合……”

“如果是这样的话！”我斩钉截铁地打断它的话，条理清晰地分析道，“那些早已准备好的衙役又怎么说？”

阿 P 一句话也说不出来了，额头滑下了几滴硕大的汗珠。

“让我来说吧。我和秦品熙一踏上小镇，你们就已经知道了。那几个大汉是你们事先安排好的对不对？所以，当我们一拐进你们设计好的小巷子，大汉便退场了，再由埋伏在那里的少年带领我们一步步地走向你们早已布好的圈套里！”我顿了下，冷冷地瞪着它，“我说得对吗？阿 P 殿下！”

阿 P 震惊地张大嘴巴，两颗雪白的大门牙露了出来：“这……这都是为了能够顺利进入神巢虚境……”

“好，就算如你所说，之前是为了能够顺利到达密道，那白天皇甫千影陷害我们偷开明兽玉雕的事又怎么说！”

突然，我感觉到周围迅速地被一股冰冷的气息笼罩，一转头，发现皇甫千影不知什么时候，推着轮椅过来了。

“你们以为在这座小镇上，开明兽是可以被随便提起的吗？”他淡淡地扫了秦品熙一眼，眼眸里闪着骇人的蓝色火焰，“衙役是你们想控制就控制得了的？”

皇甫千影这个骗子，肯定就是他买通衙役毒打秦品熙的，现在还敢这么理直气壮！可恶！

我正要冲着他发飙，被凑过来的秦品熙打断了，他眼里横着两个大问号：“在这里不能提开明兽吗？”

皇甫千影毫不掩饰对我们的厌恶，看也不看我们一眼，径直推动轮椅顺着蜿蜒的密道前进。

浑蛋皇甫千影，他干吗用那种看恶心苍蝇的目光看我们啊！可恶！

我张牙舞爪地想要追上去踹他两脚，却被秦品熙拉住了：“果果，千影他在生气。”

“他本来就是个喜怒无常的人！”哼，大奸大恶的坏人！而且该生气的人是我们吧！他有什么理由生气啊！讨厌鬼！

阿 P 扫了我一眼，跳到秦品熙的肩膀上：“咦，你看得出来千影在生气哦？”

“嗯！千影全身都被一股红色的火焰包围了。”

我眯着眼盯着前面的皇甫千影看了半天，也没发现有什么红色的火焰："根本没有什么红色火焰啊，秦品熙，你在说笑吧?"

"丐帮长老就是丐帮长老，不仅衣服破，连脑袋也生锈!"

"死兔子，你说什么?"

"不想挨抽的话，立刻改口叫阿P殿下!"

"……"

就这样，我们一路吵吵闹闹，在密道里走了大概一个小时，来到了一座枫叶形的岛屿上。本以为会看到一座和山下风景完全不一样的小岛，结果却出乎意料——小岛的中心位置，屹立着一株高大挺拔的枫树，它看起来足足有十层楼高，纵横交错的树枝，蜘蛛网似的缠绕在一起，大伞似的树冠上铺满了火红的枫叶，仿佛正要熊熊燃烧的火焰……

风一吹，一片片火红的枫叶，从树尖纷纷扬扬飘落，在阳光里流泻着醉人的色彩。

虽然和混沌虚境一样，岛上都只长了一株参天大树，但不同的是，这株枫树的树干上，搭着一个精致的小木屋，木屋外飘着几件雪白的衣裳，宛如仙女在枝头翩翩起舞。

秦品熙仰着头，发出啧啧的赞叹声："好大的鸟巢啊!"

鸟……鸟巢?这家伙眼睛有问题吗?

一只乌鸦呱呱飞过，在我的额头留下无数条华丽的黑线。

我动了动仰得发酸的颈椎："秦品熙，那是小木屋……"

秦品熙转过头，一脸疑惑："可是那么高，又没有梯子，人怎么上去呢?"

对哦!谁会把屋子建在那么高的地方啊?除非是鸟……所以说……那真的是鸟巢?晕。

我点头："也许……真的是……鸟巢吧。"

久久不开口的皇甫千影转过头，鄙视地瞥了我一眼："你们可以再睁着眼睛把瞎话说得更过分点儿。"

我和秦品熙同时羞愧地不做声了。

突然，我眼前一黑，耳边一阵风吹过，还没弄清楚怎么回事，一个拥有红色长头发的少女，像正在捕食的雄鹰“刷”的一声，落在我们面前。

大概是冲力过猛，她脚下一滑，一时没站稳，“扑通”一声倒在地上，跌了个狗吃屎。

“噗……”

我、秦品熙、阿P三个，同时捂着肚子一阵狂笑，就连一路黑着脸的皇甫千影，也忍不住咧嘴笑了。

红发少女双手一撑跳了起来，头上顶着一团枯掉的枫叶，气呼呼地冲到我们面前：“喂！不准笑！听到没有，不准笑！”

我们几个顿了一下，笑得更大声了：“啊哈哈哈……”

红发少女像开水中的活虾一样，又蹦又跳：“可恶！再笑就以开明兽的名义，把你们全变成叶子！”

此话一出，我们几个像拧上的水龙头一样，笑声倏地停止了！

我愣愣地看着红发少女：“开明兽？你是开明兽?!”

红衣少女下巴一昂，模样简直比孔雀还高傲：“哼！”

皇甫千影低低地咳了一声，推着轮椅来到红发少女面前，幽深莫测的眸子里闪着真挚的光：“开明兽……姑娘，能否借点儿烈焰绝火?”

“咦?”红发少女惊讶地抬头，看清皇甫千影的样子后，眼睛一寸一寸地睁大，“是你……”

CHAPTER 09

幸运脱险

01

红发少女名叫小透，她很爽快地送了我们一小簇烈焰绝火。一开始，我们还在苦恼该怎么才能保持烈焰绝火持续不断地燃烧不灭，不过后来，小透发现了从小就随身戴着的朱雀项链，便将烈焰绝火置入其中，总算是把那簇流动的火焰搞定了。

小透告诉皇甫千影，如果想找到他要的东西，必须四神兽同时觉醒才行。她说这些的时候，虽然在对着皇甫千影，却老是用一种若有所思的眼角余光不停地瞄向我和秦品熙。

虽然我对她的这种行为感到十分纳闷，但立刻被接下来发生的事带来的兴奋掩盖了过去——小透施展法力，直接把我们送到了混沌虚境！

Oh,Oh！这可和以前“咻”的一下就不见的穿越完全不同哦！这回是真真正正的穿越！用飞的哦！我们踩在棉花糖似的云朵上，飞过时空隧道，在毕方国的上空绕了好几圈才停下来！

回想起刚才的美妙旅程，我忍不住一阵心花怒放，身体里的血液也跟着翻腾澎湃起来。

就在我乐陶陶地哼着小曲，又是伸展双臂，又是转圈的时候，耳边冷不防响起阿P没好气的声音：“丐帮长老，你干吗笑得这个样子，晃来晃去，晃得我眼都花了。”

我顿了下，斜视了阿P一眼，转着圈，干脆把声音哼出来了：“啦啦啦……啦啦啦……”

这回出声抗议的是皇甫千影：“难听死了！果果同学，你可以不要在

我们这一小段的路程上制造噪音吗?”

坏蛋！又不是唱给你听的，懒得理你。

我高傲地瞄了皇甫千影一眼，昂高头继续唱。

秦品熙扭头看我一眼，眼珠像棕色的琉璃球般透亮：“不会啊，我觉得果果的声音挺好听的。”

看吧，就说我的歌声很美妙嘛，不懂欣赏的坏蛋皇甫千影！

秦品熙的话像王子给予公主的苏醒之吻，吻醒公主的王子，一下子赐予了我更多想要高歌的欲望。

我把眼睛睁得比核桃还大，唱得更卖力了，在他身边绕来绕去……

可是不到一秒，秦品熙又立刻把我从天堂打入了地狱，因为他接下来说的话是：“和我小时候在山里听到的熊叫一样好听！”

“扑通——”我一个愣神，脚下一崴，结结实实地栽倒在地，耳边则传来了阿 P 和皇甫千影的闷笑声。

熊……熊叫？秦品熙这个臭小子有没有文学细胞啊，竟然把我犹如百灵鸟般优美的声音比喻成熊叫！我要杀了他熬汤！啊啊啊！

我一个鲤鱼打挺从地上跳起来，“刷刷”两下把袖子捋起来，气呼呼地冲过去赏了秦品熙两个大拳头，才满意地吹着手，一脸阴恻地笑了。

秦品熙捂着被敲出蘑菇包的头，痛呼：“果果，你干吗打我?”

“叫你乱比喻！哼！”

“可是真的很像我小时候听过的熊叫嘛！”

此话一出，阿 P 已经抱着肚子笑得满地打滚了：“啊哈哈……秦品熙，你真是太有才了！”

啊！这该被雷霹的、臭小子，竟然还敢说！

我气得脸色一阵儿青一阵儿白，对他又是一阵拳打脚踢，嘴里“噼里啪啦”不停地骂着：“让你说我的声音像熊叫！让你说我的声音像熊叫！我让你说……我让你说……”

“可是……”秦品熙扁着嘴，还想说些什么，但被我一瞪，老实了。

就这样，我们在阿 P 的爆笑声、秦品熙如蚊子般的喃喃声、皇甫千影的闷笑声中继续前进，终于在半个小时后来到了桃花满天的混沌虚境。

一踏上这座水滴形的岛屿，我立刻跑到那株大桃树下，轻轻地碰触了一下树干，果然，随着一道白光闪过，白衣少年瞬间出现在我们眼前。

白衣少年看到我们，轻轻地笑了，黑亮的眸子像荡漾在湖水中的小舟："你们拿到烈焰绝火回来了?"

我点点头，从脖子上把朱雀项链拿了下来，放在手心："这里！在这里！"

白衣少年看到我手里的项链，明显地愣了一下，不过他并没有说什么，而是把头转向了皇甫千影："你确定要寻回那件物品吗?"

物品? 什么物品，不是说治疗腿的吗?

我迷惑地看着白衣少年。

白衣少年宽大的袖口一挥，一个巨大的刻着甲骨文的铜盘出现在桃树的树干中央，它的样子看起来有点儿像中国古代的司南，中间挂着一个磁勺，四周刻着"申、庚、辛……"等二十四向。

哇！这……这就是太极之轮吗? 真是太壮观了！

我还没来得及赞叹，秦品熙已经抢先一步奔了上去，像只壁虎一样，趴在太极之轮上，左瞧瞧，右瞅瞅。

我眼角抽搐地看着太极之轮上的秦品熙，感觉额际有一滴巨大的汗珠正在往下流。

正无语着，白衣少年急骤的声音在耳边响起："平果果，还不快上前拨动太极之轮！"

我愣了一下，随后打开朱雀项链的暗扣，将烈焰绝火引到左手手心当中，冲到太极之轮面前，牙一咬，右手握住磁勺柄重重一掰！

秦品熙"咚"的一声从太极之轮上掉了下来，天地也在那一瞬间变了颜色！一道烈焰从太极之轮飞出，冲天而上蹿到粉红的花团中间，迅速地燃烧了起来，一眨眼的工夫，火苗便蔓延了整株桃树……大火熊熊燃烧着，刹那间，整个小岛火光烛天，到处都是"噼里啪啦"树枝烧烬的声音。

我吓傻了，一动不动，只能眼睁睁地看着生机勃勃的百年桃树，在眼前缓缓地被燃为灰烬。

自大火熊熊燃烧桃树那一刻开始，天空飘起了零星的雪花，一片一片，如柳絮般落下来，慢慢地，越来越大，越来越大……当桃树终于化作一阵青烟完全消失时，地面上已经铺了一地的银白。

太极之轮隐去了身影，如雨后春笋般的竹子争先恐后地从白茫茫的雪海中探出头来，慢慢地抽高、再抽高……不到两分钟的时间，青翠的绿竹密密麻麻地将整座岛屿包围了，它们像解除了束缚的笼中鸟，在风雪中快意地舒展着枝叶。

突然，我们的眼前闪过一道蓝色的影子，定睛一看，白衣少年不见了，出现在眼前的是一只身上布着红色斑点、长得像丹顶鹤的蓝色独脚飞禽，它白色的喙里叼着一枝闪着水珠的竹鞭。

我和秦品熙齐刷刷地瞪大了眼睛。

“白……白衣少年?”

“毕……毕方大哥?”

皇甫千影轻轻点头，阿P立刻上前接过毕方喙里的竹鞭。

毕方蓝翅一挥，眼前一道蓝光闪过，我们脚下一空，如流星似的消失在天际……

02

等停下来的时候，我们已经稳稳地出现在愿望小店里了！

哇，有没有搞错，怎么一下就回来了？我还准备用麻袋一罩，把那只长得超级漂亮的大鸟打包回来当日不落学园的镇校之宝呢！

真是气死人了！

嘴巴一撅，我一屁股坐在地板上，不愿意起来了。

秦品熙蹲在我面前，光泽盈盈的眸子一眨不眨，他红艳的嘴唇吧唧吧唧地嚅动着，手里吃掉大半的苹果递了过来：“果果，要吃吗?”

我愣了一下，毫不客气地张开大口，在大苹果上补上了一个大月牙。哇！又甜又脆，好吃！

皇甫千影额头青筋暴起，冰冷刺骨的眼神毫不留情地射了过来：“阿P，把他们俩带到客房去，别留在这里碍眼！”

我们还没来及得反应呢，阿P便带着两头死小猪飞奔过来，扛着我们向木制的走廊走去。

经过那间奇怪的房间时，我忍不住多瞅了两眼，不过才两秒，阿P立刻把我的脑袋拍回来了！怒斥我不要随便乱看！

哼！不看就不看！有什么了不起的。

一段长途跋涉后，两头小猪把我和秦品熙分别扛到了二楼的客房，阿P分别到我们的房间交代“不能乱跑”之类的话后就离开了。

而我，已经累得筋疲力尽，连饭都没吃，一沾到床，就呼呼睡去了。

恍惚中，有一只指尖冰凉的手，轻轻地拍着我的脸颊，耳边响起一个刻意压低的声音：“果果同学……果果……”

唔……真讨厌，人家睡得正香！

我重重地拍掉脸上的手，揉着蒙眬的眼睛坐了起来，眯着眼打量着站在床边的人。乌亮浓密的头发，闪着晶莹色光泽的黑色眼睛，纯白色的汉服……

这……这不是皇甫千影吗？他怎么站起来了？

我惊得眼睛睁得比乒乓球还大，心脏都快停止跳动了：“皇……皇甫……千影？你……你……你的腿好了吗？”

皇甫千影没回答这个问题，他缓缓地俯下身，柔软的长发因为这样的动作在空中划出了一道美丽的弧线：“果果同学，你一定没去过游乐园吧？”

说着，他修长的手掌握住我的手，轻轻一扯，把我从床上拉了下来。

我踉跄了两步，差点儿跌了个狗吃屎，不过皇甫千影速度更快，在我的脸将要贴向地面时，他稳稳地抱住了我的腰，一个360度的旋转，把我带了起来。

我一愣神，脸腾地一下红了，急急忙忙地从他怀里逃开，可是退开两步，又被捉了回去。

皇甫千影靠在我耳边，用极细极细的声音说话，暖暖的气息轻拂过耳边，引起一阵战栗："果果……我知道你喜欢的人是奏品熙。一个晚上，只有今天晚上，你陪我到游乐园走走好不好?"

这个仿佛一碰就会碎掉的人……是皇甫千影吗?

虽然我很想说自己已经去过无数次游乐园了，可是皇甫千影语气里的哀求让我无法说出任何拒绝的话，我只能轻轻地点头。

见我点头，皇甫千影眼角一弯，轻轻地笑了，一对黑色的眸子深邃透明，像两颗神秘的星。

转身的刹那，我仿佛看到他长长的睫毛上沾着两颗欣喜的晶莹露珠。

虽然对眼前的皇甫千影感到十分陌生，但我也聪明地不作多问。

这个夜晚，没有风。

窗外，明镜似的圆月，高高地悬挂在黛色的天幕上，柔和地笑着，几颗稀拉的小星星，寂寞地在天空里眨着眼。

皇甫千影牵着我来到窗前，伸手轻轻地推开红木的窗子："果果……准备好了吗?"

"呃……嗯。"

还没来得及问他的脚为什么可以站立了，皇甫千影脚尖一点，抱着我像离弦的箭，"飕"的一声，从窗口飞了出去。

在飞！我们竟然在天空中飞耶！

我惊喜万分地看着身边不断后退的风景，心里顿时像浪花一样欢腾起来！

十几分钟后，皇甫千影带着我来到了日不落市最大的游乐园。

所有的人和机器都休息了，黑漆漆的一片，远处弯弯曲曲的小道上，几盏昏暗的路灯闪着朦胧的光，让整座游乐园看起来有些冷清。

我有些害怕地缩了缩脖子："皇……皇甫千影，这里好黑……"

后面的话还没来得及说，便消失在喉咙深处，因为皇甫千影已经拉着我来到了游乐园的摩天轮前。他伸手一挥，摩天轮上所有的灯瞬间亮了起来，犹如阳光下的琉璃珠一般，闪烁着七彩的光芒。

他深邃的眸子闪了下，嘴角挂着一朵淡淡的笑容：“这样就不黑了。”

我愣愣地看着摩天轮上闪烁的灿烂光芒：“可是……现在已经很晚了，工作人员也都休息了……”

皇甫千影并没有回答。

四周……突然静了下来……

怎么了?

我狐疑地转过头，被皇甫千影脸上透出的寂寞气息慑住了。他微微仰着头，微蹙着眉，仿佛在渴望些什么，淡淡的灯光悄悄地滑落在脸上，长长的睫毛在洁白无瑕的蜜色肌肤上投射着沉沉的暗影。

皇甫千影……这真的是那个几乎没有什么太多情绪波动的皇甫千影吗?眼前的他，看起来是这么的脆弱而苍白。

雪白的唇嚅动着，夜风般清冷的声音缓缓响在耳边：“小的时候，我常常和阿 P 来这里。”

呃？他为什么突然提起小时候的事？而且，小时候来游乐园不都是父母陪同吗?

我愣住了。

“不过，大概是因为腿脚不方便的关系，我一直都只能站在远处看……”

我舔舔干涩的唇：“你爸爸妈妈……”

皇甫千影眼神一黯，仿佛失去了所有的光泽：“他们早在 11 年前就战死了。”

战死?现在不是和平年代吗?还是 11 年前发生过我根本不知道的可怕战争?

“怎么会?”我捂嘴惊呼，急促的声音在寂静的夜里显得格外嘹亮。

“嗯。战死了。”皇甫千影点头，仿佛陷入了某种思绪当中，不过很快又恢复了过来：“不过，为了一份莫须有的东西，也算是他们咎由自取吧。”

皇甫千影他……他怎么可以这样说自己的父母?

我倒抽一口凉气，不由自主地哆嗦一下，感觉全身的汗毛都竖起来了：“不管……”

“不管他们怎么不对，都是父母。你想说这个对吧?”皇甫千影若无其

事地接了下去，好像这种话听过无数回了，“这种话，我从小听到大，耳朵都长出茧来了！”

“可是他们……”

皇甫千影摇头打断我，轻描淡写地说道：“不管我想做什么，都已经没有机会了，因为……他们早在11年前就已经驾鹤归西啦！”

多么事不关己的口气啊，可我却仿佛能看到童年的皇甫千影，一个人偷偷躲在角落里哭泣的样子。他哭得那样伤心，那样悲恸，泪水像决了堤的洪水似的从眼窝里倾泻出来。

“你……没有其他亲人了吗？”我吞了吞口水，问得小心翼翼。

“亲人？”皇甫千影睫毛接连眨动了几下，奇怪地看着我，“我刚刚已经说过了啊。”

什么？难道说……皇甫一族全部战死了？哈……哈哈……既然是11年前，也是信息社会耶，怎么可能发生那种事媒体没有报道！

会错意了吧？嗯，对，一定是我会错意了！

我哈哈地干笑两声：“你说的是皇甫家族历代的祖先吧？”

“历代？”皇甫千影摇头，吐出来的每一个字都像锤子一样重重地砸在我的心头，“不，皇甫一族到我爸爸那一代，总共有两百多人，不过，今天，就只剩下我一个了……”

该死，竟然被我猜中了，皇甫一族的人全部因为某场‘战争”光荣地牺牲在战场上了！苍天啊，那是一场什么样的战争啊！

“可是，他们为什么要打仗？”

“为了一个莫须有的……一点儿也不重要的……虚幻的东西罢了。”

“……”

“知道吗？”皇甫千影指指手腕上的血管，“这里面，流着恶魔的血液，一旦觉醒，皇甫一族就会变成非常可怕的叛军。”

皇甫千影在说些什么啊？为什么我一句也听不懂？

“虽然知道这么做会带来毁灭性的灾难……”皇甫千影低着头，月光照在他柔顺如水的长发上，形成一种朦胧的美。“十几年了，除了阿P，从来没有人不计回报地为我付出。”

还没来得及问为什么要为虚幻而不重要的东西发动战争，皇甫千影已经拉着我跳进了摩天轮的座舱里。当我们踏上座舱的一刹那，灯若繁星的摩天轮缓缓地开始向上转动，整个日不落市美丽的夜景尽收眼底。

隔着玻璃窗向外望去，幢幢楼房亮起的点点灯光，与天上的星星汇成一片，像一簇簇正在盛开的礼花。

我丝毫没有心情欣赏这些美丽的风景，心心念念记挂的都是皇甫千影刚才的话——

“你爸爸妈妈……”

“他们早在11年前就战死了。”

“皇甫一族到我爸爸那一代，总共有两百多人，不过，今天，就只剩下我一个了……”

皇甫千影他……从小到大一定很寂寞吧?

我深吸了一口气，转过身：“那个……皇甫千影，你的腿是怎么……”

“腿?”皇甫千影愣住了，不过立刻反应过来，指了指衣服下的双腿，“你说这个啊……是那场战争的牺牲品，所以我才想把失去的找回来……”

不管11年前到底发生了什么事，因为家族错误失去双腿的他，一定很痛苦吧!

我还想说些什么，可喉咙却干得如火烤过一般，无法顺利地发出声音来。

03

当东方微微泛起一道鱼肚白时，我和皇甫千影回到了愿望小店。

刚踏进愿望小店，就和急急忙忙往外冲的阿P撞了个满怀，跌得我四脚朝天，后脑勺重重地磕在了木制地板上，发出“咚”的响声……

哇！好痛！平果果，你这个笨蛋，两米大的床居然也能摔下来!

我捂着撞出一个大包的脑袋，龇牙咧嘴地从地上爬起来："该死的皇甫千影，怎么不把床弄成5米宽，这样就不会摔了啊！"

等等！从床上摔下来?!

迅速地环视一圈，舒展朴实的红木窗子、华美张扬绣着古典图案的深色窗子、宽大厚重的箱形床榻……

怎么回事？我怎么会在这里？不是在门口撞到了阿P吗？

正疑惑着，一阵急促的敲门声和阿P的声音从门外传了进来："丐帮长老……果果……平果果……快……你快出来！"

阿P？

我从地上爬起来，大步流星扑到门边把门打开："啊——"

门打开的一刹那，一团黑影飞了进来，我眼前一花，耳边一阵风呼呼飞过，等我回过神来的时候，人已经在秦品熙的房间里了！

皇甫千影坐在轮椅上，手里拿着一条纯白的毛巾，正往右手边搁着的脸盆里拧水，"哗啦啦"的水滴声和秦品熙低哑急促的呼吸声，溢满了整个房间。

"这怎么……"

皇甫千影？他怎么会在秦品熙的房里？他的脚……不是好了吗？为什么又坐在轮椅上？还是，那些仿佛真实发生过的事，难道真的只是一个梦境？

"愣着做什么，还不快过来帮忙！"

"哦，哦。"我顿了一下，怀着忐忑不安的心情，几个跨步来到了床前。

那一刻，我的呼吸一下子窒住了，所有的注意力都被床上的人所占据了。躺在床上的秦品熙，全身上下颤抖个不停，他的眉头紧紧地皱着，脸色白得像一张纸，豆大的汗珠不断地渗出来，把墨蓝色的短发全部打湿了，瑟瑟抖动的长睫毛也像在水里浸泡着一样……

"秦品熙……他怎么了？"

"伤口感染！果果，看着他，别让他的手乱动！"皇甫千影头也不回，推着轮椅来到床的另一边，掀起被子，手往后一伸，阿P立刻递上了一把寒光四射的手术刀。

我不敢怠慢，立刻扑上前去，双手抓住秦品熙的手，紧紧握住。

皇甫千影神色凝重地点了下头，手术刀利索地落下，随着“嚓嚓嚓”一声声清脆响亮的声音，沾着血的绷带如莲花般散开，散落在洁白的床单上，触目惊心！

那些带血的绷带被一片一片地撕开，我的眼眶不由自主地湿润了，仿佛有人拿着一把刀，狠狠地刺中我，再慢慢地、慢慢地往心脏深处压去，那是一种钻心刺骨的绞痛。

……

在我们三个的努力下，半个小时后，总算是把秦品熙的伤口全部处理完毕，他的脸色慢慢红润起来，不再似白纸那样苍白了。

我轻轻地替秦品熙盖上被子，抬起头，欲言又止：“皇甫千影……”

皇甫千影接过阿P递过来的手帕，轻拭着额际的汗水，看了呼吸渐渐平静下来的秦品熙一眼。他看起来如此疲惫不堪，原本清澈的眼里布满了血丝：“出去再说吧。”

我轻轻地点头，把散落一地的血红绷带收拾起来，拎着打包好的塑料袋轻手轻脚地退出了房间，轻轻带上了门。

秦品熙，希望你做一个好梦。

虽然知道现在并不是适合的时机，但我还是忍不住开口了：“皇甫千影，昨天晚上……”

走在前面，背对着我的身影触电般僵了一下，缓缓地回过头：“昨天晚上？你睡得不好吗？”

“不……不是！”我飞快地摇头，“昨天晚上，我们……”

皇甫千影轻掀嘴角笑了，盈盈的双眸如同掩映在流云里的月亮：“我们？果果同学，你该不会是梦到什么不该梦到的东西了吧？”

梦？

既然皇甫千影都这么说了，也许那真的是一场梦吧，因为皇甫千影是不可能露出那种脆弱的眼神和说出那样哀求的话的啊！而且，知道一场以牺牲两百多人为代价的战争并没有发生过，真好！

我笑着挠后脑勺，心里豁然开朗："没……没有！都是些无关紧要的事。"

皇甫千影点头，因刚才换药而调皮跑出来的几缕长发垂落在胸前："照目前的状况来看，我们恐怕得多休息几天了，如果你想念家人的话，可以打电话或回去一趟。不过，最多别超过3天。"

"嗯。我知道了。"我忍不住扭头，目光落在木制长廊某个房门上。

皇甫千影并没有在长廊上停留，说完这些后，就推着轮椅离开了。

呃……也不知道交换学生的事怎么样了，以校长的性格，他极有可能跑到帝国学园去看我。趁现在有空，给爸爸妈妈打个电话报下平安，顺便了解下情况吧！

我看着他缓缓消失在长廊上的疲惫身影，转身准备去给爸爸妈妈打电话，却被神情严峻的阿P拦了下来！

它一脸凝重地盯着我，仿佛天立刻就会塌下来："丐帮长老，告诉我，昨天晚上发生了什么事？"

"啊？只……只是一个梦……"

"那就把你做过的梦告诉我！"

"……"

就这样，在阿P两颗灼灼的红眼球的瞪视下，我把昨天晚上的梦境告诉了它。

可是阿P听完我的梦后，丢下一句"如果千影身上的恶魔血液因为盗取洞穴珠而加速魔化的话，我绝对不会放过你"，就沉着泼了墨似的脸气呼呼地走掉了。

洞穴珠是什么东西呀？真是莫名其妙的家伙！

04

皇甫千影也不知道怎么了，那天之后，突然卧床不起，阿P无法同时照顾两个人，我只好放弃了回家探望爸爸妈妈的想法，留下来照顾秦品熙。

抽了个空打电话回去，爸爸妈妈却出差去了，没有办法，只好在电话录音里给他们留言，告诉他们我现在一切都好，叫他们不要担心。

经过3天的调理，皇甫千影好了起来，秦品熙也从昏迷中醒了过来，已经可以下床走路了。

不过眼下，我们却遇到了一个前所未有的难题——

秦品熙的眼睛瞪成了一对豆包，气势汹汹地冲着皇甫千影狮子吼："我要去！"

这小子真的很犟耶，刚才皇甫千影都说了以他现在的身体状况，硬要穿越时空的话，伤势会加重的！

怕碰到秦品熙的伤口，我咬唇硬生生地把冲上前去赏他几拳的冲动忍了下来！

皇甫千影抬了抬眼睑，懒洋洋地瞥了满脸通红的秦品熙一眼："你留下来养伤。"

"我已经没事……咳……"想要证明自己的身体没有任何问题，秦品熙像猩猩一样捶了几下胸脯，没想到却捶疼了伤口，引发了一阵剧烈的咳嗽，气都喘不匀，"咳咳……"

这个白痴！居然这么不爱惜自己的身体！

我冲上去抓住他不断捶胸的手，气得眼睛都快喷火了："秦品熙！你是猪啊！这样伤口会裂开的！"

"可是我想和你们一起到烛龙国……"秦品熙可怜兮兮地看着我，水气流动的眸子晶莹透亮，"果果，你去和千影商量，让我去吧……"

这……

我为难地看着秦品熙，犹豫了一下，朝皇甫千影投去求助的目光："皇甫千影，如果没有太……"

皇甫千影毫不留情地打断了我的话："不行！他必须留在这里！"

秦品熙，对不起，我已经尽力了……

"哇！我不管，我要去烛龙国，我要见烛龙大哥！"秦品熙像个要不到糖的孩子一样，冲到皇甫千影面前，扯着他的手，荡千秋似的晃来晃去。

“阿暴、32！”皇甫千影大喝一声，正在打扫卫生的两头小猪闪电般地飞了过来，扫把柄一挥，把秦品熙敲晕了！

“皇甫千影，你干什么？”我飞奔过去，扶起倒在地上的秦品熙，担忧地检查他的伤口，直到发现只是后脑勺鼓起一个小包，才长长地松了一口气。

“把他抬到房里，不管如何，都不准开门，等我回来！”

皇甫千影话音刚落，两头小猪就扛起秦品熙，“嘿咻嘿咻”地离开了客厅。

“皇甫千影，这样……”秦品熙会不会暴怒之下又做出伤害自己的事啊？

我想起刚才秦品熙捶胸顿足的样子，不由自主地担心起来。

皇甫千影推着轮椅进了符阵，转过身看到我还在发愣，轻淡地补了一句：“我已经让阿P在他身上设下了结界。”

我三步并作两步地跑进符阵，朝阿P露出一个感激的笑容：“谢谢你，阿P！”

没想到阿P根本不领情，它重重地一甩头，下巴昂得高高的，鼻孔里重重地喷出一团白雾：“哼！”

哇！这只死兔子，它到底吃错了什么药啊？自从那天把那个梦境说出来之后，它就这副阴阳怪气的模样！真是神经病！

不过已经没有心思想这些了，因为下一秒，眼前一道白光闪过，我们已经来到了绿草如茵的烛龙国。大概是因为手里带着拥有毕方兽祝福的竹鞭，所以这一次，我们直接出现在龙魇虚境半山腰的亭子里！

亭子里传出阵阵茶香，青衣少年悠闲地坐在石凳上喝茶。从桌子上成堆的茶叶渣来看，他已经在这里等候多时了。

“你们终于来了。”

我笑眯眯地捧着竹鞭朝青衣少年奔去，没跑两步，就被他的话惊住了脚步。

“不过，遗憾的是，我还是不能带你们去见烛龙。”

他这是什么意思？把我们当猴子耍吗？

“你、的、皮、在、痒、吗?”我火大地将锤子般的拳头朝青衣少年挥去，手里的竹鞭因此飞了出去，掉在亭子外的雪地上。

青衣少年一偏头，轻而易举地躲开：“平果果姑娘，把竹鞭弄坏了，可就真的见不到烛龙了哦!”

可恶!

我收回拳头，扑过去捡起竹鞭，一阵拼命狂吹，直到把上面的雪花都吹落了，才长长地吁了口气。

皇甫千影眉头蹙了起来，水灵灵的眼睛失去了光泽：“还需要其他的东西?”

青衣少年摇头，避重就轻地说了句：“品熙怎么没一起来?”

“不要岔开话题!快说，要怎么才能见得到烛龙?”

“我刚才不是已经说了吗?”青衣少年一笑，露出两个深深的酒窝，身影缓缓地在我们眼前淡去。

“喂!你别走啊!你还没带我们去找烛龙!该死的，回来!你给我回来!”

CHAPTER 10

美少年的神奇妙方

01

已经来不及了，因为青衣少年完全消失的那一刻，我们也瞬间离开了亭子，回到了愿望小店。

“怎么回事？我们怎么回来了？”我怔了一下，急急忙忙地推着皇甫千影走进符阵。

一扭头发现阿 P 跷着二郎腿在嗑瓜子，我立刻火烧火燎地冲过去，把它也拖进来：“快点儿！快点儿，我们快回去问清楚能见到烛龙的办法！”

可是在符阵里站了半天，什么事也没有发生，我们三个还在愿望小店里。

我一脸疑惑地看着皇甫千影：“皇甫千影？”

为什么不动？难道他不想早点儿见到烛龙，把腿治好吗？

皇甫千影推着轮椅缓缓地驶向木制长廊，清朗的声音在愿望小店的上空缭绕：“他已经把见到烛龙的方法告诉我们了。”

呃？说……说了？是什么时候的事？

我迅速地回忆起刚才在龙魇虚境的情形，突然，眼前闪过一道灵光。

“是不是一定要秦品熙一起去才能见到烛龙？”

阿 P 没好气地甩开我的手，跟上皇甫千影的脚步：“很高兴你终于想到了！”

我怔了下，小跑几步追上去，亦步亦趋地跟在他们身边：“可是秦品熙的身体并不适合穿越时空啊！”

皇甫千影看了我一眼，没有说话，“嘎吱”一声推开了眼前的木门：

“你也来帮忙吧。”

帮忙？帮什么忙？

我正疑惑着，突然眼前一黑，被阿P拉进了一间伸手不见五指的屋子里。

随着“啪嗒”按开关的声音，眼前也瞬间亮了起来。这是一间古色古香充满了中国风的房间。雕刻着凤凰的六角形漏窗以薄如蝉翼的棕色百叶窗遮掩，褐色的高几上摆放着通体透亮的白玉聚宝盆，最引人注目的是，屋子两侧的书柜上琳琅满目地摆满了各种书籍，右边的书柜，甚至还空出了大片的位置摆放竹简。

皇甫千影从书柜中抽出《千金方》，头也不抬地翻看起来：“左边是医书，找找有没有可以治疗的方法。”

我点点头走到书柜前，食指一本一本地点过去，每触到一本书，嘴角就狠狠地抽搐一下：《黄帝内经·素问》《伤寒杂病论》《脉经》……

这些都是什么书啊，听都没有听过耶！

忽然，我眼睛一亮，被书柜上层一本厚得可以砸死人的黄皮书吸引了过去！

啊！这本我认识！是李时珍写的《本草纲目》！

我踮起脚尖，轻轻一抠，书稳稳地落到了手里。

嘻嘻！平常根本没有机会看医书，现在就借这个机会来看看《本草纲目》里到底写了什么！

就在我兴高采烈地翻开第一页的时候，一个高亢洪亮的声音从门外杀了进来：“皇甫千影！平果果！阿P！你们这三个忘恩负义的小人！快给我出来！”

忘恩负义的小人？

我们三个对看一眼，顿时觉得眼前有无数只乌鸦飞过……

下一秒，裹着绷带的秦品熙一阵风似的冲了进来，他努着眼，脸色十分难看，头发像刺猬似的，一根根朝天竖去：“说！你们是不是已经去了烛龙国，见到了烛龙大哥？”

“我们……”

我正想说些什么，立刻被秦品熙抢了话。他抓着我的手，不停地左右晃动：“你们一定去了！”

“秦……”

“快告诉我，烛龙大哥都说了什么？他有没有提到我？”

“你听我……”

“龙魇虚境是不是变回了原来的样子……”

该死！这臭小子到底要不要让我说话啊！

我重重地跺了下脚，气急败坏地大叫一声：“秦品熙！你给我闭嘴！”

经过我的狮子吼，秦品熙总算是安静了下来，他万分委屈地看着我，泪眼汪汪的：“我想知道烛龙国的情况……”

疯掉！我怎么会喜欢上动不动就红眼的男生啊？

我无力地朝天花板翻了个白眼，抓住秦品熙的双臂，目不转睛地盯着他，一字一句地说道：“听着！我们的确去了烛龙国，但是根本没有见到烛龙，因为那个该天打雷劈的青青说，一定要我们三个人同时出现，才带我们去见烛龙！”

秦品熙眼睛瞬间一亮，迸出惊喜的目光，反过来按住我：“那我……那我可以跟你们一起去喽？”

“嗯。”我拍掉他钳子似的手，动了动差点儿被捏碎的肩膀：“我们正在寻找让你的伤快点儿复原的医书。”

皇甫千影将手中的医书塞进书柜放好，又重新拿了一本翻开，头也不抬：“如果你想去的话，最好勤劳点儿……”

“帮忙找书对不对？”秦品熙说着，一个跨步上前，把正坐在小梯子上翻书的阿P扯下来往角落里一丢，弯腰弓背，攀着梯子，身轻如燕地爬了上去。

我重重地叹了口气，把捂着头缩成绒球状、怒不可遏的阿P扶到一边的榻上坐下，又是端茶又是倒水，忙活了好一阵子，总算是把阿P给安抚住了。

没办法，谁让我喜欢这个笨蛋呢，为了避免一场世纪大战的爆发，只好替他善后了。唉！

轻轻的敲门声吸引了我们的注意力，原来是阿暴和32，它们站在门口，手里的盘子上装着花香四溢的茉莉花茶和精致的茶点。

皇甫千影轻轻点了一下头，阿暴和32把茶端进来放好，便退下去了。

所有人都安静了下来，书房里顿时充满了“呼啦呼啦”的翻书声，仿佛小草在风中婆娑起舞。

就在大家专心致志地寻找治疗伤口的方法时，秦品熙拿着一本书，“噔噔噔”从小梯子上下来，一屁股坐到榻上：“对了，千影，我趁你们不在的时候，四处逛了逛，你猜我发现了什么？”

我们三个停下翻书的动作，目光齐刷刷地看着秦品熙，异口同声：“看到了什么？”

“我在一楼看到一个奇怪的房间耶，墙壁上挂着好多屏幕。”秦品熙眉飞色舞地说着，“那些东西好奇怪哦，按下按钮，屏幕上就有许多小人出现耶！果果，我跟你说哦，那些人好像……”

挂着好多屏幕的房间，难道是我之前无意中闯入的那间吗？

“秦品熙！”皇甫千影的脸色好似暴风雨来临前的天空，“谁准你进入那个房间的？”

那个房间……不可以进吗？

我愣住！

秦品熙全身一颤，手一滑，书“啪”的一下掉在了地上：“对不起……我一时无聊乱逛……”

皇甫千影沉着脸，刀尖子一样的目光仿佛要将秦品熙碎尸万断：“下次！如果再有下次，我会让你生不如死！”

我万万想不到他会说出这样的话来，诧异极了：“皇……”

“还有你！”冰冷的眼神从秦品熙身上转移过来，冻伤我的皮肤，“千万不要试图到那个房间里一探究竟，否则——”

02

自从在书房不欢而散后，那间奇怪的屋子，立刻被上了一道比手臂还粗的大锁。

为了不激怒皇甫千影，我在心底挖了一个无底洞，深深地把自己进过那个房间的事情埋了起来。

当时，我们翻遍了整个书房，都没找到可以迅速治愈秦品熙的办法，而从毕方国带回来的竹鞭已经出现了枯萎的迹象，没有办法，我们只好决定立刻出发前往烛龙国。

此刻，我们正在为秦品熙的伤势唧唧喳喳地讨论着。

虽然阿P用法术将秦品熙整个人封在了流动的结界内，但我还是很担心在穿越的过程中会发生什么意外："阿P，这样真的会没事吗？穿越的过程中，会不会发生意外？秦品熙他会不会……"

"果果，我没事。"秦品熙在一旁小声地说，不过我正专心地向阿P询问情况，根本无暇理会他。

阿P看都不看我一眼，冷冷地答道："死不了！"

这只死兔子，它的别扭到底要闹到什么时候啊？

我忍住把阿P暴打成熊猫的冲动，双手紧紧地攥住秦品熙的一只手："可是……他会不会受伤？皇甫千影，你不是说秦品熙不能穿越时空吗？为什么又突然同意了？"

皇甫千影掀起眼睑瞥向我手中的竹鞭，面沉如死水："你认为我们还有时间等待吗？"

"可是……"他不是也说过，如果硬要穿越时空，秦品熙的伤势会加重的吗？

皇甫千影淡淡地看着我，眼瞳蒙上了一层灰暗的东西，声音冷漠而枯涩："我会交代阿P在穿越的时候多护着他。"

"……"

就这样，在我唧唧喳喳的唠叨和秦品熙兴高采烈的欢呼声中，我们三人一兔，瞬间出现在龙魇虚境半山腰的亭子里。

虽然感觉不到寒冷，但我还是立刻拿出准备好的大衣，把秦品熙裹得

严严实实，只露出一颗脑袋。

最新型粽子大功告成！

我撑着下巴左看右看了半天，满意地点点头，把他按到铺了厚厚垫子的石椅上坐好，这才眯着眼，寻找起青衣少年的踪迹来。

奇怪！上次来的时候，青衣少年已经悠哉游哉地坐在亭子里喝茶了，怎么这次却不见了踪影？

我把手扩在嘴边，一边朝亭子走一边大喊："青青……绿头发绿眼睛的青青……"

没喊两声，我的额头便挨了阿 P 一记重重的飞踢，身体则像陀螺一样旋转了几圈，跌坐在白茫茫的雪地上。

这只该杀千刀的死兔子，它到底是哪根筋不对了啊？动不动就踹我！

甩掉满头满眼的星星，我东摇西晃地从地上爬起来，气急败坏地喊着："喂！你干吗踢我？"

"你白痴吗？"阿 P 赏了我一个巨大的白眼，缓步走到青衣少年面前。

等等，青衣少年？他什么时候出现的？

我目瞪口呆地看着坐在亭子里悠闲喝茶的青衣少年，像一发出膛的炮弹一样，"嗖"的一声冲进亭子："你什么时候来的？"

青衣少年举起茶杯轻啜一口，笑道："刚到。"

"可是刚刚……"

青衣少年替坐在对面的秦品熙也倒了一杯茶，不紧不慢地说："你们确定要在我怎么出现的问题上寻根究底吗？"

该死！光顾着关心青衣少年的出现，竟然把如何能见到烛龙这么重要的事给忘记了！

听到这里，我、皇甫千影、阿 P 立刻围了过去，秦品熙也停下了喝茶的动作，充满希冀地看着青衣少年。

"竹鞭带来了吗？"

"嗯嗯！"我重重地点头，从怀里掏出竹鞭，毕恭毕敬地双手奉上。

青衣少年接过那截已经枯了一半的竹鞭，眉头拧成了一条直线：“已经枯了啊……”

我的心“咯噔”一下，和秦品熙他们担忧地对看一眼。

这竹鞭已经……不能用了吗？

青衣少年手指轻轻一捻，半截干枯的竹鞭立刻像落叶一样断开，在石桌上弹了一下，滚落在地。

“哇！你想对我们的竹鞭做什么？”我大叫一声，扑过去要把半截竹鞭抢过来，却被他轻易闪开了。

相较于我的激动，青衣少年显得悠哉多了：“只是把坏死的部分切除罢了。”

我死死地盯着他，口气十分不满：“你还没有说见到烛龙的办法，怎么可以乱动我们的东西？”

皇甫千影他们一致认同我的说法，不约而同地点头。

“想见烛龙？”

我们几个点头如捣蒜。

青衣少年轻轻一抛，半截竹鞭稳稳地落入我的掌心：“3天之内，让它变成竹子吧！”

我们彻底愣住了！

3……3天之内把一小截竹鞭变成竹子？怎么可能？

可是青衣少年根本不给我们任何抗议的机会，“咻溜”一声，又不见了，真是来无影去无踪！

03

明明知道青衣少年的要求十分不合理，我们几个还是带着那一小截竹鞭下了山，在小镇上找了间客栈住下。

在秦品熙的建议下，我们立刻向掌柜借了个大花盆，“哼哧哼哧”地松起了里面硬邦邦的土。

我双手撑着下巴，怀疑地看着趴在大花盆前忙活的秦品熙：“这样3

天后真的能长出竹子吗?”

虽然某节课上，老师曾经说过竹子的种植方法，但我记得最佳的季节应该是在夏天，烛龙国一年四季都是春天，竹子真的能长出来吗?

“嗯！我小时候见过烛龙大哥种竹子。”秦品熙抹掉额头渗出的薄汗，咧嘴一笑，露出一排白玉般的牙齿，“土有点儿硬，千影，麻烦再浇点儿水。”

皇甫千影点点头，手微微一倾斜，水柱如一排排利箭从花洒里倾泻而出，“哗哗”地滋润着花盆里干枯的泥土。

秦品熙放下小铁铲，在花盆里拨出一个小小的坑，小心翼翼地把竹鞭放了下去，盖上一层薄薄的泥土：“好了，根据我小时候的经验，明天早上，花盆里就会出现鲜嫩的竹笋了！”

就这样，在秦品熙不停地拍胸保证下，我们几个用过餐后，带着满肚子的疑惑各自回房间了。

不知道为什么，从那半截竹鞭埋到花盆里开始，我的眼皮就抽筋似的跳个不停，躺在床上翻来覆去，怎么也睡不着。

到底怎么回事?啊，对了，有句话怎么说的?左眼跳财，右眼跳灾。糟糕！跳的是右眼皮！

我双手往后一撑，从床上弹坐起来，用力地揉眼睛，眼角余光却瞥见窗户前有个鬼鬼祟祟的影子掠过，方向是放着花盆的阿 P 和皇甫千影的房间！

难道是偷竹贼?

我怔愣了两秒，一个鱼跃冲顶从床上跳下来，猫着腰“噔噔噔”地跑到门后，轻手轻脚地抠开一个门缝，探出半个脑袋，借着月光朝黑影的方向看去。身穿夜行衣的蒙面人在白色窗纸上戳了一个小洞，把一根小竹管塞了进去，鼓着嘴“呼呼”地往里面吹气。

奇怪，那个黑衣人的背影怎么这么眼熟，好像在哪里见过?

“啊！”我惊呼一声。

黑影全身僵住，随即左顾右盼起来。

糟糕！太震惊，一不小心叫出声了！

我捂着嘴把脑袋收回来，迅速地关上了门。

好险！好险！差点儿被发现！

黑色的影子晃了过来，为了防止影子印在门上，我赶紧蹲下来，紧紧地捂着嘴，整个人缩成了一个皮球。

黑影在门外盘旋了一会儿，没有发现什么异常后，就轻手轻脚地离开了。

我深吸了口气，轻轻地把门拉开一条缝。

哇！不好，黑衣人已经推开门，进了皇甫千影的房间了！怎么办？怎么办？

我急得像热锅上的蚂蚁，在房间里团团转。

突然，门后一根细小的棍子进入了我的视线范围，让我顿时有种他乡遇故知、旱后逢甘霖的感觉！

我以媲美火箭的速度，冲到门边，把棍子拿起来，紧紧地握在胸前，火烧火燎地冲到皇甫千影的门口，摆好了姿势。

哼哼！等那个偷东西的贼一出门，我就一棍把他敲晕，看他下次还敢不敢偷东西！

一阵窸窸窣窣衣物摩擦的声音过后，一抹贼头贼脑的黑影晃了出来。

说时迟，那时快，我脚尖一点，猛地跳起来，木棍重重地向前敲去。黑影全身一震，步履蹒跚地往前趔趄两步，在离我不远的地上“咚”地倒下了。

我看着倒在木制长廊上的黑衣人，不敢走过去，壮着胆子轻喊：“喂，你还醒着吗？”

没有人回答，四周一片静悄悄的。

清冷的月光透过层层云絮倾泻下来，淡淡地洒在地上一动不动的黑衣人身上。

我害怕极了，战战兢兢地靠近黑衣人，握着木棍的手筛糠似的抖个不停。仿佛一个世纪后，我来到了黑衣人面前，用木棍轻轻戳了下黑衣人的

脑袋：“喂……你……你……你还醒着吗?”

黑衣人突然翻了个身：“痛……”

“妈呀!”我惊叫一声，一屁股跌坐在地上，手里的木棍“哐”的一下掉在地上，滚进了一旁的草丛里。

啊！武器……武器掉了!

我爬过去，把卡在草丛中的木棍抽了出来，飞快地扭头，却在看到黑衣人的样子后彻底傻眼了。

一头墨蓝色的柔亮短发，在朦胧的月光下闪着水流般晶莹剔透的光圈，两道修长的剑眉下，闪动着一对棕色的大眼，笔挺鼻梁下的薄唇不满地嘟起来……

秦品熙?他不好好睡觉跑到皇甫千影房间里来做什么?

正惊愕着，秦品熙已经爬到了我的跟前：“果果，你为什么要拿木棍敲我?”

啊！他竟然还有脸问!

我的脸沉成了一条臭水沟：“你为什么会半夜三更跑到皇甫千影的房间去吹迷烟?”

“原来你都看到了啊。呵呵……”秦品熙傻笑着挠头。

“别傻笑，快说，你到皇甫千影的房间里干吗去了?”

秦品熙并没有回答，倏地站起来，不由分说地拉起我，把我拖回了他的房间，“啪嗒”一声关上了门。

一进门，秦品熙立刻从怀里掏出一把亮闪闪的钥匙，在我眼前晃啊晃：“当当当当！果果，你看，这是什么?”

我愣了下，脱口答道：“钥……钥匙啊!”

“你猜，这是哪里的钥匙?”秦品熙神秘一笑，把钥匙往空中一抛，再稳稳地接住，金灿灿的光芒差点儿炫花我的眼。

臭小子，他扯开话题，门儿都没有!

我屈起食指，狠狠地在他脑门弹了一下：“不要岔开话题，快说！你到皇甫千影房间里干什么去了?”

秦品熙晃着手中的钥匙，一脸“果果，你好笨哦”的表情：“我去偷钥匙啊！”

“偷钥匙?”我劈手拍掉他手中的钥匙，撩起眉毛，眼睛瞪得比毛线球还大，“你不好好睡觉，就是为了去偷这把一点儿用处也没有的钥匙?”

他知不知道如果被皇甫千影发现他偷东西，会被剥掉一层皮的啊！

秦品熙迅速地捡起地上的钥匙，宝贝似的擦着：“果果！要是把钥匙弄丢了，我们就进不了愿望小店那间奇怪的屋子了！”

苍天啊，下道雷劈死这个不知天高地厚的小子吧！

我气得全身颤抖：“秦……品……熙！你那天到底有没有把皇甫千影的警告听进去啊，嗯?”

“可是……那间屋子真的很奇怪啊，我在那里的屏幕上看到帝困学园了耶！”

“怎么可能?”我白了他一眼，“你眼花了吧！”

“是真的！”秦品熙急切地靠了过来：“我真的在屏幕上看到帝困学园了！”

“真的?”我皱着眉，回想起那天进入屋子时所看到的奇怪仪器。难道……愿望小店的那间屋子里，真的装了监控器?

“真的！”秦品熙的头都快点到膝盖上去了，“你不信的话，回去的时候，我们偷偷溜进去看看好了！”

如果秦品熙说的话是假的，那我上次见到的奇怪仪器又是怎么回事?可是如果秦品熙说的是真的，那皇甫千影又为什么要在帝困学园里装监控器呢?他到底是谁，为什么有这么大的权利?

我的脑子瞬间被一堆大问号塞满了。

“可是如果被发现……”想起皇甫千影那天的眼神，我忍不住打了一个寒战！

秦品熙自信满满地拍着我的肩膀：“放心吧，我下的迷烟足够他们睡上一个晚上的了！他们不会发现的！”

Oh！怎么会有这种一根筋到底的人！

“笨蛋！我说的是他们发现钥匙被偷……”我狮子般地咆哮，还没来得及骂完，看到秦品熙手里一把大小、形状完全一模一样的钥匙，立刻住了嘴，“这是……”

“千影把房间锁上那天，我偷偷打来备用！”

没想到这小子居然知道以物易物，还挺聪明的嘛！

04

因为昨天晚上闹到半夜才睡，第二天，我和秦品熙两个人都顶着巨大的熊猫眼出现在皇甫千影的房间里。

阿P跳到椅子上，微微探着身子，目不转睛地看着我的眼睛：“丐帮长老，你昨天连夜去要饭了吗？”

我吓了一大跳，双腿一软，差点儿跪到地上，幸好秦品熙及时扶住了我，才避免了一幕“惨剧”的发生。

“没……没有啊！”我抖着声音，极不自然地回答。

苍……苍天啊，大地啊，千万不要让阿P发现钥匙被偷掉的事啊！

“没有？”阿P伸出爪子，指着我眼睛下的黑眼圈，“那不然……你半夜去做贼了？”

啊啊！发现了吗？它是发现我们偷钥匙的事了吗？

我的脸色“刷”的一下变得苍白：“你……你乱说！我哪有去做贼！”

阿P一个跟头从椅子上跳下来，稳稳地落在地上，扭着屁股款款地走到昨天埋竹鞭的花盆面前，轻轻摸了下从泥土中冒出来的小竹笋：“我只是随便说说，你那么激动干什么？”

呼，原来它没有发现钥匙被偷啊，真是的，差点儿被吓死！

我长长地松了一口气，拉着秦品熙乐颠颠地来到花盆前，故作惊讶：“好神奇哦！它真的变成竹笋了耶！”

正在打量竹笋的皇甫千影抬起眼睑，淡淡地看了我一眼，轻轻地哼了声：“别吵，沾到口水的竹笋会长不高的。”

该死的臭小子，竟然拐着弯嘲讽我是那种说话时唾沫星子乱飞的人！

我气呼呼地瞪了他一眼，随手拉过一个椅子坐下。可是屁股才刚沾到椅子，就被秦品熙的话硬生生地轰到地板上了！

那小子……那小子竟然一脸认真地附和皇甫千影的话：“呃，我小的时候在竹笋边上说话，烛龙大哥也说口水喷到会长不高的。”

真是气死了！

我不甘示弱地大叫：“竹子生长的时候最需要的是水分，而口水里有99.4%的水分，正好可以拿来给竹笋当雨露！”

平果果，你真是太有才了，死的都能掰成活的！哦呵呵呵……

秦品熙惊奇地看着我，棕色的眼珠，仿佛清晨荷叶上滚转的水珠，闪烁着耀眼的光芒：“果果，你怎么知道我接下来要用清水来养竹子?”

口水和清水，虽然只差了一个字，但本质上却是天差地别，这家伙到底有没有在认真听我说话啊！

就在我气得七窍生烟时，秦品熙已经把冒出尖尖小角的竹笋挖了出来，放进一个装满清水的四方形的玻璃瓶里。

我狐疑地看着那棵小小的竹笋冒着泡泡沉入水底：“这个……要在水里放多久?”

“应该泡一个小时吧。”回答我的是同样疑惑的阿 P。

秦品熙轻轻地摇头，黑色的短发在摇动中翩翩起舞，姿态优美得如柔软的绸带。

皇甫千影拧眉：“两个小时?”

“3 个小时?”我问。

秦品熙伸出食指，慢条斯理地晃了两下，才慢悠悠地说：“一天一夜。”

“一天一夜?”我们三个不约而同地扯着嗓子大叫，声音像打雷似的，震得墙壁“嗡嗡”直响。

秦品熙这小子没发疯吧？这么棵小小的竹笋，在水里浸上一天一夜，不烂掉才怪！

我看着秦品熙，嘴角不停地疯了似的抽搐着：“你确定它不会烂掉?”

此话一出，皇甫千影和阿 P 一致认同地点头。

秦品熙一双大眼睛眨巴了几下，胸有成竹地拍着胸脯："放心吧，我小时候偷看过烛龙大哥种竹子，不会有事的！"

我、皇甫千影、阿 P 对看了一眼，七嘴八舌地问了起来，整个房间顿时像菜市场一样热闹。

"可是……"

"秦品熙，它看起来有点儿溺水的样子……"

"秦品熙，如果它烂掉的话……"

"……"

接下来秦品熙以一敌三，经过一番激烈的舌战，成功地说服了我们。我和皇甫千影商量了一下，决定相信秦品熙的话，让竹笋在玻璃瓶里试试看。

由于时间还早，我和秦品熙极力邀请皇甫千影到街上去逛逛，可是阿 P 却死活不肯，以皇甫千影身体不适合在这个时空大幅度走动为由，拒绝出门。

不过也好，正好趁这段时间和秦品熙好好商量下，回去以后怎么溜进愿望小店那个奇怪的房间去探险！哦耶！

就这样，我们问阿 P 要了好几个大元宝，乐颠颠地出了门。

等我们吃饱玩够，拎着大包小包的东西回到客栈的时候，已经是月明星稀的晚上了。

拿着从街上带回来的零食去找阿 P 和皇甫千影，却发现他们的房门关得紧紧的。

正想踹门时，店掌柜不知从哪个角落里奔了出来，极力地阻止我们。一问才知道，原来他们早就睡下了，还特别交代掌柜如果我们回来，别去打扰他们！

我瞪着紧闭的房门，打开袋子，把蜜饯、青梅全倒了出来，和秦品熙两个人，你一个我一个，"吧唧吧唧"三下五除二地吃了个精光！

接着，把空袋子往目瞪口呆的掌柜手里一塞，拉着秦品熙各自回房睡觉去了！

第二天天才蒙蒙亮，我就被一阵急促的敲门声吵醒了。

揉着睡眼惺忪的眼睛，迷迷糊糊地晃到门边，有气无力地拉开门，只见阿P满头大汗，像旋风一样闯了进来：“丐……丐帮长老……不得了了！”

只穿了一件单衣的我被清晨的凉风一吹，完全清醒了过来：“阿P？发生什么事了？”

“竹笋……竹笋……”阿P竹了半天，也没说出一句完整的话来。

“竹笋？”我整个人跳到阿P身边，抓着它一阵剧烈地摇晃，“竹笋怎么了？是不是烂掉了？”

该死！早知道就不应该听秦品熙的话！这下好了，所有的一切都前功尽弃了！

它甩开我的手，拿起桌子上的茶壶，“咕噜咕噜”地灌了半壶茶下去，打了个饱嗝，才说：“不是！竹笋、竹笋真的长成竹子了！”

“什么？”我一听，冲刺似的朝皇甫千影的房间飞奔去，那速度，简直比火箭升天还要快上三分！

我两只脚像装了风火轮一样，一阵“咚咚咚”狂奔，不到10秒钟的时间，就来到了皇甫千影的房间！刚踏进门，立刻被透明玻璃瓶里的竹子吸引了。

就算老天爷现在下道雷把我劈死，我也甘愿了！有生之年能见到长得像飞跃之龙的竹子，那叫一个死而无憾啊！

我小心翼翼地触摸着玻璃瓶内仿佛要展翅高飞的龙形竹子，生怕它一不小心就飞走了：“皇……皇甫千影……这个……这个是真的吧？”

皇甫千影像个提线木偶般地点点头，显然还没有从震惊中回过神来：“应该……是吧！”

“竹子已经长出来了吗？”伴随着惊喜的声音，秦品熙像离弦的箭一样，和阿P一起“嗖嗖”地飞了进来！

我捧着玻璃瓶，笑得跟一朵菊花似的：“秦品熙，你看，竹子真的长

出来了耶！"

秦品熙伸出右手，举起又落下再举起，仿佛怕它碎掉一样，轻轻地摸了摸竹子，长长地吁了一口气："呼，幸好长出来了！"

此话一出，我们三个人全部愣住了，惊愕的目光齐刷刷地朝秦品熙看去！

幸……幸好长出来了？苍天啊，应该不会是我想的那样吧？

我放下手里的玻璃瓶，疾步奔过去揪住他的双臂："难道说……"

秦品熙不好意思地搔搔头发，棕色的眸子不自然地来回瞟，像在风中飘舞的水草："那个……其实，我也不敢肯定将竹笋浸在水里，会不会长出竹子……只是看过烛龙大哥这么做过，所以……"

听到这里，我和皇甫千影他们恨不得买块豆腐撞死算了！

这个臭小子，既然不敢肯定会不会长出竹子，那他昨天滔滔不绝的话到底是从哪里学来的啊！

虽然很想一拳把秦品熙砸成印度飞饼，但为了不耽误送竹子上山的时间，我们一致忍住了这个冲动，三个人"哼哧哼哧"地抱着玻璃瓶子上了山。

才刚踏进亭子，眼前便一花，青衣少年已经出现在我们面前了！他盯着我手里的玻璃瓶，两只狰狞冷酷的青色瞳眸闪着诡异的光芒，仿佛饥饿了几天几夜的野兽一般！

我还没明白过来怎么回事，眼前一道红光闪过，"刷"的一声，手里的玻璃瓶便空了！

再一看，眼前出现了一只全身通红的飞龙！

它嘴里衔着一段翠竹，在天空中蜿蜒地绕着圈，掀起一阵又一阵的红浪，那光芒，仿佛要将整个天空吞噬了一样！

冰雪迅速地崩塌融化，潺潺的水流在阳光下像一条条长长的五色彩带，从山顶往下蜿蜒，从亭子外直泻而下，最终泻成一片巨大的瀑布，浩浩荡荡地飞流直下，溅起的水花在阳光的照耀下，闪闪发光……

天……天哪！青衣少年竟然就是我们苦苦寻找的烛龙！

我呆若木鸡地看着它在天空中飞舞，震惊得说不出话来。

这时，耳边响起“扑通”一声，秦品熙像根棍子一样，笔直地倒在了地上！

呃……这小子竟然一时无法接受青衣少年就是烛龙的事实，昏过去了！

我奔过去捧起秦品熙的脑袋，“噼噼啪啪”地拍他的脸颊：“喂！醒醒！秦品熙，快醒醒！”

拍了半天没有反应，我有些慌了！

烛龙在空中一个漂亮的旋转，重新化身成为青衣少年，缓缓地落在我们面前。

他修长的指尖触了下秦品熙的后脑勺，脸色倏地一变，眼睛如冰球，射向默默不语的皇甫千影：“带伤穿越时空已经是极限了，为什么还用利器打他?”

利器？不会吧那么巧？秦品熙的晕倒难道说和那天晚上我无意中的一棍有关系?

我像被人打了一棍，眨巴着眼睛，嘴巴张得像核桃那么大，一动不动地看着倒在地上的秦品熙，感觉世界在这一瞬间被墨水泼成了没有一丝光亮的黑色。

“呃?”皇甫千影撩起眉毛，白皙的脸上透出疑惑的气息，“用利器打他，在说我吗?”

青衣少年的眉毛重重地皱成了一个海带结：“难道不是你?”

皇甫千影认真严肃地摇了摇头。

“那个……”我深吸了一口气，怯生生地举起右手，“对不起！秦品熙头上的包是我敲的……”

呃……我不是故意要敲秦品熙的啊！

“你？为什么?”

三双眼睛齐刷刷地瞪了过来，我愧疚地低下头去：“那个……那天逛街的时候，一不小心敲到……”

苍天啊，请原谅我的谎言，因为……实在是有不能说实话的苦衷啊！

青衣少年手搭在秦品熙的额头上探了一会儿，紧蹙的眉毛缓缓地松开来："这样也好，至少不会因为再一次穿越时空让伤势更严重了。"

"呃?"我和皇甫千影同时愣住了。

都怪我！为什么要拿棍子敲他，就是踹他几脚也不至于变成现在这个样子啊……

我愣愣地看着一动不动的人，眼眶被一层水雾罩住了："那他会不会有事?"

"带伤穿越时空，加上在天寒地冻里待得太久，身体进入了漫长的自我治疗的沉睡中，当然，后脑勺的那一棍是诱发他沉睡的主要原因……"

进入自我治疗的沉睡中?

听到这些，我的心一阵刺痛，恨不得刨个坑把自己埋了算了："人……人……有这种自我治愈的能力吗?"

青衣少年扫过来一眼，轻描淡写地说道："常人自然没有，品熙是秦敖晋的后人，又另当别论。"

"你的意思是，秦氏一族每个人都有这个能力?"一直沉默不语的阿P总算说话了。

青衣少年摇头："11年前秦氏一族与皇甫一族同归于尽时，秦敖晋为了保佑品熙，在他身上设下了这种封印。"

秦氏一族与皇甫一族同归于尽?

不知怎么的，我的脑子里突然闪过那天的梦境，好像有什么东西一闪而过，却又无法将它们联系到一起。

"有办法解吗?"

"去寰水虚境找品熙的守候星宿陆吾神吧，皇甫千影，你要找的东西，也在那里。"

皇甫千影要找的东西?一定是欠条上写的"物品"吧！真是太好了，我马上就可以还清债务了！哦呵呵呵……

CHAPTER 11

彼岸之伤

01

烛龙再三保证陆吾一定能唤醒秦品熙，并把陆吾国渲染成了度假胜地，所以来陆吾国之前，我的心情简直和海潮一样澎湃！

可是事实却完全不是如此。无边无际的沙漠像一片黄色的大海，一眼望不到边，金灿灿的太阳贴着沙漠的棱线，大地被衬得乌沉沉的，灰蒙蒙的沙浪仿佛袅袅的炊烟，打着旋儿在沙漠上滚动着……眼前的一切，看起来是如此苍凉……

这……这就是所谓的度假胜地？蓝天呢？大海呢？谁来告诉我烛龙所说的蓝天大海在哪里啊？

看着眼前整片整片连绵起伏的沙丘，我像折了骨一样瘫倒在地上。下一秒，被岩浆般的流沙烫疼了屁股，抱头鼠窜地大喊大叫起来："哇！屁屁！我的小屁屁！"

我那嫩嫩的小屁屁一定被烤成三分熟的"人排"了，呜呜……

"丐帮长老……"扛着秦品熙的阿P捂着嘴"扑哧"地闷笑两声，马上又恢复了不理人的僵尸脸，"你到底有没有念过书？"

臭阿P，都已经这样了，它还拐着弯取笑我笨！

我抡起小拳头就往阿P头上敲去："告诉你，我上个学期的总成绩在日不落学园可是响当当的！"

皇甫千影"吱呀吱呀"地转动着轮椅，努力了好几次，发现深陷入沙子里的轮子根本无法动弹后，就放弃了行动。

他抹掉额头的薄汗，若无其事地看了我一眼："嗯，我听你们校长说过，以 0.5 分之差落后于你的助理陆仁佳同学。"

哇！被取笑了？

我的怒火"哗啦"一下从脚底燃烧到头顶，跳蚤似的在皇甫千影面前上蹿下跳，没想到脚下一崴，像根葱似的一头栽倒，啃了满嘴滚烫的沙子！

呜……这下连脸都成"烤排"了！

等我吃力地爬起来，吐着沙子时，发现阿 P 一手扛着奏品熙，一手推着轮椅，已经走得好远了。

我一阵小跑跟上他们，气喘吁吁："喂，你们怎么不等我？"

阿 P 睨了我一眼，爱理不理："你不是跟上来了吗？"

这家伙到底有没有点儿同情心啊？在这个黄沙无垠的沙漠，可是一不小心就会被吞没的耶！

"果果同学，接下来的路，可以麻烦你扶我吗？"皇甫千影点了下头，阿 P 立刻停下推动轮椅的动作。

"呃？"我惊讶地瞪圆了眼睛，"你……可以走了吗？"

皇甫千影双手撑住轮椅，艰难地站起来，他生硬地走了两步，额头立刻渗出大颗大颗的汗珠，眼睛几乎要合成一条缝了，口里微微地喘气……

他……站……起来了？

我的心"咯噔"一下，赶紧跑过去扶住他："你……为什么……"

所以，那天的梦境是真的？皇甫千影是真的会走了，可是他为什么不承认呢？还有，为什么阿 P 得知了那天的梦境之后，板着僵尸脸好久？

这一切，有什么联系吗？

皇甫千影了然轻笑，白净脸上洁白晶莹的汗珠在阳光下闪耀着五彩缤纷的光圈："四大神兽中的三兽已经恢复，我的脚慢慢就能恢复了。"

我疑惑地看着他，脑子里迅速地闪过签下的欠条："可是你不是要找到某样'物品'才能恢复的吗？"

"看不出来，你的记性挺好的。"千影滞了下，才笑着回答，"随着四大神兽的慢慢恢复，我会逐渐恢复行走能力，不过要完全恢复与压制住身体里的恶魔血液，还是必须找到你说的某样'物品'。"

“原来如此！”我似懂非懂地点头，扶着他一步一步朝前走，“那接下来要去哪？沙漠这么大，我们走得出去吗？”

皇甫千影停下脚步，明亮的眼睛看着远处的某一点：“已经到了。”

“到了？”我倏地抬头，顺着他的目光看去。

前方不到5米的沙漠中央，镶嵌着一块如绿宝石般的绿洲。浩浩茫茫的沙漠中，绿洲显得生机勃勃。

我用力地擦擦眼睛。

“那是寰水虚境？”

皇甫千影微微抬头，盯着天空中一朵蘑菇似的巨大黑云：“那只是寰水虚境下的小镇罢了。”

“小镇？”我模仿他的动作，煞有介事地抬头，看了半天也没发现什么奇怪的东西：“那朵云有什么奇怪的吗？”

此话一出，皇甫千影清秀的脸上突然掠过一股寒流，骤然变得冰冷严峻，他什么也没说，攥着我的左手深一脚浅一脚地朝前走去。

不仅如此，阿P的脸也沉了下来。

为什么他们的脸色突然变得这么沉重？难道说寰水虚境藏身在云朵当中？

正想问怎么回事，“咻”的一声，一道黑影风似的从身边飞过。

速度太快了，我根本没有看清那人的样子，只隐隐约约地看到他的背脊中央有对黑色的如蝙蝠翅膀似的东西在上下扇动着。

幻觉！一定是因为天气太热，出现了幻觉，人怎么可能长黑色翅膀呢！对！这是幻觉！

我用力地拍打着额头，干笑着进行自我安慰。

阿P停下脚步：“千影，是翼族。”

我伸出右手，一阵乱挥试图引起他们的注意：“什么？什么？翼族是什么东西？”

皇甫千影不理我，表情凝重地看着黑影消失的方向：“已经这么严重了吗？抱歉，我不该盗洞穴珠的。”

“得赶紧找到陆吾，这里的情况不容乐观……”

他们到底在说些什么啊?

我挥，我挥，我用力地挥挥挥：“喂！喂！喂！你们谁回答我，翼族是什么东西啊?”

皇甫千影收回凝视的目光：“走吧，跟上去看看。”

“嗯。”

……

该死的，竟然把我忽视得这么彻底!

我气呼呼地拍掉皇甫千影的手，重重一跺脚、一甩头，不走了：“哼!”

“果果同学?”

“丐帮长老?”

皇甫千影和阿P同时转过头来，一脸错愕。

我爱理不理地斜睨他们一眼，飞扬跋扈地把头甩向另一边：“哼!”

“怎么了?”他们异口同声。

啊！这两个被雷劈的家伙，真是气死……气死人了!

我“咻”的一声跳到他们中间，眼里燃烧着熊熊怒火：“你们这两个——浑蛋!”

“丐帮长老，你发什么疯?”

“果果同学，你不舒服?”

……

啊……苍天啊，快刮阵龙卷风把这两个家伙都吹走吧！再这样下去，我迟早会气成脑溢血，变成植物人的啊!

我揉着差点儿血管爆裂的额头，狮子般地咆哮：“翼族是什么东西?”

阿P将秦品熙从这边肩膀换到另一边道：“我们刚才没说翼族是什么吗?”

废话！说了我还会激动得上蹿下跳吗?

我额头的青筋瞬间暴起，黑着脸瞪着阿P：“没有!”

“呃……翼族……”皇甫千影呆了呆，俊秀的脸突然绷紧了，“它们是一种不该出现在这里、长着蝙蝠翅膀的飞行生物。”

原来不是错觉，刚刚那人确实长了黑色的翅膀！为什么我一点儿也不觉得可怕，难道是这些日子以来见到的怪事太多了吗？呜呜……

我长叹一声，问：“不该出现，为什么？”

这里不是它们的国家吗？

阿P没好气地白了我一眼：“问那么多做什么，跟过去看看不就全明白了！”

……

这只死兔子，它最好祈祷以后不要落在我手里，否则我一定……一定会把它做成三杯兔当下酒菜！

02

这是一个奇怪而热闹的小镇。

汉白玉砌成的宽敞街道上，密密麻麻地摆满了各式各样的摊子。神色各异的人们，在其间来来往往地穿梭着，吆喝声、交谈声、孩童的嬉戏声响成一片。

“那就是翼族？”我看着弧形拱桥上空张着黑色翅膀飞行的人，低声喃喃道，“除了背上长翅膀，它们和人并没有不同啊，为什么不该出现在这里？”

阿P靠了过来：“本该生活在森林里的翼族跑到镇上来，你觉得没有问题吗？”

“说不定它们只是来采购东西的呢？”

“丐帮长老……你没救了！”

“……”

“果果同学。”皇甫千影长长地叹了口气，清秀的面容如一池秋水般平静，看不出任何情绪波动，“如果有一天，你家里突然出现一大群蟑螂，说明了什么？”

蟑……蟑螂?

“呃……”一想到屋子里爬满蟑螂的画面，我忍不住一阵头皮发麻地搓着手臂上瞬间起立的鸡皮疙瘩，“这还用问吗？一定是家里的卫生出现问题了啊！”

天哪！皇甫千影干吗突然提这么恶心的动物啊！好恶心！好恶心！

等等！

我忽然想到什么似的僵住，指着天上飞来飞去的翼族：“你的意思是……它们原本是不属于这里的?”

皇甫千影点点头，拉着我的手就近走进一家客栈。

“可是，它们为什么到小镇上来呢？是不是因为森林都被沙漠……”我后面的话硬生生地噎在喉咙里，像被点了穴似的，整个身子瞬间定住了，大张着嘴巴看着从眼前走过的人？龙?

天哪！这是什么情况啊？人……人的头上居然长了龙角！

僵了半天，我终于回过神来，手指颤巍巍地指着从客栈走出去的头顶有龙角的人，结结巴巴：“皇……皇甫，这……这是……”

“龙族。”皇甫千影见怪不怪地瞄了远去的龙族一眼，从口袋里掏出一个元宝，递给柜台里的掌柜：“麻烦三间上房，谢谢。”

“可……可是，龙不是传说中的吗?”我的下巴已经震惊得快要掉到地上去了！

一说完，我恨不得甩自己一个耳光。

平果果，你这头猪，忘记龙魇虚境那条烛龙了吗?

“丐帮长老，你脑袋被烤坏了吧?”阿P瞪过来一个卫生球眼，在店小二的带领下，扛着秦品熙“咚咚咚”地上楼了。

我气得全身发抖，嘴巴张张合合，说不出一句完整的话来：“皇甫千影，你看它……”

皇甫千影完全不理会我，直接和掌柜聊了起来：“店家，为什么……龙族和翼族会同时出现在小镇上?”

“噼里啪啦”拨算盘的掌柜愣了一下，一脸惊奇地抬头：“客官外地来的?”

为了证明不被彻底忽略掉，我抢先一步，笑眯眯地开口：“嗯……嗯，我们今天刚到这个镇上。”

皇甫千影斜靠在柜台上，无可厚非地耸耸肩。

“难怪你们不知道……”掌柜恍然大悟地点头，将柜台上的账簿收起来，伸出肥肥的手指朝我们勾了勾。

龙族和翼族在这里是禁忌话题吗?

我和皇甫千影疑惑地对看一眼，竖起耳朵，把头凑了上去。

掌柜做贼似的，鬼头鬼脑地左顾右盼了一圈，才小心翼翼地开口：“11 年前的一个风雨交加的夜晚，陆吾国发生了一场惊天动地的战争，寰水虚境被不知从哪刮来的风给吹走了，从那之后……”

短短的一句话，仿佛千百颗炸弹，在我的脑子里瞬间爆炸!

被吹走了? 寰水虚境被吹走了? 那秦品熙……秦品熙不就……

“你说什么?”我遭雷击似的呆住了，身体摇晃得厉害，要双手狠狠地抓着柜台，才不至于瘫软在地：“寰水虚境被风刮走? 怎么会?”

此话一出，前一秒还闹哄哄的客栈瞬间鸦雀无声，所有人都齐刷刷地转过头来，仿佛被点了穴似的，嘴巴张成大大的“O”形，目不转睛地盯着我们。

我靠在柜台上，看着脸色死灰、满头冷汗的掌柜，嘴唇剧烈地颤抖着，困难地吐出几个字：“他们……怎么了?”

掌柜抹着额头上硕大的汗珠，手焦急地一阵乱挥，脸都青了：“哈哈……没事! 没事! 大家继续啊……继续! 啊哈哈……本店今天大促销，小二，快……快! 给每桌客人送一壶酒! 啊哈哈……大家继续喝着吃着……”

收到命令的店小二立刻行动起来，满堂的客人在收到赠送的酒后，各自忙活去了，客栈又恢复了一派祥和的热闹景象。

掌柜长长地松了口气，趔趄着从柜台里跨出来，拖着我和皇甫千影进了后院。

一到后院，掌柜的脸色立刻变了，他眼睛鼓得大大的，仿佛要喷出怒火来："这位客官，刚才小老儿差点儿被你害死，知不知道?"

"寰水虚境被风刮走了……"我像被抽掉了魂魄似地，什么话都听不进去，只是不停地喃喃自语着一句话："寰水虚境被风刮走了……"

皇甫千影敲了敲我的脑门："果果同学，你先把后面的话听完再崩溃，OK?"

对……对！说不定寰水虚境只是被刮走一小会儿，说不定……

想到这里，我整个人瞬间清醒过来，急切地抓着掌柜的手臂："你快说！后来呢？寰水虚境被风刮走后怎么样了?"

掌柜用力地掰掉我的手，一脸惊慌失措地揉着被掐出红痕的手臂："小丫头，你跟我有仇啊？啧，真丑，十个鸡爪印……"

可恶！谁给了这个死胖子左顾而言他的权利?

我怒火中烧，张牙舞爪地又要扑上去，掌柜一个闪身，躲到皇甫千影身后去了，他战战兢兢地探出一颗脑袋："你……你这丫头是怎么回事？没说两句话就要扑上来，简直跟只猩猩没什么两样……"

"掌柜，如果你不想被掐，最好快把后来的事说清楚。"皇甫千影微笑着耸肩，轻柔悦耳的声音缓缓地溢出来，在空气中萦绕。

我恶狠狠地瞪着他，紧紧地抿着唇，指关节压得"咯咯"作响。

"小丫头，你冷静……冷静点儿！我立刻就说！"掌柜求饶地挥着手从皇甫千影身后走出来，一刻也不敢怠慢地滔滔不绝，"11年前的一个风雨交加的夜晚，发生了一场惊天动地的战争，寰水虚境被不知从哪刮来的风给吹走了……那天之后，黄沙迅速地在陆吾国蔓延，不到一个月的时间，陆吾国就被沙海吞没了。虽然寰水虚境后来又重新出现了，可陆吾国却因为陆吾神的受伤，从此陷入一片死寂当中……"

"寰水虚境又回来了?"我重重地松了一大口气，"那陆吾神住在上面对吗?"

太好了！只要寰水虚境还在，秦品熙就有救了！

"你……你……你们……"掌柜吓得嘴唇都发青了，仿佛看到厉鬼似的，剧烈地哆嗦着，"要找陆吾神?"

“喂，你没事吧?”我走过去，轻拍了下掌柜，没想到他吓得重重一震，像化掉的麦牙糖般瘫软在地，目光涣散。

我疑惑极了，转过头朝皇甫千影投去求助的目光。

皇甫千影抬着僵硬的双腿，一步一步艰难地挪到我面前，弯下腰：“店家? 陆吾……它……怎么了吗?”

掌柜微微颤了下，失声地喃喃着：“陆吾神已经……已经不是原来的陆吾神了……”

接下来，我和皇甫千影花了近一个小时的时间，才从掌柜断断续续的话里得知了事情的来龙去脉。

大致情况是这样的：

在11年前那场惊天动地的战争中，陆吾神为了保护宿体开明兽，接受了来自神巢虚境所有的伤害，自己却也因此性情大变，化身成了妖神。陆吾国之所以黄沙莽莽，就是发狂后的妖神陆吾造成的。

虽然陆吾国变得一片荒凉，但妖神陆吾始终没有危害人间。可不知怎么回事，一个月前，妖神陆吾突然发了狂似的将陆吾国的最后一片森林给烧了！造成了翼族逃散到人间的事。不仅如此，妖神陆吾甚至冲到唯一的太湖底，把龙王给关起来，大摇大摆地霸占了龙宫！

掌柜一说完，我整个人都傻了，因为他说的陆吾烧森林的时间与我和皇甫千影一起去游乐园的时间完全吻合。

所以说，皇甫千影所说的洞穴珠就是防止陆吾发疯的关键！而阿P最近的阴晴不定也是因为这个吧?

意识到这点，我的胸口猛地一窒，脚步不稳，往后踉跄了几步，跌坐在地上。好愧疚……

皇甫千影，对不起……对不起，我什么都不能给你，就连一段共同的回忆都有可能害得你无法治愈双腿……

03

秦品熙静静地躺在床上，卷翘睫毛下的明亮眼眸此刻正紧紧地闭着，半透明的阳光下，他挺直的鼻影特别清晰，两片玫瑰色的薄唇一动不动地翕着，仿佛随时会张开，吐出娓娓动听的话来。

我坐在床边，抬了抬手臂，想碰触他，手抬起放下……再抬起……再放下，最终什么也没做，转身走到圆桌边，搬了个椅子坐下："皇甫千影……我们现在……该怎么办？"

皇甫千影单手撑住下巴，拧眉看着窗外随风轻轻抖动的绿叶，沉重地叹气："先找到翼族和龙族的负责人了解详细情况再说吧。"

"可是……"我看了床上的秦品熙一眼，心头仿佛吊了一块巨大的石头，压得我喘不过气来，"我们要到哪里去找翼族和龙族的负责人呢？"

再说，就算……就算找到了又怎样呢？陆吾已经是妖神了啊，我们根本没有办法和他斗。

阿P跳上桌子："千影，要不要我用法术找……"

皇甫千影阻止了它的动作："不要浪费体力，我们还有更重要的事要做。"

"可是……"

"小镇上到处是翼族和龙族，我们打听一下就知道了。"

我们同时陷入了沉默，房间里立刻变得寂静无声起来。

"你找死吗，敢挡本大爷的路？"

一个飞扬跋扈的声音自窗外传进来，打断了片刻的宁静，随之而来的是一阵拳打脚踢的声音和细细碎碎的呻吟求饶声。

"哎哟……对不起……请饶了我吧……"

"饶了你？哼！没那么容易！小的们，给我往死里狠狠地打，往死里打！"

随着"乒乒乓乓"踢打声越来越响，慢慢地，求饶声弱了下去……

"求求你们……"

"……"

我愣了愣，起身走向窗子，从上往下朝街上看去。

黑压压的人群把宽敞的街道挤得水泄不通，一个身材矮小的少年卧倒在地，抱着肚子哀哀地呻吟，他的四周，围着几个人高马大的翼族和龙族，或轻或重地飞踢，像流星一样，落在少年身上……

一道腥红的液体从少年青色的唇边蜿蜒地流下来，触目惊心。

这是怎么回事？为什么有人当街欺负弱小，却没有一个人帮忙？

我脑子轰地炸开，瞬间一片空白。

正疑惑着，阿P已经从窗口飞了出去，几个飞踢，三下五除二地就把那群看起来无比彪悍的恶霸给放倒了。

哇，刚刚那几个飞踢，简直太帅了！

"皇甫千影，你快过来看，阿P真是太、帅、了！"我看得目瞪口呆，扭头朝桌边的人拼命招手，却被出现在门口的两个身影吓坏了，嘴巴张得好大，"阿P？你……你……你不是在街上吗？"

哇！它是鬼吗？居然瞬间就出现在这里！

以脖子为主轴，生硬地扭头，只见熙熙攘攘的街道上，除了满地打滚的翼族和龙族，哪里还有阿P的身影！

"愣着做什么？还不快过来帮忙？"阿P的声音劈头盖下，把我从呆愣中呵醒了。

我机械地走过去，把比乞丐还狼狈的受伤少年扶到椅子上坐下，这才开口问："你怎么会被他们围着打呢？"

少年抹着嘴边的血迹，激动地开口："他们……他们都是陆吾的……"

话还没说完，就被门外一阵急促的脚步声打断了，紧接着，"啪嚓"一声，门突然凌空飞起，"噔噔"地落在地上，碎成了千片。

啊呀呀！地震了吗？

我惊讶地转过头去，只见一身赤色战甲的少年傲气十足地立在门口，下巴翘得高高的，他的身后跟了一群参差不齐的翼族和龙族。

妈妈咪呀！这些人的速度也太快了吧？才多久的时间啊，就召集了一大群人马杀上来了！阿P才刚把受伤的少年救上来耶！

少年不慌不忙地斜睨了我们一眼，眉间的朱砂痣殷红如血珠："陆吾？你在找我吗？"

什么，他就是陆吾？

我看着眼前气宇轩昂的少年，心潮像大海一样翻腾：秦品熙有救了！

皇甫千影扶着桌子站了起来，清澈的瞳孔内燃着两簇火焰，灼灼发亮："陆吾神！"

"陆吾神？这个名字听起来真新鲜！小的们，告诉这几个小鬼，本王的名字！"少年张狂地笑了几声，帝王似的扬手，他身后的"虾兵蟹将"立刻挥舞着双手，响亮地吆喝：

"陆王殿下万岁！陆王殿下千秋万代……"

"陆王殿下万岁！陆王殿下千秋万代……"

"……"

鹿……鹿王？怎么会有人取这么搞笑的名字啊，好好笑哦。

我捂嘴"吱吱"地闷笑，没想到一时笑得太急，被口水呛到，捏着脖子死去活来地猛咳了一阵子，才缓过劲来。

少年被我的行为激怒了，他瞪着皇甫千影，眼中闪过发狠的光芒，冷冷的声音蕴涵了强烈的鄙夷："别让我再听到那个名字，否则……"

不叫就不叫，干吗这么凶啊？

我不以为然地撇嘴。

少年的视线越过我，看到躺在床上的人儿，目光瞬间冷了下来："让我猜猜，床上那位，该不会是秦敖晋的后人吧？"

说着，一步一步地朝床前走去。

我撇下受伤的少年，一溜烟地跑过去挡在秦品熙面前，张开双臂，一脸防备地看着陆吾："你……你想干什么？"

少年望着我，不屑地笑了笑："就凭你也想拦住我？"说完大手一挥，把我推开，拎起秦品熙，闪电般地跳上窗子，"咻"的一声飞走了。

陆吾一走，围在房间门口的"虾兵蟹将"们立刻做鸟兽状散开，瞬间消失得无影无踪，速度快得仿佛刚才的一切都没有发生过似的。

04

"陆……陆王殿下……他为什么要抓秦品熙？"我急得像热锅上的蚂蚁，

在皇甫千影身边团团转，“怎么办？怎么办？秦品熙被抓走了！”

“果果同学，你先冷静下来！”皇甫千影伸手想拉住我，被我一挥，跌倒在地，头一歪，昏过去了！磕到床沿的白皙额头，迅速地红肿起来。

“啊！对不起对不起！皇甫千影，我不是故意的！”

我急急地蹲下身子，想扶他，没想到阿P的速度更快，它把皇甫千影扶到床上躺下，举起拳头狠狠地砸向我的脑袋：“丐帮长老，你找死吗？”

唔……好痛！简直比泰山压顶还要痛！

我跳开几步，捂着“嗡嗡”作响的脑袋，一脸哀怨地看着阿P：“我又不是故意的……”

阿P细心地找出OK绷替皇甫千影贴上，指着我的鼻子“噼里啪啦”地便骂开了：“不是故意的就已经这样了，如果是故意的不是要闹出人命？该死的丐帮长老，你最好给我注意点儿，否则我剥了你的皮熬汤！”

呜呜……干吗这么凶，我只是因为秦品熙被抓走，一时着急才会失手的啊，而且我也没想到皇甫千影会那么脆弱，一撞就晕……

“对不起，我真的不是故意的……”我头快低到地板上去了，“可是秦品熙他……被抓走了……”

阿P的眼神仿佛几千把利刃，狠狠地刮过我的皮肤：“你的意思是，秦品熙被抓走，所以就拿千影来出气？”

哇，这只死兔子，明明只是不小心，它干吗要屈解成这样啊！

“不……不是……我没有这么想！”我不断地挥舞着双手，“真的只是不小心……”

“哼！”阿P甩过头，脸像灌了水泥一样僵硬，“要是千影有事的话……”

这时，一个弱弱的声音在我们中间响起：“那个……请问……你们想要找陆吾吗？我可以……”

我和阿P一听，风似的飙到说话的受伤少年面前，一人一边，死死地扣住他的肩膀：“你说什么？”

“先……放开我！”受伤少年痛苦地掰着肩膀上的手，脸色苍白，“你们抓得我好痛！”

我和阿P赶紧松开手。

少年动了动被抓痛的手臂，眉毛深深地蹙起来：“啧，你们两个是猩猩投胎啊，下手这么重。”

“你说什么？”

“欠揍啊你！谁和丐帮长老一样是猩猩投胎？”

我和阿P不约而同地大吼大叫，互看不顺眼地甩开头。

少年有些不满地咕哝：“你们真的想找陆吾吗？”

我和阿P立刻扭过头来，急巴巴地看着少年，不停地点头。

少年歪着头思考了好一会儿，才重重地点头：“好吧，看在你们救了我的分上，我带你们去找翼族和龙族的长老好了。”

这个白痴！他到底有没有搞清楚状况啊，现在要找的是陆吾，不是长老！

我没好气地掴了少年的脑袋一巴掌，声音从牙缝里蹦出来：“我、们、要、找、的、是、陆、吾！”

阿P在一旁附和我的话，将指关节捏得“咯咯”作响，一副“再敢乱说就挖坑埋掉你”的威胁表情。

少年恐惧地看着我们，声音颤抖：“可是……你们……你们就是找到陆吾也没有办法把人救回来啊……”

说得也对。

我和阿P肩膀同时一垮，如同两个泄了气的皮球，第N次异口同声道：“可是找你们那个什么狗屁长老有什么用？”

唉……都不知道原来我们的默契这么好！

少年咬了咬唇，鼓起勇气说道：“至少已经和陆吾有过一战的他们比你们有经验啊！”

我和阿P怀疑地看了少年一会儿，“噔噔噔”地跑到一旁，叽里咕噜地商量了好一阵子，决定还是跟少年去见翼族和龙族的长老了解下陆吾发疯的程度再作打算。

刚刚荣升为代言人的阿 P，像只斗胜的公鸡般，大摇大摆地走到少年面前，撇撇鼻子，不可一世地说：“我们已经决定了！去见下你所谓的长老！”

“那走吧！”少年抽搐着嘴角，艰难地站起来走到门口。突然他想到什么似的转过来，看了下躺在床上的皇甫千影，“这里恐怕不太安全。你们要不要……把他也带上？”

这是什么问题？我们本来就没有打算把皇甫千影留下啊！

我奇怪地看了少年一眼，奔到床边，帮忙把皇甫千影抬到阿 P 的肩上，“吭哧吭哧”地跟上少年的脚步。

“喂，你的伤口不用处理下吗？我这里还有 OK 绷，要不要……”

“谢谢，不用。”

CHAPTER 12

逆转的命运之轮

01

由于担心被人跟踪，龙剑兰（也就是受伤的少年）带着我们在集市上不停地绕圈，一直到太阳快下山了，才小心翼翼地领着我们拐进了一个小巷子里。

真不明白老是在那几个巷子里绕来绕去有什么意义，我是没什么啦，就是多走几步路而已，倒是阿 P，扛着人高马大的皇甫千影走了这么多条街，应该很累吧？

我忍不住往挥汗如雨的阿 P 身边挪了两步：“那个，要不要帮忙啊？”

阿 P 睨了我一眼，不冷不热地哼道：“多谢，你还是多关心下自己吧！”

“什么？”我不明所以地回头，额头却重重地撞上了不知什么时候出现在眼前的门板，发出“砰”的一声闷响。

哎哟——好痛！好痛！额头该不会凹进去一个洞了吧！

我龇牙咧嘴地揉着撞痛的额头，一脸郁闷地看着龙剑兰轻轻地将那扇应该劈成柴火烧掉的门推开，走了进去。

阿 P 一边翻白眼，一边跨了进去：“活该，我早就提醒过你了！”

“你又没说前面有门！”我不满地瞪了它一眼，嘟着嘴打量了四周一圈。

咦？对面那间三层楼高的房子不是我们住的客栈吗？难怪龙剑兰要带着我们兜圈子了！

“果果姑娘？”龙剑兰双手扣住门，探出半个脑袋，一脸疑惑，“我要关门了哦。”

“哦……哦！马上来！”我回过神来，一闪身，跳了进去。

下一秒，门“嘎吱”一声关上了。

龙剑兰带着我们穿过一条弯弯曲曲、种满各种各样花草的石头路，来到了一个宽敞的大堂内，就撇下我们“咚咚咚”地跑进后堂请长老去了。

我和阿P合力把昏迷的皇甫千影搬到椅子上坐下，背对背往地上一坐，累得直喘粗气。

屁股还没坐热呢，皇甫千影就悠悠地醒了过来，他单手撑着下巴，嘴角微微地向上勾出15度角的弧度，姿态极其优雅：“阿P、果果同学，你们怎么坐在地上?”

我和阿P被这突如其来的声音吓得魂飞魄散，一团麻花似的跌成一团。

哇！这小子一定是不想走路，故意装昏！要不然怎么可能这么凑巧，我们前一秒才把他放下，下一秒他就醒过来了?

我七手八脚地推开阿P，从地上爬起来，一屁股坐到椅子上，忿忿地瞪着皇甫千影。

他刚才一定是在装昏，哼！

我张了张嘴正欲开骂，被从后厅奔出来的人抢了话：“这位一定就是救我们少主的侠士吧?真是太感谢了！”

两个头发眉毛雪白，头顶长着龙角，嫩黄色的衣服上各画了一个圆圈写着左右的家伙，眼角飙着两道瀑布般的泪水，奔到皇甫千影面前，一把鼻涕一把泪道：“少侠，你是我们龙族的大恩人哪，要不是你，我们的少主……我们的少主就……呜呜……总而言之，真是太感谢你了……”

说着，膝盖一弯，“扑通”一声跪倒在地，哭天喊地地磕起头来。

哇！这……这……这是什么状况，也太夸张了吧?

我不可置信地看着磕头磕得不亦乐乎的两个白发老头，比被闪电劈中还要震惊。

皇甫千影看着地上的人，撑着椅子想站起来，自己努力了半天也没能站起来，只好无奈地耸肩。

阿P暴怒了，它眼里闪着阴暗的蓝色鬼火，一个箭步跳到两个老头面前，把他们踢了个四脚朝天：“喂！你们那个什么破少主是我救的！快点儿向我磕头道谢！”

两个老头对看一眼，挥舞着四肢，坐起来，飞快地爬到阿P眼前，敲木鱼似的磕起了头。

我一脸无语地看着阿P飞扬跋扈的样子，感觉额头有一颗硕大的汗珠滑了下来。

这两个看起来比李莲英还没节操的家伙，真的是我印象里那种威风凛凛的长老吗？

我走到已经换了一身新衣的龙剑兰身边，手肘轻轻地顶了下他，声音压得低低地：“喂！这就是你们的长老……”

龙剑兰抹掉额前的冷汗：“虽然我也不太愿意承认，但他们真的是龙族最德高望重的长老……”

这一刻，我的脑子里有一座高大的东西轰然倒塌，灰飞烟灭！

我看着嚣张得嘴巴都快咧到耳朵根的阿P，无语地推了推身边的人：“你快让他们停下来，我们不是来当菩萨的……”

龙剑兰手握成拳放在嘴边重重地咳了一声，引起长老们的注意：“咳！两位长老，几位恩人这次来，是询问关于陆吾的事……”

地上的长老猛地停下磕头的动作，抬起头来，眼角还夹着两滴感动的泪花：“陆吾？”

总算是进入正题了！

我们一致点头。

白胡子老头颤巍巍地从地上爬起来，对看了一眼，胸口衣服写着“左”的长老疑惑地开口：“几位为什么会找那只妖神？”

皇甫千影点头，黑亮的长发在空中划了一道美丽的弧线：“呃……不久前，他冲进客栈，掳走了我们的同伴。”

两个长老惊声尖叫，胡子一颤一颤的：“你……你……你们那位同伴，该不会是秦敖晋的唯一后人秦品熙吧？”

我愣了一下，脱口问道：“咦？你们知道秦品熙？”

此话一出，两个长老像无头苍蝇似的，在原地团团转起来，嘴里不停地喃喃着“完了”两个字。

我不明所以地看了皇甫千影一眼：“那个……陆吾应该不会对秦品熙做什么事吧?”

两名长老倏地转过头来，抹布似的皱脸上阴沉得可怕，异口同声道：“当然会!”

我一听，心凉了半截儿：“为……为什么?”

“右”长老脸色冷峻得像块冰岩：“如果不赶在妖神在寰水虚境的开明兽雕像前杀掉秦品熙前救下他的话，陆吾国就将永无宁日了!”

怎……怎么会这样?

“右”长老的话好像在空气中放了一股能将人溶成泡沫的硫酸，我每呼吸一下，都觉得有千万支利箭穿透呼吸道，刺骨地疼!

我脸色死白地吐出支离破碎的声音：“可是……陆吾神为什么要杀秦品熙?”

“左”长老焦躁地在大堂里来回踱步：“因为秦品熙的身体里封印着足以毁灭妖神陆吾的风狸杖!陆吾自然不会让秦品熙活在人间!”

皇甫千影脸色一变，猛地从椅子上站起来，一把抓住了“左”长老的衣领，寒光如两把利剑：“风狸杖在秦品熙身上?”

风狸杖……对他来说……很重要吗?

“左”长老被瞪得全身发抖，他咽了咽口水，战战兢兢地回答：“是，是的。”

皇甫千影松开“左”长老，颓然地跌坐在椅子上，好像想到什么好笑的事一般，嘴角轻扬，露出一抹绝美的笑。

突然，他扬起头，张狂地大笑起来，原本清澄的眸子此刻仿佛染了色般，刺眼的腥红：“哈哈哈……哈哈哈……又被摆了一道……哈哈哈……秦敖晋，我不得不佩服你的远见……哈哈哈……”

我有些害怕地看着皇甫千影：“阿P……”

后面的话没能来得及说出口，因为阿P已经脸色灰白地扑到了皇甫千影身上，拼命地揉着他越笑越狰狞的脸："千影！你冷静下来！冷静下来！"

"你叫我怎么冷静？我千辛万苦地找了16年的人，就在愿望小店！我费尽心思地让一只又一只的神兽恢复原样，为的就是找风狸杖，可没想到，它竟然一直在我身边！你说！叫我怎么冷静？！"皇甫千影如一只发狂的狮子，怒吼着挥手，将阿P打飞了出去，撞到大堂的龙形柱子上滑落下来。

原来……皇甫千影要找的东西就是风狸杖……

02

半个小时后，皇甫千影的情绪慢慢地冷静了下来。

眼下，他神色平静，像个没事儿人一样和两位长老坐在大堂的某处，讨论下一步的计划，而我、阿P和龙剑兰，却被赶到了角落里嗑瓜子聊天。

虽然他恢复了平静，可我却觉得那平静的目光下，好似藏着一把无比锋利的刀子，随时要将人千刀万剐似的，不由自主地令人恐惧。

龙剑兰眼睛一眨不眨地盯着不远处和两位长老讨论得热火朝天的皇甫千影："他……真的没事吗？"

承受了那样的打击，不可能没事吧？

我看着目光比冰还冷的皇甫千影，机械般地摇头。

脸肿成猪头的阿P抓了一个瓜子丢进嘴里，"吧唧"一声咬开，像在安慰我们，又像在安慰自己："放心吧，千影没有你们想象的那么脆弱！"

真的坚强吗？

我们三个同时沉默了，空气仿佛被鬼附身似的沉闷诡异。

我哈哈地干笑两声，瞄着门外站着的翼族，转移话题："龙剑兰，你们不是龙族吗，为什么会和翼族它们同住在一个屋檐下？"

阿P也被这个话题挑起了兴趣，屁颠屁颠地凑过头来："对呀，我刚刚就觉得奇怪了，为什么你们会和翼族住在一起？还有，在客栈里跟在陆吾身后的那些翼族和龙族又是怎么回事？"

“唉……这件事说来话长。”龙剑兰叹气，幽幽然地开口，“之前的一个晚上，封印在寰水虚境的洞穴珠突然不异而飞，失去心智的陆吾从崩裂的结界里逃了出来。他以自己是无所不能的神自居，一把火烧毁了翼族赖以生存的森林，跳入湖底将龙宫搅了个天翻地覆，占了龙宫，甚至将我的父王囚禁起来……”

“洞穴珠？”我偷偷地瞄了皇甫千影一眼，发现他神色自然，完全没有任何的动静。这小子还真镇定啊！

龙剑兰靠了过来，乌溜溜的眼珠透着惊奇：“你知道洞穴珠？”

“没有，只是觉得有些耳熟，好像在哪里听过。”我摇头，转向一脸严肃的阿 P，“有没有可能在愿望小店……”

“那个……”我犹豫了一下，不知道该不该把皇甫千影盗洞穴珠的事说出来。

“丐帮长老，你不要做过多的想象！”阿 P 脸一沉，斩钉截铁地喝断我的话，转开了话题，“后来呢，龙宫被占之后怎么样了？”

我哀怨地看着阿 P，负气地抓起一块糕点丢进嘴里，吧唧吧唧一阵猛嚼。

哼！没有就没有嘛，干吗这么凶！

龙剑兰奇怪地看了我们一眼，继续说道：“后来……几场战争下来，翼族死伤无数，群龙无首的龙族也元气大伤。翼族和龙族的长老决定联合起来对付陆吾，没想到力量悬殊太大，最终还是败下阵来……”

竟然连翼族和龙族联合起来都无法打败陆吾，它到底妖化到了一个什么样的程度啊……

我急切地问：“那我们有取胜的可能吗？”

龙剑兰瞄了一眼还在热烈讨论的皇甫千影他们，抹抹脸，无声地叹息：“我也不知道。”

这一刻，好像有什么东西扎进了我的心脏里，血汩汩地流出来，痛不欲生！

秦品熙……秦品熙他会死吗？不……他不可以死，我还没有告诉他，我喜欢他，他怎么可以死?

往事如回放的电影般一幕一幕地从脑子里闪过，和秦品熙一起快乐地演《海的女儿》，一起放孔明灯，一起被关进地牢……

我满眼通红地抓住龙剑兰，发了狂似的把他从椅子上扯下来："你不是龙族的少主吗? 怎么会不知道打败陆吾的方法? 一定有的! 我知道一定有的! 你快去翻典籍啊，快去……"

我的声音哽住了，无法再说下去，眼泪像断了线的珠子般滚下来，扑簌簌地落下。

"丐帮长老……"

"喂! 你别哭啊!"龙剑兰掏出手帕，不由分说地往我脸上抹："我马上让他们去翻典籍就是了，你先别哭嘛!"

我抽抽嗒嗒地抬头："真的?"

"真的! 真的!"龙剑兰把手帕塞到我手里，跑过去，靠在"左右"长老耳朵边叽里咕噜地说了一些话，长老立刻欣喜地点头跑进了后厅。

皇甫千影迈着僵硬的步子走过来，目光如铸剑炉里的液体那样，通红滚烫，狠狠地灼伤我的四肢百骸："平果果，如果有一天……"

他的话并没有说完，就被抱着一大堆书籍跌跌撞撞跑来的"左右"长老打断了："有关陆吾记载的书籍全在这儿了，快，大家都来帮忙找线索!"

说完，手重重一丢，各式各样泛黄的书籍"哗啦啦"地落了一地。

他刚刚……想说什么?

我微微颤动了下双唇，想说些什么，触到皇甫千影倔犟悲伤的眸子，所有的声音都消散在喉咙间。我最终什么也没说，默默地蹲下来，抓起一本书，深吸一口气，认真地查找起来。

平果果，不要再想其他的了! 现在最重要的是找出救秦品熙的方法，至于皇甫千影，以后会有机会问清他想说什么!

所有人都静了下来，埋头在大堆的古籍中，紧张地翻找着，书页翻来翻去的声音如流水般，充满着大堂的每一个角落。

……

时间，一分一秒地流逝着……

突然，“左”长老兴奋的声音打破了沉静，一字一句地念出书上的内容：“公元648年，陆吾神叛变，神之仆人皇甫一族，用鲜血洗尽寰水虚境陆吾本命树（文玉树）……”

我一听，全身的细胞倏地活了过来，丢掉手中的书，手脚并用地爬到“左”长老面前，念出后面的内容：“陆吾神重生……”

陆吾神重生……陆吾神重生……这代表……这代表……秦品熙有救了对吧？

“我们可以打败陆吾了，对不对？”我欣喜若狂地抓住“左”长老，拼命地摇晃，“只要找到当年的皇甫一族，我们就可以打败陆吾了，对不对？”

“可是……”“右”长老眉头深深地拧起来，树皮似的脸上布满了浓浓的绝望，“皇甫一族早在10年前的那场浩劫中就与秦氏一族同归于尽了呀…”

怎么会这样？

我颓然地瘫软在地，脸色一片死白，双手紧紧地捂住胸口。

耳边有许多人讲话的声音，而我像是被人拖进了一个巨大死寂的黑色旋涡，瞬间聋哑了，什么也听不到，什么也看不到……

脑子一片空白，“右”长老的话，不断地在回放，每回放一遍，都好似重锤狠狠地砸在心上，皮开肉绽……

皇甫一族早在11年前的那场浩劫中就与秦氏一族同归于尽了……

皇甫一族早在11年前的那场浩劫中就与秦氏一族同归于尽了……

……

呜呜……秦品熙……秦品熙……我该怎么办？

就在我发愣的时候，皇甫千影摇摇晃晃地站起来，步履蹒跚地走到门口，仰着头，神色飘忽地看着外面灰蒙蒙的天空，下巴笔直，嘴唇没有一丝血色，一片雪白：“只要皇甫一族的人用鲜血洗净陆吾本命树，就可以了吗？”

众人齐刷刷地扭头，被下了定身术般，一动不动地看着皇甫千影。

他知道皇甫一族的下落吗？我瞪圆着双眼，一眨不眨地盯着他，恍然间想起，皇甫千影不正是皇甫一族的后代吗？

“千影……”阿P最先反应过来，两三步跨到他身边，“你……”

“阿P，11年了……”皇甫千影轻轻地笑了，如月光般柔美的眸子里闪过一抹清烟一般的惆怅，“如果贡献一点儿血，就能拿回风狸杖，又有何不可呢？况且，这一切，也都因我们皇甫族的恶魔血液而起。”

说完，他闪电般地挥手，一颗晶莹剔透的黑色球体安静地躺在手心里，闪着如夜空般深邃神秘的光芒。

那是……

我狐疑地看着皇甫千影，久久没有说出话来。

“右”长老激动地奔到皇甫千影面前，青紫的嘴剧烈地颤动：“你……你……你贵姓？”

皇甫千影看着“右”长老，如水晶般的眸子几乎要射出光来：“复姓皇甫……抱歉，一个月前，是我任性地拿走了洞穴珠。”

所以说，那天晚上，他可以如常人那样行走，是因为拿走了洞穴珠的关系吗？还有那场毁天灭地的战争，是真的存在过……

原来，那么无所谓的皇甫千影，也有脆弱的时候……

03

“左右”长老说，要抢在妖神陆吾前，洗净其本命树。

“左右”长老也说了，妖神陆吾想彻底毁掉威胁他生命的风狸杖，就必须用秦品熙的鲜血彻底将本命树污染，也就是说，只要妖神没有找到本命树，秦品熙都是安全的。

皇甫千影和阿P整天早出晚归，为了准备洗净陆吾本命树的工作而忙碌着，我完全没有任何机会询问他关于那天晚上的事情。

翼族和龙族所有的人都动了起来，时刻关注着周围一丝一毫的变化，一时间，整个陆吾国因为寻找本命树而闹得人心惶惶。不过幸运的是，寰水虚境虽然被乌云团团裹住，却没有任何异常传出。

妖神陆吾怎么也想不到，他苦苦寻找的本命树，就在被他遗弃的寰水虚境里，这也许就是天意吧。

再见到皇甫千影和阿 P，是在寰水虚境。

两米高的祭台上，铺着腥红地毯的阶梯两侧，站了两排全副武装的龙族和翼族，一路蜿蜒而下，将整个祭台团团围住。“左”长老抓着纸笔，不苟言笑地站在祭台的左侧，“右”长老一脸凶恶地握着亮锃锃的武器，摆着随时开打的姿势……

天阴沉沉的，塞满了厚厚的灰黄色浊云。风呼呼地刮着，奄奄一息的文玉树抽筋似的剧烈摇晃，枯黄的叶子脱离五彩的树梢，纷纷扬扬地飘落下来，缓缓地落在地上，发出“沙沙”的悲鸣声。文玉树的旁边，屹立着一尊身大似虎有 9 个脑袋的雕像，在风中显得庄严不可侵犯。

那个……就是长老们所说的开明兽雕像了吧？

不知道为什么，从踏上寰水虚境那一刻开始，我的眼皮就一直跳个不停，不管怎么掐都无法让它们停下来；一颗心也惶恐不安，突突地跳到喉咙口，似乎一不小心就要蹦出来。

应该不会……发生什么事吧？

我深深地看着站在身边的皇甫千影和阿 P，双手不安地绞成一团：“皇甫千影……真的……会没事吗？”

祭台上延伸入文玉树根的汉白玉砌成的水道，足足有 20 公分宽啊，该死的翼族和龙族，它们在搭祭台的时候，就不能压低点儿吗？这么高的水道，泼两桶血都不够吧！

皇甫千影突然俯下身，狭长的眼睛微勾，死死地盯住我，柔和的目光如耀眼的星星般闪耀，他的声音轻轻地刷过我的耳边：“果果，如果有一天，我消失了，你会不会伤心难过？”

说完，挥袖，他一个漂亮的转身，一步一步地朝两米高的祭台走去。白色滚红边的拖曳在地的披风，随着他的动作，荡漾起伏地舞动，显现出一种决绝而惊心动魄的美。

我的心猛地一颤，踉跄着倒退了一步，瞪圆了眼，看着由阿P扶着，一步一步踏上祭台的皇甫千影，震惊得说不出话来……

他……为什么突然说这样的话……

我脚尖一点，飞蹿上去，却被护卫挡在了祭台的楼梯下。我找准机会，迅速地弯腰想从旁边的空隙溜过去，两只透着森冷寒光的利剑“刷”地在我面前交叉，手也被人紧紧地拽住了，整个人动弹不得。

“你们不要挡着，我有话要对皇甫千影说呀！”

护卫面无表情地看我一眼，吐出来的声音像灌了水泥似的，硬邦邦的：“请不要打扰仪式的进行。”

没办法，只好这样说了！

我有些激动，声调也拔高了好几度，几乎是在喊叫了：“皇甫千影！你会没事的对不对?”

他的脚步顿了下，没有回答，也没有回头，而是迈着坚定的步子，一步一步地踏上了祭台……

仪式，开始了。

阿P拿着闪着乌光的刀片轻轻往皇甫千影手腕上一划，腥红耀眼的液体，瞬间冒了出来，缓缓地滴在汉白玉砌成的水道上。一滴、两滴，层层叠叠，最终汇成一条红线，蜿蜒地流向文玉树……

时间静静地流逝着……

泥土被染红了，妖娆的殷红如强光灼烧着我的眼。

被浇灌了鲜血的文玉树，一寸一寸地恢复了生机，慢慢地绽放出五彩的光芒。

绚丽耀眼的光，仿佛要溢出来似的，将头顶的天空都映得流光溢彩……

还差一枝树梢，只要再有3秒钟，整个仪式就完成了！

就在这紧要关头，一阵旋风倏地从天空笔直地落下，袭中了祭台上的皇甫千影。他身形一个不稳，剧烈地摇晃了两下，踉跄了好几步，重重地栽了下去，“哧溜溜”地顺着水道往下滚，倒在文玉树旁，脸上和手上被划开了好几道口子，鲜血缓缓地渗出来，染红了雪白的衣裳……

祭台上的护卫也被吹得东倒西歪，“左右”长老像两棵萝卜，倒栽在祭台上，双脚毫无章法地乱踢乱蹬。

眼前的情形，仿佛几千枚炸弹在耳边爆炸，炸得我的脑子“嗡嗡”作响。

“皇甫千影！”我大叫着扑上去，却被冷嗖嗖的利风甩开，肚子重重地撞到祭台的阶梯，呕出一口鲜红的血来！

该死！这是怎么回事？为什么会突然刮起这么大的风？

我双手撑地，摇摇晃晃地站起来，逆着风，一步一步艰难地朝皇甫千影走去，烈风像利刃一样割在脸上，我咬紧牙关，丝毫不退缩。

就在这时，一个狂妄的声音劈头盖了下来：“小丫头，真看不出来，你还挺耐打的嘛！”

这个声音……这个声音是……

我全身僵硬，机械般缓缓地抬头——身着黑色印花滚红边直裾的陆吾唯我独尊地站在祭台上，长发和衣裳在夹着细沙的风中肆意狂舞……他的脚边，躺着一动不动的秦品熙。

妖神陆吾，他竟然在这个时候出现了！

我忐忑不安地看着陆吾，感觉自己瞬间被拖进了翻着狂波巨澜的海洋里，随时都有被淹没的可能……

“陆……陆吾……”

“你记性挺不错的嘛，值得奖赏！”陆吾轻轻一挥袖，又一个凌厉的风刀飞过来。

我只觉得眼前一黑，来不及作出任何反应，整个人已经被肆虐的狂风卷到了半空，陀螺般飞快地旋转起来。

“砰！”我重重地摔落在地，鲜血狂喷而出，如盛开的莲花，迅速地在泥土上扩散开来。

头好晕，眼睛像被什么盖住了，灰蒙蒙的一片。我吃力地伸出手，颤巍巍地往额头上一抹，才发现是腥红的血液……

原来流血了啊……难怪会觉得全身像被卡车碾过般疼痛。

头昏目眩中，我迷蒙地看到陆吾如妄自尊大的帝王，一步步地朝皇甫千影走去……

他想做什么？不行！绝对不能让他破坏仪式！这样，不仅秦品熙永远醒不过来，就连皇甫千影都有可能因此而送命！

深吸了口气，喉咙里有腥味涌上来，已经顾不了这些了，我蠕动着身体，一寸寸地朝皇甫千影的方向爬去，每一步，都痛苦不已。

妖神陆吾在皇甫千影面前停下了，他狞笑着抬高了手……

我的心猛地一抖，发出撕心裂肺的狂吼：“不——”

下一秒，地动山摇！两米多高的祭台，瞬间倒塌，化成了莽莽飞扬的尘土，盖住了我所有的视线……

04

迷迷糊糊中，我听到身边有忙碌的脚步声来回地奔波着。

我费力地想睁开眼睛，却发现眼皮好沉，好像压了千百斤石头那样沉重。

我……怎么了？啊……对了，我、皇甫千影、阿P、龙剑兰，还有龙族和翼族的长老正在寰水虚境举行仪式……后来，妖神陆吾来了……祭台被打碎了……血，好多血……

祭台被打碎了？

秦品熙！皇甫千影！

我倏地睁开眼，慌乱地弹坐起来，因为动作太大，扯痛了裹着白色绷带的伤口，一阵龇牙咧嘴！

“你醒了。”有声音在耳畔响起，我飞快地转头，发现自己在愿望小店，也看到了趴在床边睡得正香的秦品熙和正在整理医药箱的阿P，不知道是不是我的错觉，阿P收拾东西的动作似乎有些迟钝。

是阿P它……救了我们吗？

我整个人僵直了，一动不动地看着床边的人，连呼吸都不敢太大力，心捶战鼓似的狂跳，被秦品熙握着的手缓缓地渗出汗来。

秦品熙……他没事了，那是不是代表陆吾国已经恢复，皇甫千影也取回风狸杖，完成11年来的心愿，可以像正常人一样走路了？

我想说些什么，发现喉咙被烈火灼烫过般，又干又疼，只能沙哑地吐出几个支离破碎的字："阿……P……皇……"

阿P把最后一瓶药收起来，扣上医药箱，悠悠地看着窗外，光和影在它眼里交错："我该走了。"

"走……去……哪？"

"到陆吾国去找千影。"阿P提着医药箱，头也不回，蹒跚地向门口走去。要跨出去时，它突然想到什么似的，转过头来："如果你想去帝国学园的话，楼下桌子上有通行校徽，那是千影交代我交给你的。我已经给日不落学园的校长打过电话了，你的交换学生生涯到今天就正式结束了，明天就直接回去吧！还有，秦品熙，抱歉，我没有办法带你回去了，千影已经帮你办好了转学手续，明天开始，你和果果一起到日不落学园吧。另外，我和千影也许不会回来了，养好了伤，你们就一起离开吧。"

阿P的话，像一道雷电，狠狠地劈下来，轰得我的脑袋"嗡嗡"作响。

皇甫千影……他没有被救出来吗？

我神情恍惚地看着阿P离开的背影，鼻子酸酸的，感觉有什么滚烫的东西在眼睛里蠕动，视线渐渐变得模糊，看不清眼前的一切了……

伸手一抹，才发现自己竟然在不知不觉中落泪了……

我轻轻地从秦品熙手里抽出手来，行动有些僵硬地掀开被子下了床，扶着木栏杆来到楼下的客厅，果然看到桌上放着一枚闪闪发亮的校徽。

那就是我朝思暮想的帝国学园校徽，可是为什么，那抹灿亮的光芒，如今看来是那么地刺眼……

我伸出手想要拿，脚却像被铁钉钉在地上似的，一步也无法向前挪去。

仿佛有一股力量在催促似的，我扭头离开了客厅，步履蹒跚地走到上了一道锁的奇怪房间门前，从口袋里掏出钥匙，“啪嗒”一声打开锁，哆嗦着双唇，“嘎吱”推开了门……

除了冷冰冰的屏幕和机器，屋子里空荡荡的，什么也没有。

我搬了个椅子坐到屏幕面前，咬牙深吸一口气，按下了那个红色的开关。墙壁上的屏幕瞬间亮了起来，熟悉的影像一幕一幕地出现，从校门口到白色的主楼，闪烁的液晶屏幕，以不同的角度，清晰地显现出帝困学园里的景物。

原来，秦品熙说的都是真的，皇甫千影真的在帝困学园装了监控器，随时监视着那里的一举一动。所以，帝困学园的突然出现、日不落学园发生大规模的学生转学、校门口的巧遇、秦品熙的出现、闯入帝困学园被保安发现、签下巨额的欠条……这一切的一切，都是他设计好的吗？

可是……他为什么要这么做呢？如果只是为了寻找风狸杖，可以直接说呀！为什么要做这么多奇怪的事？

我僵僵地坐在那里，呆呆地望着大屏幕，即使眼瞳枯酸得胀痛，也没有移开。

久久之后，我眨着酸涩的眼睛，缓缓地站起来。身后的椅子由于身体的动作，“吱”的一声撞到了落地柜，一本印着流云图案的笔记簿“哐当”掉了出来，掉在了我的脚边。

什么东西？

我弯腰捡起笔记簿，轻轻地翻开——

X年X月X日，皇甫白玉，受恶魔血液驱使，策划谋反，皇甫一族与秦氏一族血战，战败，两百多人，除皇甫千影，无一生还，皇甫一族所有的能力被封印！

……

X年X月X日，发现当年目睹封印的小女孩。

X年X月X日，平果果和秦品熙同时出现在当年封印皇甫一族的结界处，

开启穿越四国结界。

X年X月X日，买通衙役，希望他们帮忙杀了秦品熙……

……

X年X月X日，是因为喜欢平果果吗？所以才不惜盗取洞穴珠，闯入她的梦境……

……

我轻轻地放下笔记簿，走到窗前，看着外面披上一层金纱的世界，往事如按了快进的镜头般飞快地掠过。

应该要很生气的，可是，一想到皇甫千影那天晚上的脆弱和他被陆吾打飞时狼狈的模样，我所有的愤怒顿时烟消云散，心里一阵空落落的，充满了惆怅。

因为压抑了11年，所以性格才会变得让人无法捉摸，其实内心却比任何人都要脆弱……

因为不知道如何表达喜欢，所以才会在我承认秦品熙是我男朋友的时候这么生气吧……

因为不懂得如何表达喜欢，所以后来那段时间，皇甫千影才会变得有些喜怒无常……

这样的他，即使是做了那一连串过分的事，也叫人无法生气，也不忍心生气。因为，皇甫千影他，不知道如何用更好的方式来完成纠缠了11年的愿望吧……

虽然我不知道皇甫一族和秦氏一族11年前到底发生过什么样惊天动地的战争，也不知道11年前，自己又是如何无意中目睹了那场封印，只知道，不管有多少前因，由一个年仅5岁的孩子来背一个家族的错误，这个惩罚真的太重……太重了……

身后有书页翻动的声音，缓缓地转过头去，发现秦品熙站在那里。阳光轻柔地洒在他一头黑得并不纯粹，接近墨蓝色的柔亮短发，透出闪着五颜六色的光圈。两道修长的剑眉烦恼什么似的深深地拧成一条直

线，棕色的润泽大眼，隐隐约约地闪动着晶莹剔透的泪光，像是罩着一层蒙蒙的雾气……

我动了动唇，想说些什么，声音却卡在喉咙里……

秦品熙抹掉眼角的泪花，嘴角漾起一丝浅浅的笑，缓缓地朝我伸出手……

皇甫千影，希望你能够平安无事地回来。

尾声　再见，朋友

仿佛是老天在哀伤一样，阿 P 离开之后，天空淅淅沥沥地下起了雨，雨星儿化成腾腾的水雾，将整个世界变得灰蒙蒙的，仿佛看不到明天……

我和秦品熙各自撑着一把小伞站在雨中，盯着愿望小店紧闭的小木门。

“进去吧。”秦品熙向前迈了一步。

我猛地抓住他缓缓伸出要推门的手，声音干涩而嘶哑：“你说，他们今天会回来吗?”

秦品熙慢慢地转过头来看我，明亮的眼睛此时雾气弥漫：“应该……会吧。”

我不再说话，无声地松开了他僵硬冰凉的手。

是的，他们应该会回来的！秦品熙拒绝了皇甫千影替他安排好的住处，搬进了愿望小店，为的不就是能在第一时间得知他们有没有回来的消息吗?

所以——

皇甫千影……

阿 P……

我和秦品熙会一直在这里等待你们的归来……

不管多久多久……

都会一直等下去……

一直……

看着依旧气势宏伟的帝国学园和被秦品熙打理得整整洁洁的愿望小店，眼眶突然一阵发痒，有什么东西在流动，我赶紧吸了吸鼻子：“皇甫千影……他们一定一定会回来的对不对?”

“嗯。”秦品熙点头。

突然，一双黑瘦瘦的小短腿出现在我们的面前。我缓慢抬起头来，然后，猛地睁大了眼睛！

正在这时，一只黑糊糊的脚飞了出来，我还没来得及看清怎么回事，秦品熙就“轰”的一声昏倒在地上了！

怎……怎么回事？我眨了眨眼睛。

身穿白色直裙的阿P“哈哈哈”地摆着姿势，它身上的毛被雨淋得纠结得东一块西一块的，看起来一点儿也不帅，反而有点儿滑稽。

是阿P！

它回来了！那是不是代表皇甫千影也……

“阿P，你回来了？”我丢掉手里的雨伞，尖叫着扑上去，抱着它又哭又笑，“呜呜……阿P……你回来了，你终于回来了……皇甫千影……皇甫千影呢，他是不是也回来了？他在里面对不对？”

说着，我抓着阿P，拔腿就要往愿望小店里冲，用力拖了好几次，阿P就像灌了铅一样钉在原地，一动也不动。

我纳闷地扭头，却发现阿P的脸色骇人得苍白，并且整个身子都在抖……

它怎么了？

我一手搭在门板上，伸出食指戳戳它的脑门：“阿P？你不进去看看皇甫千影吗？”

阿P看也不看我一眼，它紧抿着唇，径直扭着屁股走过来，在我呆愣的目光中，把秦品熙扛在肩膀上，进了愿望小店，不到10秒又走了出来。

“你到底怎么了？”他们都回来了，不是应该高兴吗？为什么阿P的脸色这么难看？难道说皇甫千影发生了什么事？

想到这里，我的心重重一跳，不由地紧紧捉住阿P的爪子。

阿P苍白如纸的唇张张合合了好几次，好似有什么人掐住了它的喉咙一样，半晌过后，它终于吐出几个不完整的字句：“千影他……”

“他怎么了？”我焦急地问。

“千影他……”

“千影他怎么了，你快说啊！”我按住阿P的肩膀，用力地摇晃。

“抱歉，我没有能救回千影，他死掉了……”

“死……死掉了？”我机械般地松开阿P，声音颤抖着喃喃地重复着阿P的话，感觉整个世界在顷刻之间崩塌成一片灰烬……

皇甫千影他死掉了……皇甫千影他死掉了……

不！皇甫千影怎么可能会死掉呢？就在不久之前，他还带我去了游乐园……

眼泪就这么流了下来，滚烫的泪水与淅淅沥沥飘至脸庞的雨水混在一块儿，再也分不清……

“丐帮长老，你不要这样。”阿P跳到我的肩膀上，把我搂进明明温暖却让我冰凉透骨的怀抱里。

我眼里一片迷雾，久久之后，才吸了吸鼻子，颤抖不已地说道：“皇甫千影他……现在在哪？”

“你在找我吗？”

这个声音……

我猛地扭过头，看见穿着白色直裾的皇甫千影正双手环胸，懒洋洋地靠在门边，慵懒地看着我和阿P，他的右脚还吊着石膏，神情显得有些疲惫……

皇甫千影？他还活着？阿P不是说他死掉了吗？

我震惊地瞪大眼睛，看看一脸贼笑的阿P，再看看皇甫千影挺拔修长的身影，想说点儿什么，一张口，发现整个人不受控制地剧烈颤抖，根本没法说出完整的话来。

“平果果同学……”皇甫千影静静地看着我，眼睛里绽放出炫目的柔和光彩，“再不进来把雨水擦干的话，可是会感冒的哦。”

语毕，转身一瘸一拐地走进了愿望小店。

“皇甫千影……”我抹掉眼里的泪水，一把抓下黏在脖子上的阿P往外一丢，跌跌撞撞地奔上前去搀住他，“呜呜……皇甫千影……你没死……你没死，真是太好了……呜呜……”

愿望小店里只亮着一盏小灯，光线昏暗，让人看不太清景象，我紧紧地拉着皇甫千影的手，来到沙发上坐下。

见我们坐下，32 它们立刻端上一壶冒着白烟的热茶。

感觉到皇甫千影被我握住的手有些冰凉，我赶紧道：“千影，你要不要喝杯热茶?”

皇甫千影转过头，静静地瞅了我一会儿，微微一笑，将被死死拽住的手举高：“你这样我怎么喝茶?”

我不好意思地笑了下，还是没有松开他的手，用另一只手倒了一杯茶端起来递到他的嘴边：“哪，喝吧！”

仿佛感觉到我的不安，皇甫千影被我握住的那只手猛地一紧：“果果，我没事。”

“我知道。”我笑眯眯地看他，就是不松手。

“我已经回来了。”

“嗯，我知道。”

“已经回不去了。”

回去？回哪里?

听到这里，我的心猛然一惊，伸出手，更加惶恐地抓紧他的手。

皇甫千影看着我，眼睛亮亮的，突然，他的嘴角上扬 45度，露出一抹坏笑：“所以，你必须负责！”

“负责?”我点点头，突然察觉到不对劲儿，又赶紧摇摇头，“要……负责什么?”

“负责照顾我下半辈子啊！”

啊？他不会是说真的吧？这么大个人我怎么负责啊！

我呆住，看着皇甫千影半真不假的表情，久久没有反应过来。

“哈哈！”看到我的错愕，皇甫千影故作自然地笑笑，动作温柔地揉揉我的头发，“我跟你开玩笑的啦！果果，我现在行动有些不便，麻烦你出

去帮我叫阿P进来好吗？经历了这么多事，又刚替我净化了体内的恶魔血液，外面雨又下这么大，我怕它会感冒。”

我已经懒得去追问恶魔血液到底是什么了，也不想知道，那是不好的东西，否则皇甫一族怎么会谋反呢？所以净化了，就代表皇甫千影已经完全没事了，既然如此，又何必去追问太多？

“呃，嗯。”我点点头，依依不舍地松开皇甫千影的手，一步三回头，来到愿望小店的门口，却看到了令我全身颤抖的画面——

阿P沉沉地躺在地上一动不动，不断地有鲜血从它的胸口流出，它眼神迷离地看着我，嘴唇动了动，像是要说话。

“阿P……”我机械地蹲下身，伸出手，抱住阿P，“阿P……”

阿P像睡着了一样，一动不动地躺在我的怀里，它的身体犹如寒冰那样刺骨冰凉，我发出凄厉的嘶吼：“皇甫千影，你快来——”

闻讯飞奔出来的皇甫千影看到眼前这种情形，整个人就像被雷劈过似的呆了0.1秒，而后跌跌撞撞地冲过来，将我怀里的阿P抢了过去，仿佛害怕吵醒它一样轻柔地唤道：“阿P……”

下一秒，他绝望而痛心地嘶吼：“阿P——”

“阿P……我们又来看你了哦……”

我、秦品熙，各自撑着一把小伞站在公墓小径的石板路上，皇甫千影没有撑伞，他白色的衣服被雨水淋得透湿，头发也湿了，不断有豆大的雨珠落下来，“啪嗒啪嗒”地打在他的发丝和肩头上。

他捧着滴着雨露的菊花，一直看着墓碑，久久才将它们轻轻放到墓碑前。

看着墓碑前阿P那张笑容灿烂的脸，泪水模糊了视线，我吸了吸鼻子，上前一步，将伞移到皇甫千影头顶，努力扯出一个灿烂的笑容：“皇甫千影，你不要这个样子，阿P它看了会难过的。”

秦品熙也走了过来，伸手轻轻地搭在他肩上：“你这样，阿P会不安心的。”

背对着我们的千影缓缓地回过头来，他的脸上充满了自责，目光没有焦距："寰水虚境一战，阿 P 为了保护我们，就已经受了重伤，如果不是后来又用尽全力帮我净化体内已经压制不住的恶魔血液，它也不会死……"

"皇甫千影，这不是你的错……"我不知道这一刻自己竟然可以如此安稳沉静，"我妈妈说，灵魂如果一直被人牵挂着，会到不了天堂的。"

"原来怀念一个人也是一种错误……"皇甫千影看了我一眼，双手捂住了脸颊，他的头压得很低，我没有办法看到他的脸。迷蒙中，我看到泪水悄无声息地从他的眼中滑落，与不停从他发丝间滑落的雨水汇在一起，一滴一滴，落在墓碑上，像有谁拿了一把钝刀，在我们每个人心上，慢慢地，捅了一刀又一刀，撕心裂肺地疼。

"啪嗒啪嗒"的雨声，将世界所有的声音都淹没了……

"我不会让它到不了天堂的。"好久好久之后，皇甫千影轻笑了一声，终于松开了双手，抬起头的时候，脸上已是一片璀璨的笑容，"以后，得麻烦你们时常陪我来看它了。"

看着他振作起来，我和秦品熙由衷地感到高兴，异口同声道："嗯，一定！"

就算皇甫千影不说，我们也会经常来看阿 P 的，因为，它是我们最好最好的朋友啊！

（完）